A última coisa que ele me falou

A última coisa que ele me falou

Laura Dave

Tradução de Ana Rodrigues

intrínseca

Copyright © 2021 by Laura Dave
Todos os direitos reservados.

Trecho do poema "may i feel said he", de e. e. cummings, traduzido por Augusto de Campos, retirado do livro *Poem(a)s*, da Editora da Unicamp, 2012.

TÍTULO ORIGINAL
The Last Thing He Told Me

PREPARAÇÃO
Agatha Machado

REVISÃO
Carolina Vaz
Juliana Pitanga
Mariana Gonçalves

PROJETO GRÁFICO
Paul Dippolito

ADAPTAÇÃO DE PROJETO GRÁFICO E DIAGRAMAÇÃO
Julio Moreira | Equatorium Design

CIP-BRASIL. CATALOGAÇÃO NA PUBLICAÇÃO
SINDICATO NACIONAL DOS EDITORES DE LIVROS, RJ

D268u
    Dave, Laura, 1977-
       A última coisa que ele me falou / Laura Dave ; tradução Ana Rodrigues. - 1. ed. - Rio de Janeiro : Intrínseca, 2022.
       21 cm.

       Tradução de: The last thing he told me
       ISBN 978-65-5560-561-7

       1. Ficção americana. I. Rodrigues, Ana. II. Título.

21-74869   CDD: 813
                                    CDU: 82-31(73)

Camila Donis Hartmann - Bibliotecária - CRB-7/6472

[2022]
Todos os direitos desta edição reservados à
EDITORA INTRÍNSECA LTDA.
Rua Marquês de São Vicente, 99, 6º andar
22451-041 — Gávea
Rio de Janeiro — RJ
Tel./Fax: (21) 3206-7400
www.intrinseca.com.br

Para Josh e Jacob,
meus milagres mais doces,
e
para Rochelle e Andrew Dave,
por tudo.

vamos? ...ele disse
não tão longe ...ela disse
o que é tão longe? ...ele disse
onde você está ...ela disse
— e. e. cummings

Prólogo

Owen gostava de implicar comigo dizendo que perco tudo, que, de um jeito todo meu, transformei o ato de perder coisas em uma forma de arte. Óculos de sol, chaves, luvas, bonés, selos, câmeras, celulares, garrafas de Coca, canetas, cadarços. Meias. Lâmpadas. Bandejas de gelo. Ele não estava exatamente errado. Eu tinha mesmo uma tendência a colocar as coisas no lugar errado. A me distrair. A esquecer.

No nosso segundo encontro, perdi o bilhete do estacionamento onde paramos quando saímos para jantar. Tínhamos ido cada um com o próprio carro. Owen mais tarde faria piada sobre isso — ele adorava fazer piada com o jeito como insisti em ir no meu carro para aquele segundo encontro. Até na nossa noite de núpcias ele se lembrou disso. E eu sempre rebatia lembrando como ele me interrogou naquela noite, fazendo perguntas intermináveis sobre meu passado — sobre os homens que eu havia deixado para trás, os homens que me deixaram.

Ele os chamou de "caras que poderiam ter sido". Então, fez um brinde a eles e disse que, onde quer que estivessem, era grato por não serem o que eu precisava, assim, ele era o único sentado à minha frente.

Você mal me conhece, falei.

Ele sorriu.

Mas não parece, não é mesmo?

Ele não estava errado. O que pareceu existir entre nós, desde o início, era avassalador. Gosto de pensar que foi por isso que eu estava distraída. Por isso perdi o bilhete do estacionamento.

Nós estacionamos na garagem do Ritz-Carlton, no centro de São Francisco. E o manobrista gritou que não adiantava eu alegar que só tinha ido ali para jantar. A multa pela perda do bilhete do estacionamento era de cem dólares.

— Você pode ter deixado o carro aqui há semanas — argumentou o manobrista. — Como vou saber se não está tentando me passar a perna? Cem dólares mais impostos para cada bilhete perdido. Leia o aviso.

Cem dólares mais impostos para voltar para casa.

— Você tem certeza de que perdeu mesmo o bilhete? — me perguntou Owen. Mas ele estava sorrindo quando disse isso, como se aquela fosse a melhor informação a meu respeito que tivesse descoberto até ali.

Eu tinha certeza. De qualquer forma, procurei por cada centímetro do meu Volvo alugado e do carro esporte luxuoso de Owen (embora eu nunca tivesse entrado nele) e por todo aquele piso cinza horrível da garagem. Nada de bilhete. Em lugar nenhum.

Na semana seguinte ao desaparecimento de Owen, sonhei com ele parado naquele estacionamento. Usava o mesmo terno — e tinha o mesmo sorriso fascinado no rosto. No sonho, ele tirava a aliança de casamento.

Olha, Hannah, disse. *Agora você me perdeu também.*

— Parte 1 —

"Não tenho muita paciência para cientistas que pegam uma tábua de madeira, procuram sua parte mais fina e fazem um grande número de buracos onde é fácil perfurar."

— Albert Einstein

Se você abre a porta para um estranho...

A gente vê isso o tempo todo na televisão. Escutamos uma batida na porta da frente. E, do outro lado, alguém está esperando para nos dar uma notícia que vai mudar tudo. Na televisão, geralmente é um policial ou um bombeiro, às vezes um oficial uniformizado das forças armadas. Mas quando abro a porta — quando descubro que tudo está prestes a mudar para mim —, o mensageiro não é um policial ou um inspetor federal usando calças engomadas. É uma menina de doze anos usando um uniforme de futebol. Com caneleiras e tudo.

— Sra. Michaels? — diz ela.

Hesito antes de responder, como costumo fazer quando alguém me pergunta se essa sou eu.

Sou e não sou. Eu não mudei meu sobrenome. Fui Hannah Hall por trinta e oito anos antes de conhecer Owen, e não vi qualquer razão para me tornar outra pessoa depois. Mas Owen e eu estamos casados há pouco mais de um ano. E, nesse tempo, aprendi a não corrigir as pessoas em relação a meu sobrenome. Porque o que realmente querem saber quando fazem essa pergunta é se sou a esposa de Owen.

E com certeza é o que a menina de doze anos quer saber, o que me leva a explicar como tenho tanta certeza de que ela tem doze anos, depois de ter passado a maior parte da minha vida separando as pessoas em duas grandes categorias: crianças e adultos. Essa mudança na minha compreensão é resultado do último ano e meio e da convivência com a filha do meu marido, Bailey, que hoje tem a idade pouquíssimo agradável de dezesseis anos. É resultado do erro que cometi quando conheci a retraída Bailey e comentei que ela parecia mais nova do que era. Foi a pior coisa que eu poderia ter feito.

Talvez tenha sido a segunda pior coisa. A pior coisa provavelmente foi minha tentativa de melhorar a situação fazendo uma brincadeira sobre como eu gostaria que alguém me achasse mais nova do que eu era. Bailey mal me suporta desde então, apesar do fato de que agora eu sei que não devo tentar fazer piadas de qualquer tipo com uma garota de dezesseis anos. Nem tentar conversar demais.

Mas voltando à minha amiga de doze anos parada à porta, que muda o peso de um tênis sujo para o outro.

— O Sr. Michaels queria que eu lhe entregasse isso — informa ela.

Então, estende a mão espalmada e mostra um pedaço de papel dobrado, parte de uma folha de um bloco de notas. Na frente está escrito *HANNAH*, na letra de Owen.

Pego o bilhete dobrado e olho nos olhos da menina.

— Desculpa — digo. — Acho que não estou entendendo direito. Você é amiga da Bailey?

— Quem é Bailey?

Eu não esperava que a resposta fosse sim. Existe um oceano entre doze e dezesseis anos. Mas não estou conseguindo juntar as peças. Por que Owen não me ligou? Por que ele mandou essa garota? Meu primeiro palpite seria imaginar que algo aconteceu com Bailey e Owen não pôde sair de perto. Mas Bailey está em casa, me evitando como de costume, a música explosiva que está ouvindo (a escolha de hoje: a trilha sonora de *Beautiful: The Carole King Musical*) vibrando do alto da escada em um lembrete muito explícito de que não sou bem-vinda em seu quarto.

— Desculpa. Estou um pouco confusa… Onde você viu o Owen?

— Ele passou correndo por mim no corredor — responde a menina.

Por um instante, acho que ela está se referindo ao nosso corredor, o espaço bem atrás de nós. Mas isso não faz sentido. Moramos em uma casa flutuante na baía — uma casa-barco, como costumam ser chamadas, a não ser aqui em Sausalito, onde há uma comunidade delas. Quatrocentas. Aqui, elas são casas flutuantes — com muito vidro e belas vistas. Nossa calçada é uma doca, nosso saguão de entrada é uma sala de estar.

— Então você viu o Sr. Michaels na escola?

— Foi o que acabei de dizer. — Ela me olha como se perguntasse *onde mais?* — Eu e minha amiga Claire estávamos indo treinar. E ele pediu pra gente entregar isso aqui. Eu disse que não podia vir antes do treino e ele disse que tudo bem. Então, deu o seu endereço pra gente.

Ela mostra um segundo papel agora, como prova.

— Ele também deu vinte dólares pra gente — acrescenta a menina.

Ela não mostra o dinheiro. Talvez ache que vou pegar de volta.

— O celular dele estava quebrado, ou alguma coisa assim, e ele não conseguiu falar com você. Sei lá. Ele mal parou pra falar com a gente.

— Então... ele disse que o celular estava quebrado?

— Como é que eu saberia se ele não tivesse dito? — retruca ela.

Então, o celular da menina toca — ou eu acho que é um celular até ela tirá-lo da cintura e eu ver que parece mais um pager altamente tecnológico. Os pagers voltaram à moda?

Um musical da Carole King. Pagers altamente tecnológicos. Outra razão pela qual Bailey provavelmente não tem paciência comigo. Há um mundo de coisas adolescentes a respeito das quais não sei absolutamente nada.

A garota digita no dispositivo, já deixando Owen e a missão de vinte dólares que lhe foi confiada para trás. Reluto em deixá-la ir embora, já que ainda não entendi direito o que está acontecendo. Talvez seja alguma brincadeira esquisita. Talvez Owen ache isso engraçado. Eu não acho. Ao menos ainda não.

— Tchau — diz ela.

A menina começa a se afastar, descendo as docas. Eu a vejo ficar cada vez menor, enquanto o sol se põe sobre a baía e um punhado de estrelas do início da noite ilumina seu caminho.

Então, eu também saio para a doca. Meio que espero que Owen (meu Owen fofo e bobo) pule da lateral do cais, com o resto do time de futebol rindo atrás dele, todos falando ao mesmo tempo da pegadinha que aparentemente não estou entendendo. Mas Owen não está lá. Não há ninguém na doca.

Fecho a porta e olho para o pedaço de papel ainda dobrado na minha mão. O bilhete que ainda não abri.

No silêncio do cais, percebo o quanto não quero desdobrar aquela folha de papel. Não quero saber o que está escrito ali. Parte de mim ainda quer se agarrar a esse último momento — o momento em que ainda é possível acreditar que tudo não passa de uma piada, um erro, um grande nada; o momento antes de ter certeza de que algo começou e não é mais possível parar.

Desdobro o papel.

O bilhete de Owen é curto. Uma linha, um quebra-cabeça em si.

Proteja ela.

A Greene Street antes de ser Greene Street

Conheci Owen há pouco mais de dois anos.

Na época, eu ainda vivia em Nova York. Morava a aproximadamente cinco mil quilômetros de Sausalito, a cidadezinha no norte da Califórnia que agora chamo de lar. Sausalito fica do outro lado da Golden Gate em relação a São Francisco, mas a um mundo de distância da vida da cidade grande. É uma região calma, charmosa. Parada. É o lugar que Owen e Bailey chamam de lar há mais de uma década. É também o oposto da minha vida anterior, em plena Manhattan, morando em um loft com janelas de vidro enormes na Greene Street, no SoHo — um espaço pequeno, com um aluguel astronômico que eu nunca acreditei de verdade que conseguia pagar. Eu usava o lugar tanto como meu ateliê quanto como meu showroom.

Eu sou marceneira. É o que faço para viver. As pessoas geralmente esboçam uma careta quando digo que esse é o meu trabalho (não importa como eu tente descrevê-lo), e imagens das aulas de carpintaria no colégio parecem surgir na mesma hora em suas mentes. A marcenaria é um pouco daquilo, mas também é outra coisa completamente diferente. Gosto de descrever o que faço como escultura, só que em vez de esculpir argila, esculpo madeira.

Para mim, foi natural acabar trabalhando nesse ramo. Meu avô também era marceneiro — excelente, por sinal — e seu trabalho esteve bem presente na minha vida desde que me entendo por gente. *Meu avô* esteve bem presente na minha vida desde que me entendo por gente, já que me criou basicamente sozinho.

Meu pai, Jack, e minha mãe, Carole (que preferia que eu a chamasse pelo nome, não de mãe), não estavam muito interessados em filhos. Na verdade, eles não estavam muito interessados em nada, à exceção da carreira de fotógrafo do meu pai. Meu avô incentivou minha mãe a se esforçar um pouco mais para me dar atenção quando eu era pequena, mas mal conheci meu pai, que viajava a trabalho duzentos e oitenta dias por ano. Quando ele tinha uma folga, preferia se enfiar no rancho da família dele, em Sewanee, no Tennessee, em vez de dirigir por duas horas até a casa do meu avô, em Franklin, para passar algum tempo comigo. E, pouco depois do meu sexto aniversário, quando meu pai trocou minha mãe pela própria assistente — uma mulher de apenas vinte e um anos chamada Gwendolyn —, ela também parou de voltar para casa. Passou a perseguir meu pai até ele aceitá-la de volta. E então me deixou em tempo integral com meu avô.

Apesar de isso parecer uma história triste, não é. É óbvio que não é ideal que sua mãe tenha praticamente desaparecido da sua vida. Com certeza não foi bom ter que lidar com a escolha dela. Mas, quando olho para trás agora, acho que minha mãe me fez um favor ao sair da minha vida do jeito como saiu — sem desculpas, sem hesitação. Pelo menos ela deixou explícito que não havia nada que eu pudesse ter feito para fazê-la querer ficar.

E, depois que ela se foi, eu fui mais feliz. Meu avô era estável, carinhoso, preparava o jantar todas as noites e esperava eu terminar de comer antes de anunciar que estava na hora de nos levantarmos da mesa para que ele lesse histórias para mim antes de irmos dormir. E ele sempre me deixou observá-lo trabalhar.

Eu adorava ver meu avô trabalhar. Ele começava com um pedaço de madeira absurdamente grande, apoiava-o sobre um torno e o transformava em alguma coisa mágica. Ou, se não fosse completamente mágica, ele dava um jeito de começar de novo.

Essa provavelmente era minha parte favorita: os momentos em que ele levantava as mãos e dizia: *Bem, vamos ter que fazer de outro jeito, não é?* E meu avô logo descobria uma nova maneira de criar o que queria. Imagino que qualquer psicóloga que se preze diria que aquilo provavelmente me deu esperança, que devo ter achado que meu avô me ajudaria a fazer a mesma coisa por mim. A começar de novo.

Mas, na verdade, acho que me consolava de um outro jeito. Assistir ao meu avô trabalhar me ensinou que nem tudo é fluido. Às vezes, precisamos abordar as situações por ângulos diferentes, mas nunca devemos desistir. Fazemos o trabalho que precisa ser feito, não importa para onde esse trabalho nos leve.

Nunca esperei ter sucesso como marceneira — ou na minha investida em criar peças de mobília. Eu meio que imaginava que não seria capaz de viver disso. Muitas vezes, meu avô complementava a renda pegando trabalhos na construção civil. Mas, logo no início, quando uma das minhas mesas de jantar mais marcantes apareceu na revista *Architectural Digest*, encontrei um nicho de clientes entre um subgrupo de moradores do centro de Nova York. Como um dos meus designers de interiores favoritos explicou, meus clientes queriam gastar muito dinheiro decorando suas casas de uma forma que parecesse que não haviam gastado dinheiro algum. Minhas peças de madeira rústica os ajudavam nessa missão.

Com o tempo, essa clientela fiel se transformou em uma clientela um pouco maior em outras cidades costeiras e balneários: Los Angeles, Aspen, East Hampton, Park City, São Francisco.

Foi assim que Owen e eu nos conhecemos. Avett Thompson — o CEO da empresa de tecnologia em que Owen trabalhava — era meu cliente. Avett e a esposa dele, a lindíssima Belle, estavam entre meus melhores clientes, inclusive.

Belle gostava de brincar que era a esposa troféu de Avett, o que poderia ter sido mais engraçado se não fosse tão preciso. Ela era uma ex-modelo, dez anos mais jovem do que os filhos adultos do marido, nascida e criada na

Austrália. Minhas peças estavam em todos os cômodos da casa deles em São Francisco (onde ela e Avett moravam) e na casa de campo recém-construída em St. Helena, uma pequena cidade no extremo norte de Napa Valley, onde Belle costumava se refugiar sozinha.

Eu tinha me encontrado poucas vezes com Avett antes que ele e Owen aparecessem no meu ateliê. Os dois estavam em Nova York para uma reunião de investidores e Belle queria que passassem para dar uma olhada em uma mesinha de cabeceira com a borda arredondada que ela havia encomendado para o quarto do casal. Avett não sabia muito bem o que deveria conferir, mas era algo sobre como a mesa combinaria com o estrado da cama — o mesmo estrado que sustentaria o colchão orgânico de dez mil dólares deles.

Para ser sincera, Avett não dava a menor importância para aquilo. Quando ele e Owen entraram, Avett estava no meio de uma ligação e usava um terno azul elegante, o cabelo grisalho duro de tanto gel, o celular colado à orelha. Ele deu uma olhada na mesinha de cabeceira e cobriu por um instante o microfone do celular.

— Pra mim, parece bom — comentou. — É só isso?

Então, antes que eu tivesse tempo de responder, ele saiu. Owen, por outro lado, estava hipnotizado. Ele passou os olhos lentamente por todo o ateliê, parando para examinar cada peça.

Eu o observei enquanto ele caminhava. Era uma imagem tão confusa... aquele cara de pernas compridas, cabelo loiro desgrenhado e pele bronzeada, usando tênis Converse surrados. Nada daquilo parecia combinar com o paletó esportivo chique. Era quase como se ele tivesse caído de uma prancha de surfe para dentro do paletó, com a camisa engomada por baixo.

Percebi que estava encarando fixamente, e já começava a me virar quando Owen parou na frente da minha peça favorita — uma mesa rústica que eu usava como escrivaninha.

A maior parte do tampo estava tomada pelo meu computador, jornais e pequenas ferramentas. Só dava para ver a mesa se a pessoa realmente estivesse olhando com atenção. Owen estava. Ele reparou na sequoia dura com que eu havia trabalhado, amarelando suavemente os cantos, soldando uma peça de metal áspero em cada borda.

Owen foi o primeiro cliente a reparar na mesa? Não, é lógico que não. Mas foi o primeiro a se agachar, como eu costumava fazer, deixar os dedos correrem ao longo do metal afiado e segurar a mesa por ali.

Ele virou a cabeça e olhou para mim.

— Ai — disse.

— Tenta esbarrar contra ela no meio da noite — brinquei.

Owen se levantou e se despediu da mesa com uma palmadinha carinhosa. Então, andou até mim. Até estarmos bem perto um do outro — tão perto que foi impossível eu não me perguntar como havíamos chegado àquele ponto. Eu provavelmente deveria ter me sentido constrangida pelo meu look de camiseta, jeans respingado de tinta e coque bagunçado no alto da cabeça, com cachos sujos se soltando. Mas senti outra coisa ao vê-lo olhando para mim.

— Então — perguntou Owen —, qual é o preço dela?

— Na verdade, essa mesa é a única peça no showroom que não está à venda — respondi.

— Porque pode causar ferimentos? — disse ele.

— Exatamente.

Foi então que ele sorriu. Foi quando Owen sorriu. Parece o título de uma música pop brega. Para ser objetiva, não é que o sorriso tenha iluminado o rosto dele. Não foi nada tão sentimental ou explosivo assim. A questão foi que o sorriso de Owen — aquele sorriso generoso e infantil — fez com que ele parecesse uma boa pessoa. Boa de um jeito que eu não estava acostumada a encontrar na Greene Street, no centro de Manhattan. Era expansivo de um jeito que eu havia começado a duvidar de que encontraria na Greene Street, no centro de Manhattan.

— Então, não podemos negociar em relação à mesa? — voltou a falar.

— Infelizmente, não, mas que tal eu te mostrar algumas peças diferentes?

— Que tal uma aula, em vez disso? Você poderia me mostrar como fazer uma mesa parecida pra mim, mas talvez com as bordas um pouco mais suaves… — sugeriu ele. — Estou disposto a assinar um termo de responsabilidade. Qualquer eventual ferimento que possa resultar dessa aula será por minha conta e risco.

Eu ainda estava sorrindo, mas me sentia confusa. Porque, de repente, achei que não estávamos mais falando sobre a mesa. Na verdade, tinha certeza de que não estávamos. Eu tinha a autoconfiança de uma mulher que havia passado os dois anos anteriores noiva de um homem com quem percebeu que não conseguiria se casar. Duas semanas antes do casamento.

— Escuta, Ethan... — falei.

— Owen — corrigiu ele.

— Owen. É legal da sua parte propor isso, mas eu meio que tenho uma política de não sair com clientes.

— Ora, então é bom eu não ter condições de comprar nada do que você está vendendo — retrucou ele.

Mas aquilo o conteve. Owen deu de ombros, como se dissesse *quem sabe outra hora*, e foi em direção à porta e a Avett, que andava de um lado para o outro na calçada, ainda falando ao celular, gritando com a pessoa do outro lado da linha.

Owen já estava quase do lado de fora. Já tinha quase ido embora. Mas naquele instante eu senti — e de um jeito muito intenso — a necessidade de impedi-lo de sair, de dizer que não tinha sido minha intenção falar aquilo. Que eu quis dizer outra coisa. Que queria que ele ficasse.

Não estou falando que foi amor à primeira vista, mas que uma parte de mim queria fazer alguma coisa para impedi-lo de ir embora. Eu queria ficar um pouco mais de tempo perto daquele sorriso largo.

— Espera — falei.

Olhei em volta, procurando alguma coisa que pudesse segurá-lo ali. Meu olho bateu em um tecido de outro cliente. Peguei e estendi para ele.

— Isso é para a Belle.

Não foi meu melhor momento. E, como diria meu ex-noivo, não era nem um pouco a minha cara abordar alguém se eu tivesse a opção de recuar.

— Vou garantir que ela receba — disse Owen.

Ele pegou o tecido da minha mão, evitando meus olhos.

— Só para constar, eu também tenho uma política bem restritiva em relação a sair com alguém. Sou pai solteiro e faz parte... — Ele fez uma pausa. — Mas minha filha é viciada em teatro. E vou perder muitos pontos com ela se não assistir a uma peça enquanto estiver em Nova York.

Ele fez um gesto indicando um Avett furioso gritando na calçada.

— Uma peça de teatro não é exatamente o programa preferido do Avett, por mais surpreendente que isso possa parecer...

— De fato, surpreendente — respondi.

— Então... O que você acha? Quer ir ao teatro comigo?

Ele não se aproximou, mas levantou os olhos. E encontrou os meus.

— Não vamos considerar isso um encontro — sugeriu Owen. — Vai ser só uma vez. Vamos combinar assim. Só um jantar e uma peça de teatro. E acaba aí.

— Por causa das nossas políticas em relação a encontros?

O sorriso dele voltou, amplo e generoso.

— Sim — confirmou. — Por causa delas.

~

— Que cheiro é esse? — pergunta Bailey.

Sou arrancada da minha lembrança e vejo Bailey de pé à porta da cozinha. Ela está usando um suéter grosso e parece irritada — também está com uma bolsa grande pendurada no ombro, o cabelo com mechas roxas preso embaixo da alça.

Sorrio para ela, com o celular na orelha. Estava tentando falar com Owen, sem sucesso — a ligação tinha caído na caixa postal. De novo. E de novo.

— Desculpa, não vi você aí — digo.

Ela não responde, os lábios cerrados. Deixo o celular de lado e ignoro sua carranca permanente. Apesar disso, Bailey é linda. É bonita de um jeito que já reparei que mexe com as pessoas quando ela entra em algum lugar. Ela não se parece muito com Owen — o cabelo que agora está roxo é naturalmente castanho, os olhos escuros. São olhos intensos. Parecem atrair as pessoas para suas profundezas. Owen diz que são idênticos aos do avô dela (o pai da mãe), e por isso a batizaram em homenagem a ele. Uma menina chamada Bailey. Só Bailey.

— Cadê o meu pai? Era para ele me levar ao ensaio.

Meu corpo fica tenso quando sinto o bilhete de Owen no meu bolso, como um peso.

Proteja ela.

— Tenho certeza de que ele está vindo — respondo. — Vamos jantar.

— É a comida que está com esse cheiro? — pergunta Bailey.

Ela franze o nariz, só para o caso de ainda não ter deixado evidente que o cheiro a que está se referindo não a agrada.

— É o linguine que você comeu no Poggio — afirmo.

Ela me lança um olhar vazio, como se o Poggio não fosse seu restaurante favorito na cidade, como se não tivéssemos ido jantar lá há poucas semanas, para comemorar seu décimo sexto aniversário. Bailey pediu o especial daquela noite — um linguine caseiro de vários grãos com molho de manteiga noisette. E Owen deixou que ela provasse um golinho do Malbec da taça dele para acompanhar. Achei que ela tinha adorado a massa. Mas talvez Bailey tenha gostado mesmo é de beber vinho com o pai.

Sirvo uma porção em um prato e coloco em cima da bancada da cozinha.

— Experimenta — sugiro. — Você vai gostar.

Bailey me encara, tentando decidir se está com disposição para um confronto — se está com disposição para lidar com o aborrecimento do pai se eu a denunciar por ter saído correndo e sem jantar. Ela acaba decidindo que é melhor não arriscar, contém a irritação e se acomoda na banqueta diante do prato.

— Tudo bem — cede. — Vou comer um pouco.

Bailey quase tenta se dar bem comigo. Essa é a pior parte. Ela não é uma menina má ou uma ameaça. É uma boa menina em uma situação que odeia. E, por acaso, eu sou essa situação.

Há razões óbvias pelas quais uma adolescente se ressentiria da nova esposa do pai, ainda mais Bailey, que tinha uma vida boa quando eram só os dois, pai e filha, melhores amigos, Owen o maior fã dela. Mas essas razões não cobrem todos os motivos pelos quais Bailey tem tamanha antipatia por mim. Não é só porque eu deduzi errado a idade dela quando nos conhecemos. É por causa de uma tarde, logo depois que me mudei para Sausalito. Eu deveria buscá-la na escola, mas fiquei presa em uma ligação com um cliente e cheguei cinco minutos atrasada. Não foram dez minutos. Foram cinco. 17h05. Essa era a hora que o relógio mostrava quando parei o carro na frente da casa da amiga dela. Mas era como se eu tivesse me atrasado uma hora. Bailey é uma garota exigente. Owen diria que essa é uma característica que temos em comum. Tanto a esposa quanto a filha dele são capazes de decifrar tudo a respeito de outra pessoa em cinco minutos. É só do que precisamos. E nos cinco minutos em que Bailey estava tomando a decisão sobre o que achava de mim, eu estava em uma ligação que não deveria ter atendido.

Bailey enrola um pouco de macarrão no garfo, examinando-o.

— Parece diferente do que eu comi no Poggio.

— Mas não é. Eu convenci o *sous chef* a me dar a receita. Ele até falou para eu ir ao mercado do Ferry Building para comprar o pão de alho que eles servem junto.

— Você foi até São Francisco só para comprar um pão? — pergunta ela.

É possível que eu me esforce em excesso para agradá-la. Também tem isso.

Bailey inclina o corpo e coloca a garfada toda na boca. Mordo o lábio, na expectativa da sua aprovação — esperando um gemidinho de prazer escapar dos seus lábios, mesmo contra sua vontade.

Mas ela engasga com a comida. Realmente engasga, e agarra o copo d'água sobre a bancada.

— O que você colocou nisso? — pergunta. — Tá com gosto de... carvão.

— Mas eu provei — argumento. — Está perfeito.

Provo o macarrão de novo. Ela não está errada. Na minha confusão por causa da visita da menina de doze anos e do bilhete de Owen, o molho de manteiga escura — antes levemente maltado e espumoso — virou um negócio com gosto de queimado. E amargo. Não muito diferente de comer um pedaço de carvão carbonizado.

— Eu tenho mesmo que ir — diz ela. — Ainda mais se quiser pegar uma carona com a Suz.

Bailey se levanta. E imagino Owen parado atrás de mim, se inclinando para sussurrar em meu ouvido: *Dê tempo ao tempo.* É isso que ele fala quando Bailey me trata com indiferença. Para dar tempo ao tempo. Com isso quer dizer que algum dia ela vai deixar eu me aproximar. Também quer dizer que ela vai para a faculdade em dois anos e meio. Mas Owen não entende que isso não me conforta. Para mim, significa só que estou ficando sem tempo para fazer com que Bailey goste de mim.

E quero que ela goste. Quero que tenhamos um bom relacionamento, e não só por causa de Owen. O que me faz querer ter essa relação com Bailey é maior do que isso — mesmo quando ela me despreza. Parte da minha vontade de me aproximar é porque reconheço nela aquilo que acontece quando a gente perde a mãe. Minha mãe saiu da minha vida por escolha, a de Bailey por uma tragédia, mas isso deixa uma marca semelhante na gente da mesma forma. Deixa a gente no mesmo espaço estranho, tentando descobrir como navegar pelo mundo sem a pessoa mais importante ao nosso lado.

— Vou andando até a casa da Suz — avisa Bailey. — Ela pode me dar carona até o ensaio.

Suz é a amiga dela que também está na peça. E que também mora nas docas. Bailey está em segurança com a amiga, certo?

Proteja ela.

— Deixa que eu levo você — digo.

— *Não.* — Ela coloca o cabelo roxo atrás das orelhas e modera o tom. — Tá tudo bem. Suz vai ao ensaio de qualquer maneira…

— Se seu pai ainda não tiver voltado — declaro —, eu vou buscar você. Um de nós vai estar esperando na frente do prédio.

Ela me perfura com o olhar.

— Por que ele não teria voltado? — pergunta.

— Ele já vai ter voltado. Tenho certeza. Eu só quis dizer... Se eu te buscar, você pode dirigir de volta para casa.

Bailey acabou de tirar a licença provisória para dirigir. Ela vai ter que dirigir por um ano com um adulto do lado até poder pegar no volante sozinha. E Owen não gosta que ela dirija à noite, mesmo quando está com ele, por isso tento aproveitar a oportunidade.

— Tá certo — cede Bailey. — Obrigada.

Ela vai em direção à porta. Quer terminar logo a conversa e sentir o ar de Sausalito do lado de fora. A garota diria qualquer coisa para ir embora, mas considero o gesto como um encontro marcado.

— Então, até daqui a algumas horas?

— Até — confirma ela.

E me sinto feliz, mesmo que por apenas um segundo. Então, Bailey bate a porta da frente e fico sozinha de novo com o bilhete de Owen, no silêncio singular da cozinha, com uma quantidade de macarrão com gosto de queimado na minha frente que daria para alimentar uma família de dez pessoas.

Não pergunte se não quiser saber a resposta

São oito da noite e Owen ainda não ligou.

Viro à esquerda no estacionamento da escola de Bailey e paro em uma vaga perto da saída da frente.

Desligo o rádio e tento ligar mais uma vez para ele. Meu coração acelera quando cai direto na caixa postal. Já se passaram doze horas desde que Owen saiu para o trabalho, duas horas desde a visita da garota com uniforme de futebol, dezoito mensagens para o meu marido que não foram respondidas.

— Oi — digo depois do bip. — Não sei o que está acontecendo, mas você precisa me ligar assim que ouvir essa mensagem. Owen? Eu amo você. Mas vou te matar se não receber notícias suas em breve.

Encerro a ligação e olho para o celular, esperando que toque imediatamente. Esperando que seja Owen, retornando à ligação, com um bom motivo para o sumiço. Essa é uma das razões pelas quais eu o amo. Ele sempre tem uma boa explicação. Sempre traz calma e bom senso para tudo o que está acontecendo. Quero acreditar que isso também vai ser verdade agora. Mesmo que eu não consiga ver como.

Passo para o lado para que Bailey possa ocupar o banco do motorista. Fecho os olhos e tento pensar em diversos cenários que consigam explicar o que está acontecendo. Cenários inofensivos e razoáveis. Owen está preso em uma reunião de trabalho importante. Perdeu o celular. Vai surpreender Bailey com um presente maluco. Vai me surpreender com alguma viagem. Ele acha isso engraçado. Simplesmente não tem noção do que está fazendo.

É nesse momento que escuto o nome da empresa de tecnologia de Owen — a The Shop — no rádio do carro.

Aumento o volume, achando que foi um delírio ter ouvido aquilo. Talvez tenha sido eu que disse o nome da empresa na mensagem que deixei para ele. *Você está preso na The Shop?* É possível. Mas então escuto o restante da notícia, na voz melosa da apresentadora da emissora de rádio.

— A batida policial de hoje foi resultado de uma investigação de catorze meses conduzida pela comissão de valores mobiliários dos Estados Unidos e pelo FBI envolvendo as práticas de negócios da start-up de software. O CEO da The Shop, Avett Thompson, está sob custódia. As acusações previstas incluem desvio de dinheiro e fraude. Fontes próximas à investigação afirmam que, abre aspas, *há evidências de que Thompson planejava fugir do país e estabelecer residência em Dubai.* É esperado que funcionários seniores sejam ouvidos em breve.

A The Shop. Ela está falando sobre a The Shop. Como isso é possível? Owen tem orgulho de trabalhar lá. Usou essa palavra. *Orgulho*. Ele me contou que aceitou um salário menor para se juntar a eles no início. Quase todo mundo aceitou, para trabalhar lá, saindo de empresas maiores — Google, Facebook, Twitter —, deixando muito dinheiro para trás, concordando em receber ações da The Shop em vez da remuneração tradicional.

Owen não me disse que eles fizeram isso porque acreditavam na tecnologia que a The Shop estava desenvolvendo? Eles não são a Enron. A Theranos. São uma empresa de software. Estavam criando ferramentas de software para aumentar a privacidade na internet — para ajudar as pessoas a controlarem a que tipo de informações sobre elas os outros podem ter acesso on-line, garantindo maneiras muito fáceis de apagar uma imagem embaraçosa ou de fazer um site quase desaparecer. Eles queriam fazer parte da revolução da privacidade on-line. Queriam fazer a diferença.

Como poderiam estar envolvidos com fraude?

Quando a apresentadora faz uma pausa para a propaganda, pego o celular e entro no aplicativo de notícias.

Mas no momento em que estou abrindo a seção de negócios da CNN, Bailey sai da escola. Ela está com uma mochila pendurada no ombro e uma expressão carente no rosto que não reconheço, ainda mais dirigida a mim. Instintivamente, desligo o rádio e abaixo o celular.

Proteja ela.

Bailey entra no carro depressa. Ela se joga no banco do motorista e coloca o cinto de segurança. Não me diz nem um oi. Nem sequer vira a cabeça para olhar na minha direção.

— Você está bem? — pergunto.

Ela balança a cabeça, o cabelo roxo caindo de trás da orelha. Espero que faça um comentário sarcástico, do tipo *Pareço bem?*, mas ela fica calada.

— Bailey?

— Não sei — responde ela. — Eu não sei o que tá acontecendo...

Só então eu reparo. Ela está carregando uma mochila, não a bolsa com que saiu de casa. É uma mochila grande, de tecido preto grosso, que ela segura delicadamente no colo como se fosse um bebê.

— O que é isso? — pergunto.

— Dá uma olhada.

O jeito como ela fala me faz não querer olhar. Mas não tenho muita escolha, porque Bailey joga a mochila no meu colo.

— Vai. Olha, Hannah.

Abro um pouco o zíper e o dinheiro começa a cair. Bolos e bolos de dinheiro, centenas de notas de cem dólares amarradas com barbante. Pesadas, parecendo não ter fim.

— Bailey — sussurro. — Onde você conseguiu isso?

— Meu pai deixou no meu armário.

Olho para ela incrédula, sentindo o coração acelerar.

— Como você sabe? — pergunto.

Bailey me entrega um bilhete. Joga na minha direção, na verdade.

— Vamos dizer que tenho um bom palpite — responde.

Pego o bilhete no meu colo. Foi escrito em uma folha de um bloco de notas. É o segundo bilhete de Owen naquele dia, escrito na mesma folha. A outra metade do meu bilhete. Na frente do dela está escrito *BAILEY*, sublinhado duas vezes.

Bailey,

Não tenho como explicar muito. Me desculpe. Você sabe o que importa a meu respeito.
E sabe o que importa em relação a si mesma. Por favor, se agarre a isso.
Ajude a Hannah. Faça o que ela mandar.
Ela ama você. Nós dois amamos.
Você é minha vida,

Papai

Mantenho os olhos fixos no bilhete até as palavras começarem a se embaralhar. E consigo imaginar o que precedeu o encontro entre Owen e a menina de doze anos de caneleiras. Posso imaginar Owen correndo pelos corredores da escola, passando pelos armários. Ele estava lá para entregar aquela mochila à filha. Enquanto ainda podia.

Meu peito começa a esquentar, tornando a respiração difícil.

Eu me considero bastante tranquila. É difícil alguma coisa me tirar a paz. Pode-se dizer que a forma como cresci exigiu isso. Na verdade, só me senti como estou me sentindo agora duas outras vezes: no dia em que me dei conta de que minha mãe não ia voltar e no dia em que meu avô morreu. Mas, olhando do bilhete de Owen para a quantidade obscena de dinheiro que ele deixou, sinto aquela sensação surgindo de novo. Como posso explicar? É como se minhas entranhas precisassem sair do corpo. De qualquer maneira possível. E sei que, se há um momento em que eu poderia vomitar com vontade, é esse.

Então é o que faço.

~

Estacionamos na nossa vaga em frente às docas. Deixamos as janelas do carro bem abertas no caminho e ainda estou segurando um lenço de papel contra a boca.

— Você acha que vai vomitar de novo? — pergunta Bailey.

Balanço a cabeça, tentando convencer tanto a mim quanto a ela.

— Estou bem.

— Porque isso pode ajudar... — sugere Bailey.

Vejo quando ela tira um baseado do bolso do suéter. E o estende para mim.

— Onde você conseguiu isso? — pergunto.

— É legal na Califórnia — retruca ela.

Isso é uma resposta? E é válido para uma jovem de dezesseis anos?

Talvez ela não queira me responder, ainda mais porque desconfio que conseguiu o baseado com Bobby, que é mais ou menos seu namorado. Ele está no último ano da escola dela e parece ser um cara legal, até meio nerd: provavelmente vai para a Universidade de Chicago e é o líder do grêmio estudantil. Não tem mechas roxas no cabelo. Mas há alguma coisa nele que deixa Owen desconfiado. E, apesar de eu querer colocar a aversão de Owen ao rapaz na conta da superproteção, não ajuda o fato de Bobby encorajar o desprezo de Bailey por mim. Às vezes, depois de passar algum tempo com ele, ela chega em casa e me xinga. Embora eu tenha tentado não levar para o lado pessoal, Owen não se saiu tão bem nessa missão. Ele teve uma discussão com Bailey por causa do garoto poucas semanas atrás e disse à filha que achava que ela estava saindo demais com Bobby. Foi uma das únicas vezes em que vi Bailey olhar para Owen com o mesmo olhar de desprezo que ela costuma reservar para mim.

— Se não quiser, não pega — declara ela. — Eu estava só tentando ajudar.

— Estou bem. Mas obrigada.

Ela está prestes a guardar o baseado de volta no bolso, e eu me encolho por dentro. Tento evitar ter atitudes de reprovação materna em relação a Bailey. É uma das poucas coisas que ela parece gostar em mim.

Começo a me virar, fazendo uma anotação mental para conversar sobre isso com Owen quando ele chegar em casa — deixar que decida se ela fica com o baseado ou se o entrega para nós. Mas então a realidade me atinge: não tenho ideia de quando Owen vai voltar para casa. Não tenho ideia de onde ele está agora.

— Sabe de uma coisa? — digo. — Vou ficar com isso.

Bailey revira os olhos, mas entrega o baseado. Enfio no porta-luvas e me abaixo para pegar a mochila.

— Comecei a contar... — comenta ela. Eu me viro para encará-la. — O dinheiro — explica Bailey. — Cada rolo tem dez mil dólares. E cheguei aos sessenta rolos. Então parei de contar.

— Sessenta?

Começo a pegar os rolos de dinheiro que caíram nos assentos, no chão, e coloco de volta na mochila. Então, fecho o zíper para que Bailey não precise mais olhar para o estoque enorme ali dentro. Para que nenhuma de nós duas precise.

Seiscentos mil dólares. Mais de seiscentos mil dólares.

— Lynn Williams repostou um monte de tuítes do *Daily Beast* nos *stories* do Instagram dela — informa Bailey. — Contando tudo sobre a The Shop e Avett Thompson. Como ele orquestrou uma das maiores fraudes financeiras da história. É o que diz um dos tuítes.

Repasso rapidamente o que já sei. O bilhete de Owen para mim. A mochila para Bailey. A notícia no rádio sugerindo desvio de dinheiro e fraude em grande escala. Avett

Thompson como o cabeça de alguma coisa que ainda estou tentando entender.

Sinto como se estivesse em um daqueles sonhos distorcidos que só acontecem quando a gente vai dormir na hora errada — o sol da tarde ou o frio da meia-noite nos cumprimentando quando acordamos, desorientados —, e que fazem com que a gente se vire para a pessoa ao lado, a pessoa em quem mais confiamos, para que ela nos tranquilize. Foi só um sonho: não tem nenhum tigre debaixo da cama. Você não acabou de ser perseguida pelas ruas de Paris. Não saltou da Willis Tower. Seu marido não desapareceu sem dar nenhuma explicação e deixou seiscentos mil dólares para a filha dele. Mais que isso.

— Ainda não sabemos disso de fato — afirmo. — Mas mesmo que seja verdade que a The Shop está envolvida em alguma coisa, ou que Avett cometeu um crime, não significa que seu pai teve qualquer participação nisso.

— Então onde ele está? E onde conseguiu esse dinheiro?!

Bailey está gritando comigo porque quer gritar com ele. É um sentimento com o qual consigo me identificar. *Estou tão furiosa quanto você*, tenho vontade dizer. E a pessoa para quem quero dizer isso é Owen.

Olho para ela. Então desvio o olhar para a janela, para as docas, para a baía, para todas as casas iluminadas à noite nesse bairrozinho esquisito. Bem na minha frente está a casa flutuante dos Hahn. O sr. e a sra. Hahn estão sentados no sofá, um do lado do outro, tomando suas taças de sorvete de todas as noites, vendo televisão.

— O que eu faço agora, Hannah? — pergunta Bailey. Meu nome paira como uma acusação.

Ela empurra o cabelo para trás da orelha, e vejo seu lábio começar a tremer. É tão estranho e inesperado — Bailey nunca chorou na minha frente — que quase me inclino para abraçá-la, como se fosse algo que costumamos fazer.

Proteja ela.

Solto meu cinto de segurança. Então, estendo a mão e solto o dela. Movimentos simples.

— Vamos entrar em casa e eu vou fazer algumas ligações — digo. — Alguém vai saber onde seu pai está. Vamos começar por aí. Vamos começar encontrando o Owen, para que ele possa explicar tudo isso.

— Tudo bem — concorda ela.

Bailey abre a porta do carro e sai. Mas então se vira para mim, os olhos brilhando.

— O Bobby tá vindo pra cá — avisa. — Não vou contar nada sobre a encomenda especial que meu pai me deixou, mas quero muito ele aqui.

Ela não está pedindo permissão. E que escolha eu tenho, mesmo se estivesse?

— Mas fica no andar de baixo, tá certo?

Ela dá de ombros, o que é o mais próximo de um acordo a que vamos chegar a respeito disso. E antes que eu possa me preocupar, vejo um carro parando, os faróis piscando para nós, a luz forte exigindo atenção.

Meu primeiro pensamento é: *Owen. Por favor, que seja Owen.* Mas meu segundo pensamento parece mais preciso, e eu me preparo. É a polícia. Tem que ser a polícia. Eles provavelmente estão aqui atrás de Owen — para recolher informações sobre o envolvimento dele nas atividades criminosas da empresa, para tentar descobrir o que eu sei sobre o trabalho dele na The Shop e sobre seu paradeiro atual. Como se eu tivesse alguma informação para repassar a eles.

Mas também estou errada em relação a isso.

Os faróis se apagam e, quando vejo que o carro é um Mini Cooper de um azul forte, sei que é Jules. Minha amiga mais antiga, saindo do Mini Cooper dela e correndo a toda na minha direção, os braços abertos e estendidos. Logo ela está nos abraçando, a Bailey e a mim, o mais forte que consegue.

— Oi, meus amores — diz.

Bailey retribui o abraço. Até Bailey ama Jules, apesar de ter sido eu que a apresentei a ela. É assim que Jules é para todos que têm a sorte de conhecê-la. Aconchego, estabilidade.

Talvez seja por isso que, de tudo o que imagino que ela esteja prestes a me dizer, a única coisa que não espero é a que sai de sua boca.

— É tudo minha culpa — declara Jules.

Pense o que quiser

— Ainda não consigo acreditar nisso — diz Jules.

Estamos sentadas na cozinha, diante da mesinha de café da manhã que fica no canto onde bate o sol, tomando café batizado com bourbon. Jules já foi para a segunda xícara — ela está com um moletom grande, que esconde o corpo pequeno, e com o cabelo puxado para trás em duas tranças baixas. As tranças fazem com que pareça uma criança travessa que está tentando colocar um pouco mais de bourbon na xícara. Na verdade, fazem com que se pareça um pouco com sua versão adolescente, a garota que conheci no nosso primeiro dia no ensino médio.

Meu avô e eu tínhamos acabado de nos mudar do Tennessee para Peekskill, no estado de Nova York, uma cidadezinha às margens do rio Hudson. A família de Jules se mudou para lá vindo da cidade de Nova York. O pai dela trabalhava como jornalista investigativo para o *New York Times* — um jornalista ganhador do Prêmio Pulitzer —, mas Jules não era nem um pouco metida por causa disso. Nós nos conhecemos depois da escola, quando estávamos nos candidatando a uma vaga para trabalhar no Lucky's, um serviço local de passeadores de cães. Nós duas fomos contratadas. E começamos a passear juntas todas as tardes com os cachorros. Devíamos formar uma dupla e tanto: duas garotas pequenas com quinze cachorros barulhentos nos cercando o tempo todo.

Eu estudava em uma escola pública. Jules, em uma particular de renome a alguns quilômetros de distância. Mas durante aquelas tardes éramos inseparáveis. Ainda não tenho certeza de como teríamos conseguido enfrentar o ensino médio se não tivéssemos uma à outra. Nossas vidas reais eram tão distantes que eu contava tudo para ela e ela para mim. Uma vez, Jules comparou nossa relação com o jeito como as pessoas às vezes confiam em um estranho que conhecem em um avião. Desde o início, é isto o que temos sido uma para a outra: segurança nas alturas. Com direito a uma perspectiva de trinta mil pés de distância da realidade de cada uma.

Essa dinâmica não mudou agora que somos adultas. Jules seguiu os passos do pai e trabalha para um jornal. Ela é editora de fotografia no *San Francisco Chronicle*, com foco principalmente em esportes. Agora, Jules me encara, preocupada. Mas estou de olho em Bailey na sala de estar, aninhada a Bobby no sofá, os dois falando baixo. Parece inofensivo. Ainda assim, logo penso que não tenho ideia de qual é a aparência de alguma coisa inofensiva. Essa é a primeira vez que Bobby vem aqui em casa sem que Owen esteja presente. É a primeira vez que sou a única responsável.

Tento tomar conta deles enquanto finjo que não. Mas Bailey provavelmente sente meu olhar. Ela me encara, nada satisfeita. Então, se levanta e fecha a porta de vidro da sala de estar com força. Ainda consigo vê-la, portanto a porta fechada na minha cara é apenas simbólica. Mas ainda é uma porta na cara.

— Nós também já tivemos dezesseis anos, sabe — lembra Jules.

— Não desse jeito — retruco.

— Bem que queríamos. Cabelo roxo é o máximo.

Jules faz menção de colocar um pouco mais de bourbon no meu café, mas cubro a xícara com a mão.

— Tem certeza? Vai ajudar — sugere ela.

Balanço a cabeça, recusando.

— Estou bem — afirmo.

— Bom, está me ajudando.

Jules se serve de um pouco mais de bourbon, afasta minha mão do caminho e serve na minha xícara também. Sorrio para ela, embora eu mal tenha tomado um gole do que já estava ali. Estou estressada demais, fisicamente desconectada demais — muito perto de me levantar, entrar de forma intempestiva na sala e puxar Bailey pelo braço para a cozinha comigo, só para sentir que estou fazendo alguma coisa.

— Você já teve notícias da polícia? — pergunta Jules.

— Não, ainda não — respondo. — E por que não tem ninguém da The Shop batendo na minha porta? Para me dizer o que fazer quando a polícia aparecer?

— Eles têm um peixe maior para fritar — diz ela. — Avett era o alvo principal, e a polícia simplesmente levou ele sob custódia.

Jules passa os dedos ao redor da xícara. Fico olhando para ela — os cílios longos e as maçãs do rosto salientes, a única ruga entre os olhos bem marcada agora. Ela está nervosa, como sempre fica, como nós duas sempre ficamos, antes de termos que contar uma à outra alguma coisa que sabemos que não vai ser nada divertida de ouvir — como a vez em que ela me contou que tinha visto meu quase-namorado Nash Richards beijando outra garota no Rye Grill. O problema não era tanto achar que eu ficaria chateada com Nash, de quem eu não gostava tanto assim, mas Jules saber que o Rye Grill era meu lugar favorito para comer batata frita e cheesebúrguer. E quando ela jogou o refrigerante na cara de Nash, o gerente disse que nós duas estávamos banidas de lá para sempre.

— Então, você vai me contar ou não? — arrisco.
Ela levanta os olhos.
— Que parte? — pergunta.
— Como isso tudo é culpa sua?
Ela assente, infla as bochechas e sopra o ar.
— Quando cheguei ao *Chronicle* hoje de manhã, logo soube que estava acontecendo alguma coisa. Max estava agitado, o que quase sempre significa más notícias. Assassinato, *impeachment*, esquema Ponzi.
— Ele é um amor, esse Max — comento.
— Sim, bem...

Max é um dos poucos jornalistas investigativos que continuam no *Chronicle* — bonito, bajulador, brilhante. Ele também é louco por Jules. E, apesar de afirmar o contrário, desconfio que Jules sinta o mesmo por ele.

— Ele parecia particularmente presunçoso, pairando perto da minha mesa. Por isso desconfiei de que ele sabia de alguma coisa e queria se gabar. Na época da faculdade, ele era da mesma fraternidade de uma pessoa que hoje trabalha na comissão de valores mobiliários e que aparentemente tinha o furo sobre o que estava acontecendo com a The Shop. Sobre a batida policial de hoje de tarde.

Ela me olha, nitidamente sem querer continuar a falar.

— Max me contou que o FBI está investigando a empresa há mais de um ano. Pouco depois da primeira oferta pública de ações da The Shop, eles receberam a informação de que o valor de mercado foi exagerado de forma fraudulenta durante o processo de abertura de capital.

— Não sei o que isso significa — digo.

— Significa que a The Shop achou que o software estaria pronto antes. Aí, entraram no mercado cedo demais. E ficaram empacados, fingindo que tinham um software funcional quando, na realidade, ainda não podiam vendê-lo. Aí, para compensar e manter os preços das ações altos, começaram a falsificar os balanços financeiros.

— Como eles fizeram isso?

— Bem, eles têm outros softwares, vídeos, aplicativos, o feijão com arroz da empresa. Mas o software de privacidade, o divisor de águas que Avett estava divulgando, ainda não era funcional, sabe? Eles não tinham como começar a vendê-lo. Mas o projeto já estava em um estágio avançado o bastante para que pudessem fazer demonstrações para grandes compradores em potencial. Empresas de tecnologia, escritórios de advocacia, esse tipo de coisa. Então, quando essas empresas mostraram interesse, eles registraram como uma venda futura. Max diz que não é diferente do que a Enron fez. Eles declararam que estavam ganhando uma fortuna com vendas futuras, para manter o preço das ações subindo.

Estou começando a entender aonde Jules quer chegar.

— E para ganharem mais tempo para resolver o problema?

— Exatamente. Avett apostou que as vendas futuras incertas se transformariam em vendas reais assim que o software estivesse pronto. Eles estavam usando os balanços financeiros falsos como um tapa-buraco para manter as ações em alta, até que o software estivesse estável — explica ela. — Mas acabaram sendo pegos antes de conseguirem chegar lá.

— E aí está a fraude?

— E aí está a fraude — confirma Jules. — Max diz que é enorme. Os acionistas vão perder meio bilhão de dólares.

Meio *bilhão* de dólares. Tento fazer a ideia entrar na minha cabeça. Esse não é o maior problema no momento, mas somos grandes acionistas. Owen resolveu investir no lugar em que trabalhava, no software que estavam desenvolvendo. Por isso, quando a empresa abriu o capital, ele manteve todas as ações que já tinha. Chegou, inclusive, a comprar mais. Quanto perderíamos? A maior parte das nossas economias? Por que Owen nos colocaria nessa situação se soubesse que alguma coisa ruim estava acontecendo? Por que ele investiria nossas economias, nosso futuro, em uma operação problemática?

Esses pensamentos me dão esperança de que ele não tenha participado desse esquema.

— Então, se Owen investiu na The Shop, isso deve significar que ele não sabia, certo?

— Pode ser...

— Isso não soou como um "pode ser".

— Bem, também existe a possibilidade de ele ter feito o que Avett fez. Comprou as ações para ajudar a inflar o valor, pensando em vender antes que alguém descobrisse.

— Você acha mesmo que Owen faria uma coisa dessas? — pergunto.

— Para mim, nada disso parece algo que Owen faria — responde Jules.

Então dá de ombros. E eu escuto o resto — o que está passando pela mente dela e na minha: Owen é o programador-chefe. Como poderia não saber que Avett estava inflando o valor do software em que ele estava trabalhando, o software que ainda não estava funcionando? Se alguém soubesse, não seria ele?

— Max disse que o FBI acha que a maior parte da equipe sênior estava envolvida ou foi cúmplice ao ignorar.

Todos achavam que poderiam corrigir o problema antes que alguém percebesse. Ao que parece, isso estava perto de acontecer. Se não fosse por essa informação passada para a comissão de valores mobiliários, eles poderiam ter conseguido.

— Quem avisou a eles?

— Não faço ideia. Mas por isso aconteceu a batida policial. Eles queriam recolher tudo antes que Avett desaparecesse. Com os duzentos e sessenta milhões de dólares em ações de que vinha se desfazendo discretamente... — Ela faz uma pausa. — Há meses.

— Cacete — arquejo.

— Sim. De qualquer forma, Max descobriu antes. Sobre a batida policial. Então, o FBI fez um acordo com ele. Se Max concordasse em não divulgar a história antes da operação, eles lhe dariam uma vantagem de duas horas para publicar a respeito. O *Chronicle* bateu todos os outros veículos. O *Times*. A CNN. A NBC. A Fox. Max ficou tão cheio de si que teve que me contar. E não sei... Meu primeiro instinto foi ligar pro Owen. Bem, meu primeiro instinto foi ligar para você, mas você não atendeu. Então liguei pro Owen.

— Para avisar a ele?

— Sim — confirma Jules. — Para avisar a ele.

— Por que você está se sentindo mal em relação a isso? Porque ele fugiu? — pergunto.

É a primeira vez que digo em voz alta. A verdade óbvia. Ainda assim, dizer em voz alta faz com que eu me sinta melhor, de alguma forma. Pelo menos é sincero. Owen fugiu. Ele está fugindo. Não foi simplesmente embora.

Jules assente e eu engulo em seco, lutando contra as lágrimas que fazem meus olhos arderem.

— O que aconteceu não é culpa sua — digo. — Você poderia ter perdido o emprego por alertar o Owen. Estava tentando ajudar. Pelo amor de Deus, por que eu ficaria brava com você por causa disso? Só estou irritada com o Owen. — Paro e penso no que acabei de dizer. — Na verdade, não estou nem irritada com ele, só me sentindo meio entorpecida. E queria entender o que ele está pensando. Como Owen acha que não pega mal pra ele sumir assim?

— A que conclusão você chegou? — pergunta ela.

— Não sei. Talvez ele esteja tentando se inocentar? Mas por que não fazer isso aqui? Ele poderia arrumar um advogado. Deixar que a justiça fizesse isso — reflito. — Eu simplesmente não consigo me livrar da sensação de que estou deixando alguma coisa passar, sabe? Não estou conseguindo entender de que tipo de ajuda Owen está atrás.

Jules aperta minha mão com força e sorri para mim. Mas ela não parece estar com as mesmas dúvidas que eu, e é então que me dou conta de que não está me dizendo seja lá o que for que está por trás daquele olhar. Ela ainda não chegou na pior parte.

— Eu conheço esse olhar — digo.

Ela balança a cabeça.

— Não é nada.

— Me conta, Jules.

— A questão é que eu mesma não consigo acreditar realmente nisso, mas Owen não ficou surpreso — diz Jules. — Ele não ficou surpreso quando contei sobre a operação policial.

— Não estou conseguindo acompanhar seu raciocínio.

— Eu aprendi muito cedo com meu pai que as fontes não conseguem disfarçar quando sabem de alguma coisa. As pessoas se esquecem de fazer as perguntas óbvias que deveriam fazer se não soubessem de nada sobre a situação. Como as perguntas que você acabou de me fazer sobre o que realmente deve ter acontecido…

Fico olhando para Jules, esperando que continue, enquanto alguma coisa começa a surgir na minha cabeça. Olho para Bailey através do vidro. Ela está apoiada no peito de Bobby, a mão na barriga dele, os olhos fechados.

Proteja ela.

— A questão é que, se Owen não soubesse de nada sobre a fraude, ele teria me pedido mais informações a respeito. Teria precisado de muito mais informações sobre o que estava acontecendo na The Shop. Teria dito alguma coisa como "Calma aí, Jules. Quem eles estão achando que é culpado? Estão achando que o Avett liderou a fraude sozinho ou que a corrupção é mais ampla? O que acham que aconteceu, quanto foi roubado?" Mas não foi isso que ele perguntou. Nada disso.

— O que ele perguntou?

— Quanto tempo tinha para ir embora — revela Jules.

Vinte e quatro horas antes

Owen e eu estávamos sentados na doca, comendo comida tailandesa direto das embalagens para viagem e tomando cerveja gelada.

Ele estava de jeans e moletom, descalço. Quase não se via a lua, a noite no norte da Califórnia gelada e úmida, mas Owen não estava com frio. Já eu me encontrava enrolada em uma manta, usando dois pares de meias e botas quentinhas.

Estávamos dividindo uma salada picante de papaia. Owen lacrimejava, já que o ardor das pimentas tinha ido direto para seus olhos.

Abafei uma risada.

— Se você não aguenta tanta pimenta — falei —, da próxima vez podemos pedir um curry mais suave.

— Ah, eu aguento, sim — retrucou ele. — Se você consegue comer isso, eu também consigo...

Então, enfiou outra garfada na boca, seu rosto vermelho enquanto ele se esforçava para engolir. Pegou a cerveja e bebeu com vontade.

— Viu só? — falou.

— Vi, sim — respondi.

Então, me inclinei para beijá-lo. Depois que me afastei, ele sorriu para mim e tocou meu rosto.

— E aí? Posso me enfiar embaixo dessa manta com você? — perguntou Owen.

— Sempre.

Eu me aproximei mais e passei a manta ao redor dos ombros dele, sentindo seu calor — Owen estava descalço, mas seu corpo continuava alguns graus mais quente do que o meu.

— Então me conta — disse ele. — Qual foi a melhor parte do seu dia?

Aquilo era uma coisa que a gente fazia às vezes, quando chegávamos tarde em casa — nos dias em que estávamos cansados demais para falar sobre assuntos mais importantes. Cada um escolhia uma coisa do dia para contar. Uma coisa boa das nossas vidas independentes um do outro.

— Na verdade, acho que tenho uma ótima ideia para um agradinho para a Bailey — falei. — Vou tentar recriar aquela massa com manteiga noisette para o jantar de amanhã à noite. Sabe qual é, aquela que a gente comeu no aniversário dela no Poggio? Não acha que ela vai adorar?

Owen passou o braço com mais força ao redor da minha cintura e manteve a voz baixa.

— Você está me perguntando se ela vai gostar ou se isso vai fazer com que ela passe a amar você?

— Ei. Isso não foi legal.

— Estou tentando ser legal — garantiu ele. — Bailey tem sorte por ter você. E ela vai descobrir isso. Com ou sem essa tentativa de reproduzir o prato.

— Como você sabe?

Ele deu de ombros.

— Eu sei das coisas.

Eu não respondi, e não acreditava muito nele. Queria que Owen se esforçasse mais para diminuir aquela distância entre mim e Bailey, ainda que eu não tivesse ideia de como ele poderia fazer isso. Mas mesmo se Owen não conseguisse nos aproximar, eu queria que ele pelo menos me dissesse que eu estava fazendo tudo o que podia.

Como se ouvisse meus pensamentos, Owen afastou meu cabelo do rosto e beijou a lateral do meu pescoço.

— Ela realmente adorou aquela massa — disse. — Seria muito gentil da sua parte fazer isso.

— É exatamente o que estou dizendo!

Ele sorriu.

— Devo conseguir sair mais cedo do trabalho amanhã. Gostaria de ter um *sous chef*?

— Com certeza.

— Conte comigo, então. Sou todo seu.

Apoiei a cabeça no ombro dele.

— Obrigada — respondi. — Muito bem. Agora você.

— Qual foi minha parte favorita do dia? — perguntou ele.

— Sim. E não fuja do assunto dizendo que está sendo agora.

Ele riu.

— Isso mostra como você não me conhece — disse Owen. — Eu não ia dizer que o melhor momento do dia é agora.

— Sério?

— Sério — garantiu ele.

— O que você ia dizer, então?

— Que foi sessenta segundos atrás — respondeu Owen. — Estava frio sem a manta.

Seguindo o dinheiro

Jules só foi embora às duas da manhã.

Ela se ofereceu para ficar, e talvez eu devesse ter aceitado, porque mal consigo dormir.

Passo a maior parte da noite acordada no sofá da sala, sem conseguir encarar meu quarto sem Owen. Eu me enrolo em uma manta antiga e fico ali, no escuro, revirando na mente a última coisa que Jules disse antes de ir embora.

Nós estávamos paradas na porta da frente e ela me deu um abraço.

— Só mais uma coisa — disse ela. — Você continuou com sua própria conta corrente?

— Sim — respondi.

— Isso é bom. É importante.

Ela sorriu, aprovando, por isso não acrescentei que tinha feito aquilo por insistência de Owen. Foi ele que quis que eu mantivesse parte do nosso dinheiro separado, por algum motivo que nunca explicou. Presumi que tivesse alguma coisa a ver com Bailey. Mas talvez eu estivesse errada sobre isso. Talvez tivesse a ver com deixar o que era meu intocado.

— Estou perguntando porque eles provavelmente vão congelar todos os bens dele — avisou Jules. — Essa é a primeira coisa que vão fazer enquanto estiverem tentando descobrir para onde Owen foi. O que ele sabia. Eles sempre seguem o dinheiro.

Seguir o dinheiro.

Eu me sinto um pouco enjoada, mesmo agora, quando me lembro da mochila enfiada debaixo da pia da cozinha, cheia de dinheiro que Owen provavelmente sabe que a polícia não teria como rastrear. Não contei a Jules sobre a mochila porque sei o que parece para qualquer pessoa razoável. Sei o que deveria parecer para mim também. Que Owen é culpado. Jules já está convencida disso, e uma mochila misteriosa cheia de dinheiro só serviria para convencê-la ainda mais. Por que não, certo? Ela ama Owen como um irmão, mas isso não tem nada a ver com amor. Tem a ver com fatos que apontam para o envolvimento de Owen em toda essa confusão: ele está fugindo e agiu de um jeito suspeito com Jules ao telefone. São fatos inquestionáveis.

A não ser por uma coisa. A não ser pelo que eu sei.

Owen não fugiria porque é culpado. Ele não iria embora para se salvar. Ele não iria embora para escapar da prisão ou para evitar me olhar nos olhos e admitir o que fez. Ele não deixaria Bailey. Owen jamais deixaria Bailey, a não ser que fosse absolutamente necessário. Como posso ter tanta certeza disso? Como posso confiar em mim mesma para ter certeza de alguma coisa quando obviamente sou suspeita em relação ao que estou disposta a ver?

Em parte, porque passei a vida *precisando* ver. Passei a vida prestando muita atenção. Quando minha mãe foi embora para sempre, eu não tinha previsto aquilo. Deixei passar. Não percebi que aquela partida seria definitiva. Isso não deveria ter acontecido. Houve tantas saídas apressadas antes daquela, tantas noites em que ela saiu de fininho e me deixou com meu avô sem sequer se despedir. Diversas vezes, minha mãe levou dias ou semanas para voltar, só ligava de vez em quando para conferir como estavam as coisas.

Quando ela finalmente foi embora para sempre, não disse que não voltaria. Minha mãe se sentou na beira da minha cama, afastou meu cabelo do rosto e disse que precisava ir para a Europa — que meu pai precisava dela. Falou também que me veria em breve. Imaginei que isso significava que ela voltaria logo, já que estava sempre indo e vindo. Mas deixei passar. A forma como aquilo foi dito. "Me ver em breve" significava que ela nunca mais voltaria, não de verdade. Significava que eu passaria uma tarde ou uma noite com ela duas vezes por ano (nunca um dia inteiro).

Significava que eu a perdera.

Esta foi a parte que deixei passar: minha mãe não se importava o bastante para que não sumisse da minha vida.

Essa é a parte que jurei para mim mesma que nunca deixaria passar de novo.

Não sei se Owen é culpado. E estou furiosa por ele ter deixado nas minhas costas o fardo de lidar com isso sozinha. Mas sei que ele se importa. Sei que ele me ama. E, mais do que isso, sei que ele ama Bailey.

Owen só iria embora *por* ela. Tem que ser isso. Ele foi embora desse jeito para tentar salvar a filha. De alguma coisa ou de alguém.

Tudo se resume a Bailey.

O resto é só história.

∼

A luz do sol entra pelas janelas sem cortinas da sala de estar, suave e amarela, refletindo contra o porto.

Fico olhando para fora. Não ligo a televisão nem abro meu notebook para ver as notícias. Já sei o mais importante. Owen continua sumido.

Subo as escadas para tomar banho e, para minha surpresa, encontro a porta do quarto de Bailey aberta. Ela está sentada na cama.

— Oi — digo.

— Oi — responde Bailey.

Ela puxa os joelhos contra o peito. Parece tão assustada. E parece estar se esforçando para esconder isso.

— Posso entrar por um segundo? — pergunto.

— Pode — responde ela. — Acho.

Eu me aproximo e me sento na beira da cama — como se isso fosse algo corriqueiro para mim, como se fosse algo que eu já tivesse feito antes.

— Você dormiu? — pergunto.
— Não muito — diz Bailey.
O contorno dos dedos dos pés dela é visível através dos lençóis. Ela os contrai, cerrando-os como um punho. Faço menção de tocar no pé dela, mas penso melhor. Junto as mãos e dou uma olhada no quarto. A mesa de cabeceira está cheia de livros e peças de teatro. O cofrinho azul de Bailey está em cima deles — o cofrinho que Owen ganhou para ela na feira da escola, logo depois que eles se mudaram para Sausalito. É uma porquinha com bochechas vermelhas brilhantes e um laço no alto da cabeça.
— Não consigo parar de pensar nisso tudo — desabafa Bailey. — Sabe... meu pai não complica as coisas. Pelo menos não comigo. Então, me explica o que ele quis dizer naquele bilhete que deixou pra mim.
— Como assim?
— "Você sabe o que importa a meu respeito." O que significa isso?
— Acho que ele quis dizer que você sabe o quanto ele te ama — sugiro. — E que seu pai é um bom homem, apesar do que as pessoas podem estar dizendo sobre ele.
— Não, não é isso — retruca ela. — Ele quis dizer outra coisa. Eu conheço meu pai. Sei que ele quis dizer alguma coisa específica.
— Tá certo... — Respiro fundo. — Como o quê?
Mas Bailey está balançando a cabeça. Sua mente já está em outro lugar.

— E o que é para eu fazer com o dinheiro? Com todo aquele dinheiro que ele deixou para mim? — pergunta. — Esse é o tipo de coisa que alguém faz quando não vai mais voltar.

A afirmação me paralisa.

— Seu pai vai voltar — declaro.

A expressão no rosto dela agora é de dúvida.

— Como você sabe?

Tento pensar em uma resposta reconfortante. Por sorte, acredito na resposta que acho.

— Porque você está aqui.

— Então, por que ele não está? — pergunta ela. — Por que ele sumiu desse jeito?

Parece que ela não está realmente atrás de uma resposta. Parece que só quer brigar quando dou uma resposta que ela não quer ouvir. Fico furiosa com Owen por me colocar nessa posição, não importa qual seja o motivo. Posso dizer a mim mesma que tenho certeza das intenções de Owen — que, onde quer que esteja, ele foi embora porque está tentando proteger Bailey —, mas, ainda assim, estou aqui sem ele. Isso não me torna tão patética quanto minha mãe? Não me torna igual a ela? As duas acreditando em outra pessoa acima de tudo — e chamando isso de amor. De que adianta o amor, se é esse o resultado?

— Escuta — digo. — A gente pode conversar mais sobre isso depois, mas você provavelmente precisa se arrumar para a escola.

— Eu preciso me arrumar para a escola? — pergunta ela. — *Sério* isso?

Bailey não está *errada*. Foi uma coisa idiota a se dizer. Mas como posso falar o que eu quero? Que liguei para o pai dela dezenas e dezenas de vezes e que não sei onde ele está? Que não tenho a menor ideia de quando ele vai voltar para nós?

Bailey se levanta da cama e segue para o banheiro e para o dia horrível que a aguarda, que nos aguarda. Eu quase a detenho e peço que volte para a cama. Mas tenho a sensação de que isso atenderia a uma carência *minha*. Não é melhor para ela sair dessa casa? Ir para a escola? Esquecer o pai por cinco minutos?

Proteja ela.

— Eu vou levar você — aviso. — Não quero que vá andando sozinha para a escola hoje.

— Você que sabe — resmunga Bailey.

Ao que parece, ela está esgotada demais para discutir. Uma trégua.

— Tenho certeza de que logo vamos receber alguma notícia do seu pai — digo. — E as coisas vão começar a fazer muito mais sentido.

— Ah, você tem certeza disso? — pergunta ela. — Nossa, que alívio.

O sarcasmo não consegue mascarar como ela está cansada, como se sente sozinha. Isso me faz sentir falta do meu avô, que saberia exatamente como fazer Bailey se sentir melhor. Em um momento como esse, ele saberia dar seja lá o que for que ela precisa para que entenda que é amada. Para que saiba que pode confiar. Do jeito que ele fez comigo. Meses depois que minha mãe foi embora, meu avô me encontrou no meu quarto, no andar de cima, tentando escrever uma carta para ela. Para perguntar como ela tinha sido capaz de me abandonar.

Ele me pegou chorando, com raiva e com medo. E nunca vou me esquecer do que fez naquele dia. Ele estava usando o macacão e as luvas grossas de trabalho — roxas e grossas. As luvas eram uma compra recente. Ele tinha encomendado especialmente em roxo porque era minha cor favorita. Meu avô tirou as luvas, se sentou no chão, do meu lado, e me ajudou a terminar a carta, exatamente do jeito que eu queria escrever. Sem qualquer julgamento. Ele me ajudou a escrever direitinho todas as palavras com as quais eu estava tendo problemas. E esperou enquanto eu encontrava a forma exata como queria que a carta terminasse. Então, leu a carta toda em voz alta para que eu pudesse ouvir, parando quando chegou à frase em que eu perguntava a minha mãe como ela tinha sido capaz de me abandonar. *Talvez essa não seja a única pergunta que deveríamos fazer*, disse meu avô. *Talvez também devêssemos pensar se realmente queremos que seja diferente. Poderíamos pensar se, por acaso, do jeito dela ela não nos fez um favor...* Eu olhei para ele, já começando a entender para onde ele estava gentilmente me levando. *Afinal, o que sua mãe fez... me deu você.*

A coisa mais generosa de se dizer. A coisa mais reconfortante e generosa. O que meu avô diria para Bailey agora? Quando vou descobrir como dizer a coisa certa?

— Olha, eu estou tentando, Bailey — digo. — Sinto muito. Sei que continuo dizendo as coisas erradas para você.

— Bem — diz ela antes de fechar a porta do banheiro —, pelo menos você sabe disso.

A ajuda está a caminho

Quando decidimos que eu iria me mudar para Sausalito, Owen e eu conversamos sobre como tornar a transição o mais fácil possível para Bailey. Eu acreditava, talvez até mais do que Owen, que não deveríamos tirar Bailey da única casa que ela já tinha conhecido — a casa em que havia morado desde que se entendia por gente. Eu queria que ela tivesse uma sensação de continuidade. A casa flutuante dela, com tudo a que tinha direito — vigas de madeira e janelas salientes, vista de contos de fadas do cais de Issaquah —, lhe garantia isso. O seu porto seguro.

Mas me pergunto se isso não acabou tornando tudo pior: alguém havia se mudado para o espaço que Bailey mais valorizava, e não havia nada que ela pudesse fazer a respeito.

Mesmo assim, fiz o possível para não perturbar o equilíbrio da casa. O equilíbrio dela. Tentei manter a paz até mesmo na forma como me mudei. Imprimi meu estilo no quarto que eu dividiria com Owen, mas o único outro cômodo que redecorei não foi exatamente um cômodo. Foi a nossa varanda, que abraça carinhosamente a frente da casa. Antes de eu chegar, a varanda estava vazia. Enchi de vasos de plantas e de mesas de chá rústicas. E fiz um banco para colocar perto da porta da frente.

É um grande banco de balanço — feito com ripas de carvalho branco e coberto com almofadas listradas para maior conforto.

Owen e eu criamos o ritual de nos sentarmos juntos ali, no fim de semana, para tomar o café da manhã. É nosso momento de pôr a semana em dia, enquanto o sol nasce lentamente sobre a baía de São Francisco, aquecendo o banco com seu calor. Owen se anima mais nessas conversas do que nas que temos durante a semana — é como se uma carga fosse saindo de seus ombros conforme o dia se estende diante dele, tranquilo e sem compromissos.

Em parte, é por isso que o banco me deixa tão feliz, por isso me conforta tanto passar por ele. E por isso quase morro de susto quando saio para levar o lixo para fora e vejo alguém sentado nele.

— Dia de coleta de lixo? — pergunta a pessoa.

Eu me viro e vejo um homem que não reconheço encostado no braço do banco, como se fosse dono do lugar. Ele usa um boné de beisebol virado para trás e uma jaqueta corta-vento e segura um copo de café.

— Posso ajudar? — pergunto.

— Espero que sim. — Ele aponta para minhas mãos. — Mas talvez fosse melhor colocar os sacos no chão primeiro.

Abaixo os olhos e vejo que ainda estou segurando os dois sacos pesados. Coloco os dois nas latas de lixo. Então, o encaro. Deve ter um pouco mais de trinta. É bonito de um jeito desarmante, o maxilar forte e os olhos escuros. É quase bonito demais. Mas o jeito como sorri o denuncia. Ele sabe disso melhor do que ninguém.

— Hannah, imagino? — pergunta. — Prazer.
— Quem é você? — digo.
— Meu nome é Grady — se apresenta ele.

Grady morde a borda do copo de café, segurando-o entre os lábios enquanto ergue o dedo na minha direção, pedindo que eu espere um instante. Então, enfia a mão no bolso e tira uma coisa que parece um distintivo. E estende para que eu o pegue.

— Grady Bradford — completa. — Pode me chamar de Grady. Ou delegado Bradford, se preferir, embora essa opção pareça terrivelmente formal para os nossos propósitos.
— E quais são eles?
— Amigáveis — informa Grady. Então sorri. — Propósitos amigáveis.

Examino o distintivo — tem uma estrela com um aro ao redor. Sinto vontade de passar o dedo pelo círculo, cruzando a estrela, como se isso fosse me ajudar a descobrir se o distintivo é autêntico.

— Você é policial?
— Na verdade, sou delegado federal — explica ele.
— Você não parece um delegado federal — comento.
— E qual deve ser a aparência de um delegado federal? — pergunta Grady.
— A do Tommy Lee Jones em O *Fugitivo* — digo.

Ele ri.

— É verdade que sou mais jovem do que alguns dos meus colegas, mas meu avô era policial, então comecei cedo — explica ele. — Garanto que é uma carreira legítima.

— O que você faz como delegado federal?

Ele pega o distintivo de volta e se levanta, fazendo o banco balançar para a frente e para trás ao liberá-lo do peso.

— Bem, basicamente, detenho pessoas que estão enganando o governo dos Estados Unidos — resume ele.

— Você acha que meu marido fez isso?

— Acho que a The Shop fez isso. Mas não, não estou convencido de que seu marido tenha feito parte do esquema. Embora eu precise falar com ele antes de conseguir avaliar direito seu envolvimento — diz Grady. — Mas parece que ele não quer ter essa conversa.

Isso me deixa desconfiada por algum motivo. Me deixa desconfiada de que aquilo talvez não seja toda a verdade, ao menos não toda a verdade sobre o que ele está fazendo na minha varanda.

— Posso ver seu distintivo de novo? — peço.

— 512-555-5393 — declara ele.

— Esse é o número do seu distintivo?

— É o número do telefone da minha delegacia — responde. — Liga pra lá, se quiser. Eles vão confirmar quem eu sou. E que só preciso de alguns minutos do seu tempo.

— Tenho escolha?

Ele me dá um sorriso.

— Sempre temos escolha — retruca. — Mas sem dúvida eu gostaria se conversasse comigo.

Não tenho a sensação de ter escolha, pelo menos não uma que valha a pena. E não sei se gosto dele, desse Grady Bradford, com seu jeito de falar arrastado. Mas eu realmente gostaria de alguém que está prestes a me fazer um monte de perguntas sobre Owen?

— O que me diz? — pergunta Grady. — Estava pensando em caminharmos um pouco.

— Por que eu sairia para caminhar com você?

— O dia está bonito. E trouxe isso para você.

Ele estica a mão embaixo do meu banco de balanço e pega outro copo de café, bem quente, recém-saído do Fred's. AÇÚCAR EXTRA e SHOT DE CANELA estão escritos na lateral do copo em grandes letras pretas. Ele não apenas me trouxe um copo de café. Ele me trouxe um copo de café do jeito que eu sempre tomo.

Sinto o cheiro da bebida e tomo um gole. É meu primeiro momento de prazer desde que toda essa confusão começou.

— Como você sabe o que eu boto no meu café? — pergunto.

— Um atendente chamado Benj me ajudou. Ele disse que você e Owen sempre compram café com ele no fim de semana. O seu com canela; o de Owen, puro.

— Isso é suborno.

— Só se não funcionar — diz ele. — Caso contrário, é apenas um copo de café.

Olho para ele e tomo outro gole.

— Vamos pelo lado com sol? — sugere ele.

~

Saímos das docas e andamos em direção ao Path, no caminho para o centro da cidade, com o Waldo Point Harbor nos espiando a distância.

— Então, deduzo que não teve notícias de Owen, certo? — começa Grady.

Eu me lembro do nosso beijo de despedida no carro dele ontem, lento e demorado. Owen não estava nem um pouco ansioso, tinha um sorriso no rosto.

— Não. Não vejo meu marido desde que ele saiu para trabalhar ontem — digo.

— E ele não ligou? — pergunta Grady.

Balanço a cabeça.

— Ele costuma ligar do trabalho?

— Costuma — afirmo.

— Mas não ligou ontem?

— Ele pode ter tentado, não sei. Eu fui até o Ferry Building, em São Francisco, e tem um monte de áreas sem sinal entre aqui e lá, então...

Ele assente, nem um pouco surpreso, quase como se já soubesse disso. Como se já estivesse muito além disso.

— O que aconteceu quando você voltou? — pergunta.

— Do Ferry Building?

Respiro fundo e avalio a pergunta por um minuto. Penso em contar a verdade a ele. Mas não sei o que Grady vai fazer com a informação sobre a menina de doze anos e o bilhete que ela me entregou, ou em relação ao bilhete que Owen deixou para Bailey na escola. Sobre a mochila com dinheiro. Até que eu descubra por mim mesma, não vou incluir nessa história alguém que acabei de conhecer.

— Não sei bem o que você quer dizer — retruco. — Eu fiz o jantar para Bailey, que por sinal odiou, então ela saiu para o ensaio. Ouvi sobre a The Shop no rádio enquanto esperava por Bailey no estacionamento da escola. Nós voltamos para casa. Owen, não. Ninguém dormiu.

Ele inclina a cabeça e fica me olhando, como se não acreditasse totalmente em mim. Não o julgo por isso. Ele não deveria mesmo acreditar. Mas Grady parece disposto a deixar passar.

— Então... nenhuma ligação hoje de manhã, certo? — arrisca ele. — Nenhum e-mail também?

— Não — digo.

Ele faz uma pausa, como se algo acabasse de lhe ocorrer.

— É uma doideira quando alguém desaparece, não é? Sem explicação? — comenta.

— Sim.

— Ainda assim... você não parece muito doida.

Paro de andar, irritada por ele achar que sabe o suficiente a meu respeito para fazer uma avaliação de como eu me sinto.

— Desculpa, não sabia que existia um jeito certo de reagir quando acontece uma batida policial na empresa do marido da gente e ele desaparece — rebato. — Estou fazendo mais alguma coisa que você considere inadequada?

Ele pensa a respeito.

— Na verdade, não.

Confiro seu dedo anelar. Nenhuma aliança.

— Presumo que você não seja casado?

— Não — responde Grady. — Espera... você quer saber se nunca fui ou se não estou casado atualmente?

— São respostas diferentes?

Ele sorri.

— Não.

— Bem, se você fosse, entenderia que estou mais preocupada com meu marido do que com qualquer outra coisa.

— Você suspeita que ele foi vítima de algum crime?

Penso nos bilhetes que Owen deixou, no dinheiro. Penso na história da garota de doze anos que encontrou Owen no corredor da escola, na conversa que ele teve com Jules. Owen sabia para onde estava indo. Ele sabia que precisava sair daqui. Foi embora por escolha.

— Não acho que ele foi levado contra a vontade, se é isso que está perguntando.

— Não exatamente.

— Então o que exatamente você está perguntando, Grady?

— Grady. Gosto disso. Fico feliz por você usar meu primeiro nome.

— Qual é a sua pergunta?

— Seu marido deixou você aqui para lidar sozinha com uma confusão que tem a ver com ele. Sem falar na responsabilidade de cuidar da filha *dele* — explica Grady. — Isso me deixaria furioso. E você não parece estar tão furiosa. O que me faz achar que sabe de alguma coisa que não está me contando...

A voz dele é mais firme agora. Seus olhos assumem um tom mais sério, até ele parecer o que é — um delegado federal —, e, de repente, estou do outro lado de seja qual for a linha que ele traça para se separar das pessoas de quem suspeita.

— Se Owen contou alguma coisa a você sobre para onde ele foi, e *por que* foi embora, eu preciso saber — diz ele. — Essa é a única maneira de você protegê-lo.

— Esse é seu principal interesse aqui? Proteger Owen?

— Na verdade, é.

A resposta parece verdadeira, o que me enerva. Me enerva ainda mais do que o jeito de investigador dele.

— Preciso voltar para casa.

Começo a me afastar. A proximidade de Grady Bradford me desestabiliza um pouco.

— Você precisa de um advogado — aconselha ele.

Eu me viro para encará-lo.

— O quê?

— O problema — continua ele — é que você vai ouvir um monte de perguntas a respeito do Owen, pelo menos até que ele esteja por aqui de novo para respondê-las por si mesmo. Perguntas que você não tem obrigação de responder. É mais fácil se desvencilhar dessas perguntas se você disser que tem um advogado.

— Ou posso simplesmente contar a verdade. Não tenho ideia de onde Owen está. E não tenho nada a esconder.

— Não é tão simples assim. As pessoas vão te oferecer informações que vão dar a impressão de que elas estão do seu lado. E do lado do Owen. E não vão estar. Essas pessoas não estão do lado de ninguém, só do delas mesmas.

— Pessoas como você? — retruco.

— Exatamente — admite ele. — Mas eu fiz uma ligação em seu nome hoje de manhã, para Thomas Shelton. É um antigo amigo meu que trabalha com direito de família, para o estado da Califórnia. Só queria me certificar de que você estaria protegida no caso de alguém aparecer do nada querendo a custódia temporária da Bailey no meio de toda essa confusão. Thomas vai mexer os pauzinhos para garantir que a custódia temporária seja concedida a você.

Deixo escapar um suspiro profundo, sem conseguir disfarçar o alívio que sinto. Então me ocorre que, se essa situação durar muito mais tempo, perder a custódia de Bailey é uma possibilidade. Ela basicamente não tem mais ninguém — os avós já morreram e não há nenhum parente próximo. Mas não somos parentes de sangue. Eu não a adotei. O Estado poderia levá-la embora a qualquer momento, certo? Pelo menos até que determinem onde está seu tutor legal e por que ele deixou a filha para trás.

— Ele tem autoridade para fazer isso? — pergunto.

— Tem. E vai fazer.

— Por quê?

Grady dá de ombros.

— Porque eu pedi a ele.

— E por que você faria isso por nós? — pergunto.

— Porque assim você vai confiar em mim quando digo que a melhor coisa que pode fazer pelo Owen é ficar na sua e contratar um advogado — responde ele. — Você conhece algum?

Penso no único advogado que conheço na cidade. E em como não tenho a menor vontade de falar com ele, especialmente agora.

— Infelizmente, sim — respondo.

— Liga pra ele. Ou pra ela.

— É ele — informo.

— Tudo bem, liga pra ele. E fica na sua.

— Você quer repetir isso mais uma vez? — pergunto.

— Não, já disse o suficiente.

Então algo muda em seu rosto e um sorriso surge devagar. Parece que, deixamos o modo delegado para trás.

— Owen não usou cartão de crédito, nem cheque, nada, nas últimas vinte e quatro horas. E não vai usar. Ele é muito inteligente, então você pode parar de ligar para o celular dele, porque tenho certeza de que já ficou para trás.

— Então, por que você me perguntou se ele ligou?

— Ele poderia ter usado outros telefones — responde Grady. — Celulares descartáveis. Aparelhos que não são facilmente rastreáveis.

Celulares descartáveis, sem registros incriminadores. Por que Grady está tentando fazer Owen parecer um gênio do crime?

Eu me preparo para perguntar isso, mas ele aperta um botão no chaveiro e os faróis de um carro do outro lado da rua piscam.

— Não vou tomar mais do seu tempo, você já tem coisas demais com que lidar — anuncia Grady. — Mas quando tiver notícias do Owen, diga a ele que posso ajudar, se ele deixar.

Então, me entrega um guardanapo do Fred's com o nome dele escrito, GRADY BRADFORD, e dois números de telefone abaixo — os números pessoais dele, imagino —, sendo um deles um celular.

— Eu também posso te ajudar — afirma Grady.

Coloco o guardanapo no bolso enquanto ele atravessa a rua e entra no carro. Começo a me afastar, mas, quando ele liga o motor, algo me ocorre e vou em sua direção.

— Espera. Com qual parte? — pergunto.

Grady abaixa a janela.

— Com qual parte o quê?

— Com qual parte você pode ajudar?

— Com a parte fácil — diz ele. — Superar isso.

— E qual é a parte difícil?

— Owen não é quem você pensa que ele é — declara.

Então Grady Bradford vai embora.

Esses não são seus amigos

Volto para dentro de casa só pelo tempo necessário para pegar o notebook de Owen.

Não vou ficar sentada aqui pensando no que Grady disse nem em todas as coisas que ele pareceu não dizer — que são as que estão me incomodando mais. Como ele sabia tanto sobre Owen? Talvez Avett não seja o único que eles têm seguido de perto no último ano. Talvez aquele jeito de cara legal de Grady — me ajudando com a custódia de Bailey, dando conselhos — fosse pensado, só para me fazer escorregar e contar alguma coisa que Owen não gostaria que ele soubesse.

Eu escorreguei? Acho que não, mesmo quando repasso mentalmente nossa conversa. Mas não vou arriscar fazer isso de novo no futuro, nem com Grady, nem com qualquer outra pessoa. Vou descobrir o que está acontecendo com Owen primeiro.

Viro à esquerda nas docas e sigo na direção do meu ateliê.

Mas antes preciso fazer uma parada na casa de um amigo de Owen. Não estou particularmente ansiosa para ir até lá, mas se existe alguém que pode ter alguma ideia do que está se passando na cabeça de Owen, do que eu talvez não esteja me dando conta, é Carl.

Carl Conrad: o amigo mais próximo de Owen em Sausalito. E uma das únicas pessoas a respeito de quem meu marido e eu discordamos. Owen acha que não sou justa com Carl, e talvez isso seja verdade. Ele é engraçado, inteligente e me acolheu sem reservas desde o instante em que cheguei a Sausalito. Mas Carl também costuma trair a esposa, Patricia, e não gosto de saber disso. Owen também não gosta, mas diz que é capaz de separar as coisas porque Carl sempre foi um bom amigo.

Owen é assim. Ele valoriza o primeiro amigo que fez em Sausalito mais do que o julga. Sei que é assim que meu marido funciona. Mas talvez ele não tenha sido mais crítico em relação a Carl por outros motivos. Talvez Owen não julgue o amigo porque Carl retribui o favor, não julga um segredo que Owen se sentiu seguro para confiar a ele.

Mesmo que essa teoria esteja errada, ainda assim preciso falar com Carl.

Porque ele também é o único advogado que conheço na cidade.

Bato na porta da frente da casa, mas ninguém responde. Nem Carl, nem Patty. É estranho, porque Carl trabalha em casa. Ele gosta de estar perto dos filhos — duas crianças pequenas —, que geralmente cochilam a essa hora. Carl e Patty são rígidos em relação aos horários dos dois; Patty fez um discurso para mim a respeito na noite em que nos conhecemos. Ela havia acabado de comemorar seu vigésimo oitavo aniversário, o que tornou o discurso ainda mais agradável. Se eu ainda fosse capaz de engravidar — foi assim que ela começou o conselho —, teria que tomar cuidado para não deixar as crianças assumirem o comando. Eu teria que mostrar a eles quem manda. E isso significa horários rígidos. Significa, no caso dela, uma soneca ao meio-dia e meia todos os dias.

São 12h45. Se Carl não está em casa, por que Patty também não está?

Só que, pelas cortinas da sala, vejo que Carl está em casa. Eu o vejo parado ali, escondido atrás das cortinas, esperando que eu vá embora.

Bato de novo na porta e aperto a campainha com força. Vou tocar a campainha pelo resto da tarde até ele abrir a porta. Que se danem as sonecas das crianças.

Carl abre a porta. Ele está com uma cerveja na mão, o cabelo arrumado. Esses são os primeiros indícios de que alguma coisa estranha está acontecendo. Carl normalmente deixa o cabelo despenteado — ele acha que isso lhe dá um ar sexy. E a expressão em seus olhos também está esquisita… uma mistura estranha de agitação, medo e outra coisa que não consigo identificar, provavelmente porque estou chocada demais por ele ter se escondido de mim.

— Que merda é essa, Carl? — pergunto.

— Hannah, você tem que ir embora — alerta ele.

Carl está irritado. Por que ele está irritado?

— Eu só preciso de um minuto — digo.

— Agora não, estou ocupado — insiste ele.

E se adianta para fechar a porta, mas eu o impeço. Minha força surpreende a nós dois — a porta escapa da mão dele e se escancara.

É quando vejo Patty. Ela está na porta da sala de estar, com a filha, Sarah, no colo, as duas usando vestidos com estampa paisley combinando — o cabelo escuro de ambas preso para trás em tranças macias. A roupa e o penteado idênticos só destacam ainda mais o que Patty quer que as pessoas vejam quando olharem para Sarah: uma versão menor, mas igualmente apresentável, dela mesma.

Atrás das duas — enchendo a sala de estar —, uma dezena de pais e crianças assistem a um palhaço fazer bichinhos de balão. Uma faixa de FELIZ ANIVERSÁRIO, SARAH está pendurada acima deles.

É o aniversário de dois anos da menina. Eu tinha me esquecido totalmente disso. Owen e eu deveríamos estar aqui comemorando com eles. E agora Carl nem queria abrir a porta.

Patty acena para mim com uma expressão confusa.

— Oi... — cumprimenta ela.

Aceno de volta.

— Oi.

Carl se vira para mim, o tom controlado, mas firme.

— A gente se fala mais tarde.

— Eu me esqueci, Carl. Desculpa. — Balanço a cabeça. — Não tive a intenção de aparecer durante a festa.

— Deixa pra lá. Só vai embora.

— Eu vou, mas... você poderia sair e conversar um instante comigo, por favor? Eu não pediria se não fosse urgente. Acho que preciso de um advogado. Aconteceu alguma coisa com a The Shop.

— Você acha que não sei disso? — ironiza ele.

— Então, por que não conversa comigo?

Antes que ele consiga responder, Patty vem em nossa direção, entrega Sarah para Carl e dá um beijo no rosto do marido. Uma grande cena. Para ele. Para mim. Para a festa.

— Oi — diz ela, e também me dá um beijo no rosto. — Que bom que você conseguiu vir.

Mantenho a voz baixa.

— Patty, sinto muito por invadir a festa assim, mas aconteceu uma coisa com o Owen.

— Carl — diz Patty —, vamos levar todo mundo para o quintal, ok? Está na hora dos sundaes.

Ela olha para os convidados e abre um sorriso.

— Todos sigam Carl. Você também, Sr. Bobo — acrescenta para o palhaço. — Está na hora do sorvete!

Então — e só então — ela se vira para mim.

— Vamos conversar aqui na frente, certo? — sugere.

Começo a dizer que na verdade é com Carl que preciso falar, mas ele já está indo embora com Sarah no colo, e Patty está me empurrando para a varanda. Ela fecha a porta vermelha maciça, e estou mais uma vez fora da casa. É aí que, na privacidade da varanda, Patty me encara, os olhos fulminantes. O sorriso desapareceu.

— Como você se atreve a aparecer aqui? — diz.

— Eu me esqueci da festa.

— Que se dane a festa! — retruca Patty. — Owen deixou Carl arrasado.

— Arrasado... como assim? — pergunto.

— Aaaah, não sei — debocha ela. — Talvez tenha algo a ver com seu marido ter roubado todo o nosso dinheiro?

— Do que você está falando?

— Owen não contou a você que nos convenceu a comprar ações da The Shop? Ele convenceu Carl do potencial do software, prometeu retornos enormes. Só não comentou que o software estava com problemas.

— Patty, escuta...

— Todo o nosso dinheiro agora está preso às ações da The Shop. Na verdade, devo dizer que o que sobrou do nosso dinheiro está preso às ações, que, da última vez que chequei, tinham caído para treze centavos.

— Nosso dinheiro também estava investido nelas. Se Owen soubesse da armação, por que faria isso?

— Talvez ele não achasse que seriam pegos. Ou talvez seja um idiota, não tenho como dizer — retruca ela. — Mas posso garantir que, se você não sair da minha casa agora mesmo, vou chamar a polícia. Eu não estou brincando. Você não é bem-vinda aqui.

— Entendo que você esteja chateada com Owen. De verdade. Mas Carl talvez consiga me ajudar a encontrá-lo, e esse é o jeito mais rápido de resolver a situação.

— A menos que esteja aqui para pagar a faculdade dos nossos filhos, não temos nada pra conversar.

Não sei bem o que dizer a Patty, mas sei que tenho que falar alguma coisa antes que ela entre de novo em casa. Depois de vê-lo pessoalmente, depois de ver a expressão nos olhos dele, não consigo evitar a sensação de que Carl pode saber de alguma coisa.

— Patty, você pode parar e respirar, por favor? — peço. — Eu também estou no escuro em relação a tudo isso. Do mesmo jeito que você.

— Seu marido foi cúmplice em uma fraude de meio bilhão de dólares, então não tenho certeza de que acredito em você — rebate ela. — Mas se está dizendo a verdade, você é a maior idiota do mundo por não ver quem seu marido realmente é.

Esse não parece ser o melhor momento para dizer a Patty que, em termos de bancar a idiota, ela também não sai ilesa. O marido dela vem dormindo com uma colega de trabalho desde que Patty estava grávida da filha que o Palhaço Bobo está distraindo no quintal. Talvez sejamos todos idiotas de alguma forma quando se trata de conhecer de verdade as pessoas que nos amam — as pessoas que tentamos amar.

— Realmente espera que eu acredite que você não sabia o que estava acontecendo? — pergunta Patty.

— Por que eu estaria aqui procurando respostas se soubesse?

Ela inclina a cabeça, pensando a respeito. Talvez isso a tenha convencido, ou talvez ela tenha se dado conta de que simplesmente não se importa. Mas seu rosto se suaviza.

— Vai pra casa cuidar da Bailey — aconselha Patty. — Vai. Ela vai precisar de você. — Ela começa a entrar em casa, mas se vira novamente para mim. — Ah. E quando falar com o Owen, diga a ele para ir se foder.

Então ela fecha a porta.

～

Sigo em direção ao meu ateliê andando rápido.

Mantenho os olhos baixos ao entrar na Litho Street e passar pela casa de LeAnn Sullivan. Vejo que ela e o marido estão sentados na varanda, tomando a limonada da tarde, como sempre fazem. Mas finjo estar ocupada olhando o celular. Não paro para cumprimentar os dois, como normalmente faria. Para me juntar a eles para um copo de limonada.

Meu ateliê fica bem ao lado da casa deles. O chalé tem duzentos e sessenta metros quadrados e um quintal enorme — é o tipo de espaço que eu sonhava ter o tempo todo quando morava em Nova York, o tipo de espaço com que sonhava toda vez que tinha que ir de metrô até a oficina de um amigo no Bronx para trabalhar em peças que não caberiam no meu ateliê na Greene Street.

Começo a relaxar assim que atravesso o portão e o tranco novamente. Em vez de entrar, dou a volta até o quintal, até o pequeno deque onde gosto de cuidar da minha papelada. Eu me sento diante da mesinha que coloquei ali e abro o notebook de Owen. Afasto Grady Bradford da mente. Afasto a fúria de Patty. E ignoro que Carl nem se deu ao trabalho de olhar para mim, muito menos me deu alguma luz em relação ao que está acontecendo. De certa forma, saber que tenho que descobrir tudo sozinha me deixa focada. E me sinto mais tranquila entre as minhas coisas, minhas peças, no meu lugar favorito em Sausalito. Faz parecer quase normal que eu esteja hackeando o computador pessoal do meu marido.

O notebook de Owen liga e eu digito a senha. Nada me parece incomum. Clico para abrir a pasta FOTOS, que é essencialmente um histórico da vida de Bailey. Há centenas de fotos dela desde o início do ensino fundamental, fotos de cada aniversário, começando com o quinto em Sausalito. Eu já vi isso tudo muitas vezes. Owen adorava narrar as partes da vida deles que eu perdi: a pequena Bailey em seu primeiro jogo de futebol, no qual se saiu muito mal; a pequena Bailey em sua primeira peça na escola (*Anything Goes*), no segundo ano, na qual se saiu muito bem.

Não encontro muitas fotos deles de quando Bailey era bem pequena, de quando ainda moravam em Seattle, ao menos não na pasta principal.

Então, clico em uma subpasta chamada O.M.

É a pasta de Olivia Michaels. A primeira esposa de Owen. A mãe de Bailey.

Olivia Michaels (Olivia Nelson era o nome de solteira): professora de biologia do ensino médio, praticante de nado sincronizado, colega de Owen em Princeton. Há poucas fotos nessa pasta — Owen disse que Olivia detestava ser fotografada. Mas as fotos que ele tem dela são lindas, provavelmente porque ela era bonita. Era uma mulher alta e magra, com cabelo ruivo longo que descia até a metade das costas e uma covinha profunda que a fazia parecer ter dezesseis anos eternamente.

Não somos exatamente parecidas — para começar, ela era mais bonita, tinha uma aparência mais interessante. Mas, se mudarmos alguns detalhes, seria justo dizer que há uma semelhança entre nós. A altura, o cabelo comprido (o meu, loiro), talvez até alguma coisa no sorriso. Na primeira vez em que Owen me mostrou uma foto dela, comentei sobre a semelhança. Mas ele disse que não nos achava parecidas. Não ficou na defensiva, só disse que se eu tivesse conhecido a primeira esposa dele, não acharia que tínhamos muita coisa em comum.

Eu me perguntei se as fotos também enganavam quanto à pouca semelhança entre Olivia e Bailey — com exceção da minha fotografia favorita de Olivia. Na imagem, ela está sentada em um píer, vestindo jeans e uma camisa branca de botão. Está com a mão no rosto e a cabeça jogada para trás, rindo. Os traços em geral são diferentes, mas há algo no sorriso de Olivia que talvez pareça com o da filha — que imagino que ao vivo parecesse com o de Bailey. O sorriso coloca Olivia como a peça que faltava, ligando Bailey a alguém além de Owen.

Toco na tela. Tenho vontade de perguntar a Olivia o que não estou conseguindo entender em relação à filha dela, ao nosso marido. Olivia certamente saberia melhor do que eu — sei que isso é verdade —, o que por si só parece uma ofensa.

Respiro fundo e clico na pasta THE SHOP. Há cinquenta e cinco documentos ali, todos dedicados a programação e programas em HTML. Se houver um código escondido nos programas, eu com certeza não vou descobrir. Faço uma anotação para encontrar alguém que consiga fazer isso.

Estranhamente, há um documento nessa pasta com o nome de TESTAMENTO MAIS RECENTE. Não gosto de ver isso ali, ainda mais levando em consideração o que está acontecendo, mas relaxo quando abro o arquivo. A data do testamento é de pouco depois do nosso casamento. Owen já tinha me mostrado, e nada mudou nele. Ou quase nada. Vejo uma pequena anotação na parte inferior da última página do testamento, acima da assinatura de Owen. Isso já estava ali antes e eu só não percebi? Nomeia o administrador do testamento dele, alguém de quem nunca ouvi falar. L. Paul. Sem endereço. Sem número de telefone.

L. Paul. Quem é essa pessoa e onde já vi esse nome?

Estou fazendo uma anotação sobre L. Paul no meu caderno quando escuto uma voz feminina atrás de mim.

— Descobriu alguma coisa interessante?

Eu me viro e vejo uma mulher mais velha parada na ponta do quintal, com um homem ao lado. Ela está usando um terninho azul-marinho, o cabelo grisalho preso em um rabo de cavalo. O homem está menos arrumado, vestindo uma camisa havaiana. Ele tem as pálpebras pesadas e uma barba espessa que o faz parecer mais velho do que ela, embora eu desconfie que esteja mais próximo da minha idade.

— O que vocês estão fazendo aqui? — pergunto.

— Tentamos tocar a campainha da frente — retruca o homem. — Você é Hannah Hall?

— Eu gostaria de uma resposta melhor sobre o motivo para vocês estarem invadindo minha propriedade antes de responder — exijo.

— Sou o agente especial Jeremy O'Mackey, do FBI, e minha colega aqui é a agente especial Naomi Wu — responde ele.

— Pode me chamar de Naomi. Será que podemos conversar com você?

Fecho o computador instintivamente.

— Na verdade, não é um bom momento — digo.

Ela me dá um sorriso pegajoso de tão doce.

— Só vai levar alguns minutos — garante. — Aí deixamos você em paz.

Eles já estão subindo as escadas para o deque e se sentam nas cadeiras do outro lado da mesinha.

Naomi empurra o distintivo por cima da mesa e o agente O'Mackey faz o mesmo.

— Espero não estarmos interrompendo nada importante — continua Naomi.

— E espero que vocês não tenham me seguido até aqui — retruco.

Naomi fica me olhando, parecendo surpresa com meu tom. Estou irritada demais para me importar. Estou irritada e muito preocupada com a possibilidade de eles exigirem levar o computador de Owen antes que eu descubra o que ele tem a me dizer.

E tem mais uma coisa. Estou me lembrando do aviso de Grady Bradford: *não responda a nenhuma pergunta que você acha que não deveria responder*. Estou me preparando para fazer o que ele disse.

Jeremy O'Mackey pega o distintivo de volta.

— Imagino que você esteja ciente de que estamos investigando a empresa de tecnologia em que seu marido trabalha, certo? — pergunta ele. — Esperávamos que pudesse nos dizer o paradeiro atual dele.

Coloco o computador no colo, protegendo-o.

— Eu gostaria, mas não tenho ideia de onde meu marido está. Não vejo Owen desde ontem.

— Isso não é estranho? — comenta Naomi, como se o pensamento tivesse acabado de lhe ocorrer.

— Eu não ter visto Owen? — Encontro o olhar dela. — Sim, muito.

— Você ficaria surpresa em saber que seu marido não usou o celular e nenhum dos cartões de crédito dele desde ontem? Não deixou nenhum rastro — informa ela.

Não respondo.

— Você sabe o motivo disso? — é a vez de O'Mackey perguntar.

Não gosto do modo como eles olham para mim, como se já tivessem decidido que estou escondendo alguma coisa. É outro lembrete desnecessário de que eu gostaria muito de estar mesmo escondendo alguma coisa.

Naomi tira um bloco de notas do bolso e abre em uma página.

— Pelo que sabemos, você faz negócios com Avett e Belle Thompson. Eles encomendaram cento e cinquenta e cinco mil dólares em peças suas nos últimos cinco anos, não é isso?

— Não sei com certeza se essa é a quantidade exata. Mas, sim, eles são clientes meus.

— Você falou com Belle desde a prisão de Avett ontem? — continua Naomi.

Penso nas mensagens que deixei na caixa postal de Belle. Seis, no total. Mensagens que não foram respondidas. Balanço a cabeça.

— Ela não ligou para você? — pergunta o homem.

— Não — digo.

Naomi inclina a cabeça, pensativa.

— Tem certeza?

— Sim, tenho certeza de com quem falei e com quem não falei.

Ela se inclina para a frente, na minha direção, como se fosse minha amiga.

— Só queremos ter certeza de que você está nos contando tudo. Ao contrário da sua amiga Belle.

— Como assim?

— Digamos que não ajudou em nada ela alegar inocência depois de comprar quatro voos para Sydney saindo de diferentes aeroportos do norte da Califórnia na tentativa de deixar o país escondida. Isso não confirma exatamente a ideia de *não sei de nada*, não é?

Tenho o cuidado de não esboçar qualquer reação. Como é possível que isso esteja acontecendo? Como Avett está na prisão e Belle está tentando fugir para o país onde nasceu? E como no meio disso tudo Owen está desaparecido? Owen, que é tão inteligente, que na maior parte das vezes percebe logo o que está acontecendo. Será que eu realmente acredito que ele sabia tão pouco dessa vez?

— Belle conversou sobre a The Shop com você? — pergunta Naomi.

— Ela nunca me falou nada sobre o trabalho de Avett — respondo. — Belle não se interessava.

— Isso bate com o que ela nos disse.

— Onde ela está agora?

— Na casa dela, em Santa Helena, com o passaporte em poder do advogado. Ela insiste que está chocada com a ideia de o marido ser culpado por esse delito — informa o agente. E faz uma pausa. — Mas, na nossa experiência, a esposa geralmente sabe das coisas.

— Não esta esposa aqui — refuto.

Naomi interrompe, quase como se eu não tivesse dito nada.

— Desde que você tenha certeza disso — diz ela. — Alguém tem que pensar na filha de Owen.

— Eu tenho certeza.

— Ótimo — anuncia ela. — Ótimo.

Parece uma ameaça. E ouço o que ela finge não dizer. Ouço a insinuação de que eles poderiam levar Bailey embora. Grady não me garantiu que não fariam isso?

— Também precisamos falar com Bailey — avisa O'Mackey. — Quando ela voltar da escola hoje.

— Vocês não vão falar com ela — contesto. — Bailey não sabe nada sobre o paradeiro do pai. Vocês vão deixá-la ela em paz.

O'Mackey responde no mesmo tom.

— Lamento, mas isso não depende de você — diz ele. — Podemos marcar um horário agora ou podemos simplesmente aparecer na sua casa mais tarde esta noite.

— Contratamos uma assessoria jurídica — informo. — Se quiserem falar com ela, vão ter que entrar em contato com nosso advogado primeiro.

— E quem é o advogado de vocês? — pergunta Naomi.

Respondo antes de me permitir considerar as implicações do que estou falando.

— Jake Anderson. Ele é de Nova York.

— Bom. Peça para ele entrar em contato com a gente.

Concordo com a cabeça, enquanto tento encontrar uma forma de aliviar a tensão, já que não quero desfazer o que quer que Grady tenha prometido de manhã sobre Bailey ficar onde está. Isso é o mais importante.

— Olha, eu sei que vocês só estão fazendo o trabalho de vocês — digo. — Mas estou cansada e, como já disse ao delegado federal hoje de manhã, não tenho muitas respostas para vocês.

— Espera, espera. O quê? — pergunta O'Mackey.

Olho para ele e para a já-não-tão-sorridente Naomi.

— O delegado federal que me procurou hoje de manhã — insisto. — Nós já passamos por isso.

Os dois agentes do FBI trocam um olhar.

— Qual era o nome dele? — pergunta O'Mackey.

— O nome do delegado federal?

— Sim — confirma ele. — Qual era o nome do delegado federal?

Naomi me encara com os lábios cerrados, como se o jogo tivesse virado sem que ela estivesse preparada. E por isso decido não contar a verdade.

— Não lembro — respondo.

— Você não lembra o nome dele?

Eu não compartilho mais nenhuma informação.

— Você não lembra o nome do delegado federal que apareceu na sua porta hoje de manhã. É isso o que está me dizendo?

— Eu não dormi muito na noite passada, então as coisas estão um pouco nebulosas na minha cabeça.

— Você lembra se esse delegado federal lhe mostrou um distintivo? — pergunta O'Mackey.

— Mostrou.

— Você sabe como é o distintivo de um delegado federal? — é a vez de Naomi perguntar.

— Eu deveria saber? — retruco. — Também não sei como é um distintivo do FBI, já que está mencionando coisas que desconheço. Provavelmente é melhor eu confirmar que vocês são quem dizem ser. E aí podemos continuar esta conversa.

— Estamos um pouco confusos porque esse caso não é da jurisdição da Justiça Federal — explica ela. — Por isso precisamos descobrir quem exatamente falou com você de manhã. Não deveriam vir aqui sem nossa autorização. Eles ameaçaram Owen de alguma forma? Porque você deve saber que, se o envolvimento de Owen for mínimo, ele pode ajudar a própria causa testemunhando contra Avett.

— Isso é verdade — confirma O'Mackey. — Ele nem é suspeito ainda.

— "Ainda"? — repito.

— Ele não quis dizer "ainda" — corrige Naomi.

— Eu não quis dizer "ainda" — se retrata O'Mackey. — Quis dizer que não há motivo para você falar com um delegado federal.

— O engraçado, agente O'Mackey, é que ele disse a mesma coisa sobre vocês.

— É mesmo?

Naomi se recompõe e sorri.

— Vamos começar de novo? — propõe. — Estamos todos do mesmo lado aqui. Mas, no futuro, talvez você queira que seu advogado esteja presente antes de falar com qualquer pessoa que simplesmente apareça na sua porta.

Devolvo o sorriso.

— É uma ótima ideia, Naomi. Vou começar a colocar isso em prática agora mesmo — digo.

Então, aponto para o portão e espero até eles saírem.

Não use isso contra mim

Depois de ter certeza de que os agentes do FBI foram embora, saio do ateliê.

Volto caminhando para as docas, segurando o computador de Owen com firmeza junto ao peito. Passo pela escola quando as crianças estão saindo da aula e levanto a cabeça, sentindo olhos em mim. Várias mães (e pais) estão me encarando. Não exatamente com raiva — não como Carl e Patty —, mas com preocupação, com pena. Afinal, essas pessoas adoram Owen. Sempre gostaram dele. Elas o acolheram. Vai ser preciso mais do que ver nas notícias o nome da empresa em que trabalha para fazer com que desconfiem dele. Isso é bem típico das cidades pequenas, as pessoas protegem os seus. Demora muito até se voltarem contra quem amam.

Essas mesmas pessoas também demoram para acolher alguém novo. Como eu. Eles ainda não sabem muito bem como me incluir. E, assim que me mudei para Sausalito, foi pior. Aqueles olhos curiosos me dissecavam, mas por um motivo diferente. Faziam perguntas em um tom alto o bastante para que Bailey as escutasse, voltasse para casa e as repetisse. Queriam saber quem era aquela forasteira com quem Owen decidira se casar. Não entendiam como o solteiro mais cobiçado de Sausalito fora tirado do mercado por causa de uma marceneira, embora não me chamassem assim. Eles me chamavam de carpinteira — uma carpinteira que não usava maquiagem ou sapatos da moda. Diziam que era estranho que Owen escolhesse uma mulher como eu — de cara lavada, com quase quarenta anos, que provavelmente não lhe daria mais filhos. Uma mulher que aparentemente não parava de mexer com madeira pelo tempo necessário para dar um jeito de ter os próprios filhos.

Eles não pareciam entender o que Owen entendeu desde o início a meu respeito. Eu não tinha problema algum em ficar sozinha. Meu avô me criou para ser independente. Meus problemas começavam quando eu tentava me encaixar na vida de outra pessoa, ainda mais quando isso significava desistir de uma parte de mim no processo. Então, esperei até não precisar fazer isso — até sentir que alguém se encaixava sem esforço na minha vida. Ou talvez isso seja simplificar demais. Talvez seja mais correto dizer que ficar com Owen não pareceu exigir esforço. Qualquer esforço foi só um detalhe.

Em casa, tranco a porta, pego o celular e procuro um nome nos meus contatos. Jake. Essa é a última ligação que eu gostaria de fazer neste momento, mas faço assim mesmo. Ligo para o outro advogado que conheço.

— Anderson falando... — atende ele.

O som daquela voz me leva de volta à Greene Street, à sopa de cebola e aos Bloody Marys no The Mercer Kitchen aos domingos, a uma vida diferente. Porque foi assim que meu ex-noivo sempre atendeu ao telefone. Jake Bradley Anderson — advogado, pós-graduado pela Universidade de Michigan, triatleta, excelente cozinheiro.

Nos dois anos desde que nos falamos pela última vez, ele não mudou o jeito de atender às ligações, embora pareça presunçoso. Jake gosta de parecer presunçoso. É por isso que atende desse jeito. Ele acha bom ser presunçoso, intimidador, considerando a forma como ganha a vida. Trabalha em um escritório de advocacia de Wall Street, e está prestes a se tornar um dos sócios seniores mais jovens. Ele não é advogado criminal, mas é um ótimo advogado, como seria o primeiro a afirmar. Só espero que o excesso de confiança de Jake me ajude agora.

— Oi — respondo.

Jake não pergunta quem é. Ele sabe quem é, mesmo depois de tanto tempo. E também sabe que alguma coisa deve estar mesmo muito errada para eu estar ligando para ele.

— Onde você está? — pergunta Jake. — Em Nova York?

Quando liguei para Jake para contar que ia me casar, ele disse que um dia eu voltaria para casa pronta para ficarmos juntos de novo. Ele acreditava nisso. E parece que acha que esse dia chegou.

— Estou em Sausalito. — Faço uma pausa, temendo as palavras que não quero dizer. — Preciso da sua ajuda, Jake. Acho que preciso de um advogado...

— Então... você está se divorciando?

Preciso me esforçar muito para não desligar o telefone. Jake não consegue se conter. Embora tenha ficado aliviado quando terminei nosso noivado, embora tenha se casado com outra pessoa quatro meses depois (e se divorciado logo em seguida), ele gostava de bancar a vítima no nosso relacionamento. Jake se agarrava à narrativa de que, por causa da minha história, eu tinha medo demais para permitir que fôssemos realmente próximos — tinha medo demais de que ele me deixasse, como meus pais fizeram. Ele nunca entendeu que eu não estava com medo de que alguém me deixasse. Eu estava com medo é de que a pessoa errada ficasse.

— Jake, estou ligando por causa do meu marido — digo. — Ele está com problemas.

— O que ele fez? — pergunta Jake.

É o melhor que posso esperar dele, por isso conto toda a história, começando com algumas informações básicas sobre o trabalho de Owen, a investigação da The Shop e o desaparecimento bizarro do meu marido. Conto também sobre as visitas de Grady Bradford e do FBI, e sobre como o FBI não sabia sobre Grady. Explico que ninguém parece ter ideia de onde Owen está, ou do que ele está planejando fazer — muito menos Bailey e eu.

— E a filha dele... ela está com você? — pergunta Jake.

— Bailey, sim. Ela está comigo. Provavelmente o último lugar onde ela gostaria de estar, inclusive.

— Então ele também abandonou a filha?

Não respondo.

— Qual é o nome completo dela? — pergunta ele.

Eu o escuto digitando no computador, fazendo anotações, fazendo um dos gráficos que costumavam cobrir o chão da nossa sala de estar. Owen agora no centro.

— Em primeiro lugar, não dê muita atenção a essa história de que o FBI não sabia sobre o delegado federal que procurou você. Eles podem estar mentindo. Além disso, muitas vezes existem disputas territoriais entre diferentes agências de segurança, ainda mais quando o escopo da investigação ainda está em questão. Alguma notícia de alguém da comissão de valores mobiliários?

— Não.

— Eles vão entrar em contato. Você deve encaminhar qualquer agente da lei para mim, pelo menos até que a gente saiba o que está acontecendo. Não diga nada, só peça que me liguem diretamente.

— Obrigada. De verdade.

— Imagina — diz ele. — Mas preciso perguntar... o quanto você está envolvida nisso?

— Bem, ele é meu marido, então eu diria que estou extremamente envolvida.

— Eles vão aparecer com mandados de busca — avisa Jake. — Estou surpreso que isso ainda não tenha acontecido. Então, se houver alguma coisa que comprometa você, precisa tirar da sua casa.

— Eu não posso ser implicada nisso — comento. — Não tenho nada a ver com essa história.

Sinto que estou me colocando na defensiva. E sinto um pico de ansiedade quando penso em alguém aparecendo na minha casa com mandados de busca — e quando me lembro da mochila que encontrariam, ainda intacta, escondida embaixo da pia da cozinha.

— Jake, só estou tentando descobrir onde Owen está. Por que ele achou que a única saída era fugir daqui.

— Para começar, ele provavelmente não quer ir para a cadeia.

— Não, não é isso. Ele não fugiria por causa disso.

— Então, qual é a sua teoria?

— Ele está tentando proteger a filha — arrisco.

— De quê?

— Não sei. Talvez ele ache que a vida dela vai ser arruinada se o pai for falsamente acusado. Talvez ele esteja em algum lugar tentando provar que é inocente.

— É improvável. Mas... existe a possibilidade de que algo mais esteja acontecendo — sugere ele.

— Como o quê?

— Como coisas piores das quais ele possa ser culpado.

— Ajudou muito, Jake — respondo.

— Olha, não vou dourar a pílula. Se Owen não está fugindo por causa da The Shop, provavelmente está fugindo por causa do que a The Shop pode revelar sobre ele. A questão é o que pode ser... — Ele faz uma pausa. — Eu conheço um investigador particular muito bom. Vou pedir a ele para checar algumas coisas. Mas preciso que você me envie um e-mail com a história de vida inteira do Owen. Qualquer coisa que você saiba. Onde ele estudou, onde cresceu. E datas. Tudo. Onde e quando a filha dele nasceu.

Escuto Jake começar a morder a caneta. Mais ninguém no mundo decifraria que é isso o que ele está fazendo, seu hábito secreto. É a única coisa que Jake faz que não parece uma exibição de autoconfiança. Mas consigo visualizar como se estivesse sentada ali com ele, olhando para a tampa da caneta maltratada. É terrível saber tudo sobre alguém quando já não queremos saber nada sobre ela há muito tempo.

— E faça uma coisa por mim. Fique com o celular perto de você, caso eu precise entrar em contato. Mas não atenda nenhum número que não reconheça.

Eu me lembro de Grady dizendo que Owen provavelmente se desfez do celular com o único número dele que eu reconheceria.

— E se for o Owen?

— Owen não vai ligar pra você agora — afirma ele. — Você sabe disso.

— Não, eu não sei.

— Acho que sabe, sim.

Não digo nada. Embora eu desconfie que esteja certo, não vou dizer isso a ele. Não vou trair Owen desse jeito. Ou Bailey.

— E você precisa descobrir por que ele fugiu, precisa especificar do que ele está tentando proteger a filha... — alerta ele. — E é melhor que descubra isso rápido. O FBI não vai ser gentil por muito tempo.

Sinto a cabeça começar a girar quando me lembro de como o FBI já estava sendo bem rude.

— Você ainda está aí? — pergunta Jake.

— Estou aqui.

— Só... tente ficar calma. Você sabe mais do que pensa que sabe. Sabe como encarar isso.

O jeito como ele fala — com carinho, com segurança — é o suficiente para me fazer chorar, a versão de Jake de uma profunda gentileza.

— Mas, no futuro — aconselha ele —, não diga que alguém é inocente, certo? Diga que ele não é culpado, se tiver que dizer alguma coisa. Mas dizer que alguém é inocente faz você parecer uma idiota. Ainda mais quando a maioria das pessoas é culpada pra cacete.

E é isso.

Seis semanas antes

— Devíamos tirar férias — comentou Owen. — Já passou da hora.

Era meia-noite. Estávamos na cama, e ele segurava minha mão. Estava deitado de barriga para cima e tinha colocado minha mão em cima do peito dele, na altura do coração.

— Você deveria vir comigo para Austin — sugeri. — Ou isso não contaria como férias?

— Austin? — perguntou ele.

— Tenho aquele simpósio de marceneiros que comentei com você. Poderíamos dar uma fugidinha depois. Passar alguns dias no Texas Hill Country...

— Vai ser em Austin? Você não me disse que ia ser em Austin...

Então Owen balançou a cabeça para cima e para baixo, como se estivesse pensando a respeito, considerando a possibilidade de se juntar a mim, mas senti alguma coisa mudar. Foi como se alguma coisa se fechasse dentro dele.

— Qual é o problema? — perguntei.

— Nada — respondeu ele.

Mas Owen soltou minha mão e começou a brincar com a aliança de casamento, girando-a no dedo. Fui eu que fiz aquela aliança para ele, um par idêntico da minha: dois aros finos que, a distância, se pareciam com qualquer outra aliança de platina cintilante. Mas fiz as nossas de aço escovado e de um carvalho branco grosso. Rústica e ao mesmo tempo elegante. Usei meu menor torno. Owen ficou sentado no chão ao meu lado enquanto eu trabalhava.

— Bailey também tem aquela excursão da escola para Sacramento — disse ele. — Poderíamos ir direto para o Novo México, só nós dois, nos perdermos em toda aquela rocha branca.

— Eu ia adorar — respondi. — Há muito tempo não vou ao Novo México.

— Eu também não. Pelo menos desde que estava na faculdade. Fomos de carro até Taos e passamos uma semana na montanha.

— Vocês foram de carro de Nova Jersey? — perguntei.

Ele continuou girando a aliança no dedo, distraidamente.

— O quê?

— Vocês foram de carro de Nova Jersey ao Novo México? Isso deve ter levado uma eternidade.

Aquilo o deteve, e seus dedos se afastaram da aliança.

— Não foi durante a faculdade.

— Owen! Você acabou de dizer que foi para Taos durante a faculdade.

— Não sei. Era uma montanha em algum lugar. Talvez tenha sido em Vermont. Só lembro que o ar estava muito rarefeito.

Eu ri.

— O que está acontecendo com você?

— Nada. É só...

Olhei para ele, tentando entender o que não estava dizendo.

— É que essa história traz de volta uma parte esquisita da minha vida.

— A faculdade?

— A faculdade. O período depois da faculdade. — Ele balançou a cabeça. — Ficar preso em uma montanha de que não me lembro.

— Tá certo... Bom, acho que essa talvez tenha sido a coisa mais estranha que você já me disse.

— Eu sei.

Ele se sentou e acendeu a luz.

— Merda. Eu realmente preciso dessas férias.

— Vamos fazer isso, então.

— Ok. Vamos fazer isso.

Owen se deitou de novo e pousou minha mão no seu abdômen. Senti que ele estava relaxando. Que estava voltando para mim. Então, não quis pressioná-lo na hora. Não quis forçar a barra para que falasse mais sobre o que quase escolheu compartilhar.

— Não temos que conversar sobre isso agora, mas, só para registrar? — falei. — Passei a maior parte da faculdade tocando guitarra em uma banda cover de Joni Mitchell, indo a competições de poesia e namorando um aluno de filosofia que estava trabalhando em um manifesto sobre como a televisão era uma tentativa do governo de controlar uma revolução.

— Não tenho certeza de que ele estava totalmente errado a esse respeito — comentou Owen.

— Talvez não, mas o que quero dizer é que não há muito que você pudesse me contar sobre quem já foi que fosse capaz de mudar alguma coisa, pelo menos não entre nós.

— Bem — disse Owen em um sussurro —, graças a Deus por isso.

O dia nada bom, muito ruim mesmo, de Bailey

Bailey volta da escola com uma expressão péssima.

Estou sentada no banco da varanda, tomando uma taça de vinho tinto, com uma manta cobrindo as pernas. Tento repassar o dia — um dia que começou e terminará sem Owen, por mais impossível que pareça. Por mais furiosa, triste, estressada e sozinha que isso me faça sentir.

Ela vem ziguezagueando pelas docas, mantendo a cabeça baixa, até chegar em casa. Então, para na minha frente, bem na frente do banco, e fica ali. Os olhos sofridos.

— Não vou amanhã — declara. — Não vou voltar para a escola.

Olho nos olhos dela e vejo seu medo. Aqui estamos nós: imagens espelhadas uma da outra, o oposto de como eu queria que chegássemos a esse ponto.

— Eles fingem que não estão falando sobre isso — diz ela. — Sobre meu pai. Sobre mim. É pior do que se falassem logo na minha cara. Como se eu não pudesse ouvir os cochichos sobre o assunto o dia todo.

— O que eles falaram?

— Que parte você quer saber? — pergunta Bailey. — Do Brian Padura perguntando a Bobby depois da aula de química se meu pai é um criminoso? Ou do Bobby dando um soco na boca dele por isso?

— Bobby fez isso?

— Fez...

Eu assinto, um pouco impressionada com a atitude de Bobby.

— E depois ficou pior — completa ela.

Chego um pouco para o lado no banco, abrindo espaço para ela. Bailey se senta, mas bem na beirada, como se pudesse mudar de ideia e se levantar a qualquer momento.

— Por que você não falta amanhã?

Ela se vira para mim, surpresa.

— Sério? Você não vai nem discutir comigo a respeito?

— Ajudaria?

— Não.

— Por mim, você está liberada de ir à escola amanhã. Se seu dia foi parecido com o meu, você merece.

Bailey assente e começa a roer as unhas.

— Obrigada — diz.

Tenho vontade de tirar a mão dela da boca, segurá-la. Tenho vontade de dizer que vai ficar tudo bem, que tudo vai ficar mais fácil em algum momento. Mas mesmo que a confortasse ouvir isso, não a confortaria ouvir de mim.

— Não tenho energia para cozinhar nada, então sua única forma de nutrição essa noite são duas pizzas com queijo extra, cogumelos e cebolas que estão a caminho e devem chegar em mais ou menos trinta minutos.

Ela quase sorri, o que traz à tona a pergunta que sei que preciso fazer, a pergunta que espero que me ajude a descobrir o que está ocupando tanto minha mente desde que encerrei a chamada com Jake.

— Bailey — começo —, andei pensando no que você me perguntou antes, sobre o que seu pai quis dizer naquele bilhete que deixou pra você. O que ele quis dizer com "você sabe o que importa"...

Ela suspira, aparentemente exausta demais para o revirar de olhos que costuma acompanhar esses suspiros.

— Eu sei, ele quis dizer que me ama. Você já falou isso — disse ela.

— Talvez eu estivesse errada em relação a isso — digo. — Sobre o que ele quis dizer. Talvez tenha outro significado.

Ela olha para mim, confusa.

— Do que você tá falando?

— Talvez ele tenha escrito isso porque você sabe de alguma coisa — continuo. — Porque você sabe de alguma coisa que ele quer que você lembre.

— O que eu poderia saber? — pergunta ela.

— Não sei bem.

— Bom, fico feliz por termos desvendado isso — ironiza Bailey. Ela faz uma pausa, então. — Mas parece que todo mundo na escola concorda com você.

— Como assim?

— Todo mundo acha que eu sei por que meu pai está fazendo seja lá o que for que ele está fazendo. Como se ele tivesse me contado durante o café da manhã que estava planejando roubar meio bilhão de dólares e sumir.

— Não sabemos se seu pai teve alguma coisa a ver com isso — reforço.

— Não, nós só sabemos que ele não está aqui.

Ela está certa. Owen não está aqui. Pelo que sabemos, ele pode estar em qualquer lugar. Isso me faz lembrar de algo que Grady Bradford disse esta manhã — a informação que me deu sem querer quando estava tentando me convencer de que eu deveria falar com ele, de que ele estava do nosso lado. Grady me deu seu número de telefone. O número de telefone de sua delegacia. Tinha um código de área que não reconheci. 512. Enfio a mão no bolso de trás da calça e puxo o guardanapo do Fred's. Dois números — os dois com código 512. Sem endereço.

Pego o celular na mesinha e ligo para o número do escritório. Meu coração dispara quando começa a tocar e a ligação cai na secretária eletrônica, que me diz que liguei para a delegacia de Justiça Federal.

A delegacia de Justiça Federal do oeste do Texas. Em Austin.

Grady Bradford trabalha na delegacia de Austin. Por que um delegado federal baseado no Texas apareceria na minha porta? Ainda mais um delegado que, se eu for acreditar no que O'Mackey e Naomi disseram, não tem autoridade em relação à investigação? E se ele tiver autoridade, por que tem? O que Owen fez para que Bradford estivesse de alguma forma envolvido nisso? O que o Texas tem a ver com essa situação?

— Bailey — chamo —, você e seu pai já passaram algum tempo em Austin?

— Austin, no Texas? Não.

— Pense um pouquinho. Vocês já passaram por lá a caminho de algum outro lugar? Talvez antes de se mudarem para Sausalito, quando ainda moravam em Seattle...

— Isso foi quando eu tinha, tipo... quatro anos de idade?

— Sei que faz muito tempo.

Bailey olha para cima, procurando na mente por um dia ou um momento de que já se esqueceu há muito tempo e que, de repente, alguém está lhe dizendo que é uma informação um pouco importante demais para ser esquecida. Ela parece chateada por não conseguir lembrar. E a última coisa que quero nesse momento é chatear Bailey.

— Por que você está me perguntando isso? — pergunta ela.

— Um delegado federal de Austin esteve aqui mais cedo — informo. — Só fiquei me perguntando se foi por causa de alguma ligação que seu pai tem com a cidade.

— Com Austin?

— Sim — respondo.

Ela para e fica pensando por algum tempo, tentando se lembrar de alguma coisa.

— Talvez — diz. — Muito tempo atrás... Acho que talvez eu tenha ido a um casamento lá. Quando eu era bem pequena. Quer dizer, tenho quase certeza de que fui dama do casamento, porque eles me fizeram posar pra um monte de fotos. E acho que alguém me disse que estávamos em Austin.

— Você tem certeza disso?

— Não, não tenho certeza. Certeza nenhuma.

— Bom, o que você se lembra desse casamento? — pergunto, tentando reduzir o escopo do que ela precisa buscar na memória.

— Não sei... só lembro que fomos todos pra lá.

— Então, sua mãe também?

— Acho que sim. Mas acho que ela não estava com a gente na parte de que mais me lembro. Meu pai e eu saímos da igreja e fomos dar um passeio. Andamos até o estádio de futebol. Estava acontecendo um jogo. Eu nunca tinha visto nada daquele jeito. Um estádio enorme. Todo iluminado. Tudo laranja.

— Laranja? — repito.

— Luzes laranja, uniformes laranja. Eu adorava laranja, era obcecada pelo Garfield, então sabe... É disso que me lembro. Do meu pai apontando para as cores e dizendo que eram que nem o Garfield.

— E você acha que estava em uma igreja antes?

— Sim, uma igreja. No Texas ou em algum lugar que não fica nem perto do Texas — diz ela.

— Mas, depois disso, você nunca perguntou ao seu pai onde foi aquele casamento? Nunca perguntou qualquer detalhe a ele?

— Não. Por que eu faria isso?

— Tem razão.

— Além disso, o papai fica chateado se eu faço perguntas sobre o passado — comenta Bailey.

Isso me surpreende.

— Por que você acha que ele fica chateado?

— Porque eu me lembro muito pouco da minha mãe.

Fico em silêncio. Owen comentou alguma coisa parecida comigo. Ele levou Bailey a um terapeuta quando ela era pequena, porque aparentemente a menina tinha bloqueado a mãe na mente. A terapeuta disse a Owen que aquilo era comum. Era um mecanismo de defesa para ajudar a lidar com a sensação de abandono que a criança experimenta quando perde o pai ou a mãe tão cedo quanto Bailey perdeu Olivia. Mas Owen achava que era mais do que isso e, por algum motivo, parecia se culpar.

Bailey fecha os olhos, como se pensar na mãe fosse demais para ela e como se, agora, pensar no pai também fosse. Ela enxuga os olhos, mas não antes de eu ver uma lágrima escapar. Não antes de ela perceber que eu vi. Bailey não está nem tentando esconder o quanto se sente sozinha. E, nesse momento, sentada ao lado dela, vendo-a experimentar essa dor, me dou conta de uma coisa: vou fazer o que estiver ao meu alcance para que isso tudo acabe. Para ajudar Bailey. Vou fazer tudo para que ela se sinta bem de novo.

— Podemos falar sobre outra coisa? — pede ela. Então, levanta a mão. — Na verdade, retiro o que disse. Podemos não falar sobre nada? Não quero falar sobre absolutamente nada.

— Bailey... — digo.

— Não — me interrompe ela. — Você pode só me deixar quieta?

Então, se inclina para trás, esperando a pizza e esperando que eu vá embora, seja qual for a ordem em que ela consiga fazer essas duas coisas acontecerem.

O que você não quer lembrar?

Entro em casa, atendendo ao pedido de Bailey para ser deixada em paz. Não tenho a menor vontade de pressioná-la. E não tenho a menor vontade de exigir que ela entre também. Bailey está confusa, com raiva, se perguntando se o pai é mesmo quem ela pensa que é — se perguntando se ainda pode confiar na pessoa que sempre achou que ele fosse. Estável, generoso, dela. Bailey está com raiva por ter que questionar isso — com raiva dele, com raiva de si mesma. É um sentimento com o qual consigo me identificar.

Proteja ela.

Mas de quê? Do que Owen estava envolvido na The Shop? Do que ele deixou acontecer lá? Ou Owen quer que Bailey seja protegida de outra coisa? De algo que ainda não estou conseguindo ver? Que ainda não estou *querendo* ver?

Ando de um lado para o outro no quarto. Não quero contrariar Bailey, mas sinto uma necessidade urgente de puxar qualquer fio que possa encontrar. É só o que consigo pensar em fazer — reavaliar (pedir a Bailey que avalie) as lembranças nebulosas e gentis que temos de Owen. Para justapô-las com as últimas vinte e quatro horas. Onde esses dois lados se encontram?

De repente, um ponto onde elas talvez se encontrem volta à minha mente. Austin. Sei outra coisa sobre Austin e Owen. Pouco antes de me mudar para Sausalito, recebi uma oferta de emprego lá. Uma estrela de cinema que morava na cidade estava reformando a casa dela em um rancho em Westlake Drive, às margens do lago Austin.

Ela queria ajuda para se livrar da energia do ex-marido, que adorava tudo o que era moderno e detestava tudo o que fosse rústico. O designer de interiores dela tinha sugerido as peças que eu criava em madeira. Mas ela queria se envolver, o que significava que eu precisaria passar duas semanas em Austin para lhe explicar todo o processo.

Pedi a Owen que me acompanhasse, mas ele descartou a ideia. Ficou chateado por eu querer ir a qualquer lugar que atrasasse minha mudança para Sausalito — que atrasasse o início de nossa vida verdadeiramente juntos, algo que vínhamos planejando por um tempo.

Eu também estava ansiosa para vir para a Califórnia — e nem um pouco ansiosa para trabalhar ao lado de uma cliente cada vez mais exigente. Então, recusei o trabalho. Mas achei estranho o comportamento de Owen. Aquela reação carente e controladora não era típica dele. Quando comentei a respeito, Owen se desculpou por reagir mal. Disse que estava nervoso com a mudança. Que estava nervoso porque não sabia como Bailey reagiria à minha presença na casa dela. Para Owen, tudo sempre tinha a ver com a filha. Qualquer mudança que fosse um transtorno para ela seria um transtorno para ele também. Eu entendi aquela ansiedade. E deixei o assunto de lado.

Mas me lembro de outro sinal de alerta em relação a Austin. Quando pedi que fosse comigo à cidade para aquele simpósio de marcenaria, ele ficou com uma expressão sombria por um instante. Não hesitou, mas ficou estranho. Então, talvez o incômodo com Austin não tivesse só a ver com Bailey. Talvez tenha tido alguma coisa a ver com a cidade em si. Com algo que ele não queria que eu encontrasse lá. Alguma coisa de que estava fugindo.

Pego o celular e ligo para Jake, que é fanático por todas as vertentes de futebol americano possíveis: universitário, da Liga Nacional de Futebol Americano, jogos clássicos no YouTube às oito da manhã.

— Está tarde onde eu moro — resmunga ele, em vez de dar um "oi".

— O que você pode me dizer sobre o estádio de futebol de Austin? — pergunto.

— Posso dizer que não é assim que ele é chamado — responde Jake.

— Você sabe alguma coisa sobre o time de futebol deles?

— O Longhorns? O que você quer saber?

— Quais são as cores dele?

— Por quê?

Espero.

Ele suspira.

— Laranja e branco — informa.

— Você tem certeza?

— Sim, laranja e branco. Uniformes, mascote. Trave. A *endzone*. O estádio todo. É meia-noite. Já passa da meia-noite. Eu estava dormindo. Por que a pergunta?

Não consigo contar a verdade, o que parece loucura. O delegado federal que apareceu na nossa casa é de lá. Bailey se lembra de ter estado na cidade. Talvez. E, em dois momentos diferentes, Owen ficou esquisito quando se viu diante da ideia de irmos até Austin. Dois momentos de que me lembro agora.

Não quero dizer a Jake que Austin é tudo o que tenho. Penso em meu avô. Se ele estivesse vivo e sentado aqui comigo, eu poderia contar a ele. Ele não acharia que estou doida. Só ficaria sentado comigo e me ajudaria a repassar tudo até que eu descobrisse o que precisava fazer. Por isso meu avô era bom no trabalho dele — e em me ajudar a entender qual era o meu. A primeira lição que ele me ensinou foi que não se tratava apenas de moldar um bloco de madeira do jeito que eu quisesse. Também era preciso ir além da casca, ver o que havia dentro da madeira, o que ela tinha sido antes. Aquele era o primeiro passo para se criar algo bonito. O primeiro passo para fazer algo do zero.

Se Owen estivesse aqui, ele também entenderia isso. Eu também poderia contar a ele. Owen olharia para mim e daria de ombros. *O que você tem a perder?* Ele olharia para mim e veria o que eu já havia decidido.

Proteja ela.

— Jake? Eu te ligo de volta — digo.

— Amanhã! — exclama ele. — Me liga de volta amanhã.

Desligo a chamada e volto para a varanda. Encontro Bailey onde a deixei, olhando para a baía e bebendo da minha taça de vinho como se fosse dela.

— O que você está fazendo? — pergunto.

A taça está quase vazia. Estava cheia quando saí dali. Agora é que está quase vazia. O vinho cobre os lábios dela, e os cantos de sua boca estão manchados de vermelho.

— Pode não fazer isso? — pede ela. — Eu só bebi um pouco.

— Não me importo com o vinho.

— Então, por que está me olhando desse jeito? — pergunta ela.

— Você precisa arrumar uma mala — anuncio.

— Por quê?

— Estava pensando sobre o que você falou, sobre o casamento. Sobre Austin. E acho que devemos ir para lá — respondo.

— Para Austin?

Faço que sim com a cabeça.

Ela me encara, confusa.

— Isso é uma maluquice. Como ir para Austin vai ajudar em alguma coisa? — questiona.

Quero dar uma resposta honesta. Se eu tentar citar meu avô e disser a Bailey que isso pode ser ir além da casca, será que ela entenderia? Duvido. E se eu contar o que deduzi até agora — hipóteses fracas, para dizer o mínimo —, ela vai se rebelar e se recusar a ir.

Então digo algo que ela é capaz de entender e que também é verdade. Que soa como uma coisa que o pai dela diria.

— É melhor do que ficarmos sentadas aqui — digo.

— E a escola? — pergunta ela. — Vou simplesmente faltar à escola?

— Você disse que não iria amanhã de qualquer maneira — lembro. — Não acabou de dizer isso?

— Sim — afirma Bailey. — Acho que sim.

Já estou entrando na casa. Já estou me movimentando.

— Então, faça as malas.

— Parte 2 —

"Cada tipo de madeira tem seus próprios padrões e cores distintos, que são revelados quando o material é trabalhado no torno."

— Philip Moulthrop

Mantenha Austin esquisita, como diz o slogan

Chegamos às 6h55 para o voo saindo de San Jose.

Já se passaram quarenta e seis horas desde que Owen saiu para o trabalho, quarenta e seis horas desde a última vez em que ele falou comigo.

Deixo Bailey ficar com o assento da janela e me acomodo no do corredor, onde os passageiros esbarram em mim a caminho do banheiro, na parte de trás do avião. Bailey se apoia contra a janela, o mais longe de mim que consegue, os braços cruzados com força contra o peito. Ela está usando uma camiseta do Fleetwood Mac, sem nenhum casaco, e seus braços estão arrepiados.

Não sei se está com frio ou chateada. Talvez as duas coisas. Como nunca voamos juntas antes, nem me ocorreu lembrá-la de colocar um moletom na bagagem de mão. Não que ela fosse ouvir meu conselho, de qualquer maneira.

Ainda assim, de repente, esse me parece o maior crime de Owen. Como ele não me deu um ponto de referência antes de desaparecer? Como não deixou um conjunto de regras sobre como cuidar de Bailey? A primeira regra: diga a ela para levar um moletom quando for viajar de avião. Diga para cobrir os braços.

Bailey mantém os olhos grudados no lado de fora, evitando contato visual comigo. Tudo bem ela não querer conversar. Começo, então, a fazer anotações no meu caderno. Organizo um plano de ação. Vamos aterrissar ao meio-dia e meia, horário local, o que significa que provavelmente serão quase duas da tarde quando chegarmos ao centro de Austin e fizermos check-in no hotel.

Eu gostaria de já conhecer bem a cidade, mas só estive em Austin uma vez, no último ano da faculdade. Foi para o primeiro trabalho profissional de Jules (ela recebeu oitenta e cinco dólares e um quarto de hotel), que me convidou para acompanhá-la. Ela ia fotografar o Festival Anual de Molhos Picantes do *Austin Chronicle* para um blog de culinária de Boston. Passamos a maior parte de nosso tempo em Austin naquele festival, queimando a boca com uma centena de tipos diferentes de costelas temperadas, batatas fritas, vegetais defumados e molhos de pimenta jalapeño. Jules tirou seiscentas fotos.

Só pouco antes de irmos embora da cidade é que saímos dos jardins de East Austin, onde estava acontecendo o festival. Encontramos uma colina de onde tínhamos uma vista incrível da silhueta dos prédios do centro da cidade. Havia tantas árvores quanto arranha-céus, e o tempo estava mais claro do que nublado. E, por algum motivo, a sensação de aconchego que o lago passava fazia Austin parecer uma cidade pequena, o que não era o caso.

Naquele momento, Jules e eu decidimos que nos mudaríamos para Austin depois da formatura. Era muito mais barato morar ali do que em Nova York e muito mais fácil do que morar em Los Angeles. A verdade é que nem levamos essa possibilidade em consideração quando a hora chegou, mas, naquele momento, olhando para a cidade de cima, foi o que desejamos. Era como olhar para o nosso futuro.

Esse certamente não é o futuro que imaginei.

Fecho os olhos, tentando não deixar que isso me abale, enquanto as perguntas continuam a girar na minha cabeça em uma espiral terrível — perguntas para as quais preciso de respostas: onde Owen está? Por que ele precisou fugir? E o que não percebi em relação a meu marido que ele teve medo demais para me contar?

Isso é parte do motivo pelo qual estou sentada nesse avião. Tenho essa fantasia de que o fato de eu sair de casa vai desencadear alguma coisa no universo que fará Owen voltar e dar as respostas ele mesmo. Não é assim que funciona, o leite ferve e entorna quando nos distraímos um segundo? Assim que pousarmos em Austin, vou receber uma mensagem de Owen perguntando onde estamos, dizendo que ele está sentado na nossa cozinha vazia esperando por nós, não o contrário.

— O que posso servir a vocês?

Levanto os olhos para a comissária de bordo parada ao lado da nossa fileira, o carrinho de bebidas prateado na frente dela.

Bailey não desvia o olhar da janela, e seu rabo de cavalo roxo é a única coisa voltada na minha direção.

— Uma Coca normal — diz ela. — Com muito gelo.

Encolho os ombros em um pedido de desculpas pela falta de educação de Bailey.

— Uma Coca Diet, por favor — peço.

A comissária de bordo apenas sorri, sem parecer ofendida.

— Dezesseis? — pergunta baixinho.

Faço que sim com a cabeça.

— Também tenho uma de dezesseis anos — cochicha ela. — Gêmeos, na verdade. Acredite em mim, eu entendo.

Nesse momento, Bailey se vira.

— Não sou filha dela — anuncia.

É verdade. Também é algo que Bailey poderia ter dito em qualquer outro dia, ansiosa para corrigir o equívoco. Mas nesse momento soa diferente, e dói tanto que tenho dificuldade em não deixar transparecer. Não se trata apenas do que a afirmação faz comigo. Mas também de ter certeza do choque que a própria Bailey vai sentir depois do comentário — a constatação insuportável de que me odiar ou me rejeitar é muito menos divertido quando, no momento, sou a única pessoa que ela tem.

O rosto de Bailey se contrai quando ela percebe. Fico quieta, olhando para a tela no assento à minha frente, vendo um episódio de *Friends* sem som, Rachel e Joey se beijando em um quarto de hotel. Finjo não notar a aflição de Bailey, mas também não coloco os fones de ouvido. É o melhor que consigo fazer para dar a ela algum espaço para respirar, ao mesmo tempo em que tento deixar explícito que estou à disposição, caso precise de mim.

Bailey esfrega os braços arrepiados sem dizer nada, pelo menos por algum tempo. Então, toma um gole do refrigerante. E faz uma careta.

— Acho que ela trocou nossas bebidas — reclama.

Eu me viro e olho para ela.

— Qual é essa?

Ela estende seu copo cheio de gelo, o refrigerante quase transbordando.

— Essa é diet — diz. — A comissária deve ter me dado seu copo...

Tento não parecer muito surpresa quando ela me entrega a bebida. Mas não discuto. Entrego minha Coca a Bailey e espero que tome um gole.

Ela assente, como se estivesse aliviada por estar com a bebida certa. Só que nós duas sabemos que a comissária de bordo nos entregou os copos certos. Sabemos que só agora — só depois do gesto de Bailey, de sua tentativa de aliviar a tensão — é que os refrigerantes estão trocados.

Se esse é o jeito de Bailey de se aproximar de mim, estou mais do que disposta a colaborar.

Tomo um gole da Coca.

— Obrigada — digo. — Achei mesmo que a minha estava com um gosto estranho.

— Sem problema... — diz ela. Então volta a olhar pela janela. — Não foi nada.

~

Entramos em um Uber no aeroporto e vejo as notícias no celular.

Matérias sobre a The Shop enchem a página inicial da CNN, do *New York Times*, do *Wall Street Journal*. Muitas das manchetes mais recentes se concentram em uma entrevista coletiva dada pelo chefe da comissão de valores mobiliários e têm títulos apelativos, como A THE SHOP FECHOU DE VEZ.

Clico na reportagem mais recente do *New York Times*, que fala sobre o anúncio da comissão de que vão processar Avett Thompson por fraude. A matéria cita uma fonte do FBI que diz que a equipe sênior e os principais executivos *com certeza* serão apontados como suspeitos.

Owen não é mencionado nominalmente. Pelo menos ainda não.

O Uber entra na Presidential Boulevard e segue em direção ao hotel, que fica no lago Lady Bird, perto da Congress Avenue Bridge. É longe da agitação da parte mais movimentada da cidade, do outro lado da ponte, onde fica o coração do centro de Austin.

Pego o comprovante de reserva do hotel na bolsa e checo os detalhes. O nome completo de Jules, Julia Alexandra Nichols, me encara de volta. Ela sugeriu que eu reservasse o quarto em seu cartão de crédito, como medida de segurança. Estou com ele e a identidade dela na carteira, também como medida de segurança, caso alguém esteja nos rastreando.

Obviamente, há um registro do nosso voo para Austin. Jules também passou os voos no cartão de crédito dela, mas nas passagens estão nossos nomes verdadeiros. Há um jeito fácil de nos rastrear até aqui, se alguém estiver disposto a fazer isso. Mas mesmo que nos rastreiem até Austin, eles não precisam saber exatamente em que parte da cidade estamos. Não vou ajudar os próximos Grady ou Naomi que aparecerem na minha porta sem avisar.

O motorista — um cara novo, usando uma bandana — olha para Bailey pelo espelho retrovisor. Ele não é muito mais velho do que ela e insiste em tentar fazer contato visual. Em chamar sua atenção.

— É sua primeira vez em Austin? — pergunta o motorista.

— É — responde Bailey.

— O que está achando até agora?

— Com base nos catorze minutos desde que saímos do aeroporto? — retruca ela.

O rapaz ri, como se Bailey estivesse brincando, como se estivesse dando brecha para ele continuar falando.

— Eu cresci aqui — declara. — Pode me perguntar qualquer coisa sobre a cidade e eu te digo ainda mais do que você gostaria de saber.

— Legal — diz Bailey.

Como vejo que ela está totalmente alheia, tento estimular a conversa do rapaz, para o caso de alguma coisa que ele me diga vir a ser útil mais tarde.

— Você cresceu aqui? — pergunto.

— Isso. Moro aqui desde que nasci, quando Austin era uma cidade pequena — explica ele. — Ainda é uma cidade pequena de várias maneiras, mas hoje tem mais pessoas e prédios muito maiores.

Ele sai da rodovia e sinto um aperto no peito quando o centro de Austin surge. Sei que esse era o plano, mas, olhando pela janela para essa cidade estranha, tudo parece muito mais confuso.

O motorista aponta um arranha-céu.

— Aquela é a Frost Bank Tower — anuncia. — Já foi o edifício mais alto de Austin. Agora eu nem tenho certeza se está entre os cinco maiores. Já tinha ouvido falar?

— Infelizmente, não — respondo.

— Pois é, tem uma história engraçada por trás dela — diz ele. — Se a gente olhar de certos ângulos, a torre parece uma coruja. É direitinho uma coruja. Pode ser difícil ver daqui, mas é incrível como dá para distinguir...

Abro a janela e observo o prédio — os pavimentos mais altos, pontudos como orelhas, as duas janelas que parecem olhos. Sem dúvida, lembra uma coruja.

— A gente tem a Universidade do Texas aqui, a UT-Austin, mas todos os arquitetos da cidade estudaram na Universidade Rice, e a coruja é o mascote de lá. Então, é como se basicamente tivessem resolvido ignorar nosso mascote e o Longhorns — continua o rapaz. — Bem, tem gente que diz que é só uma teoria da conspiração, mas olha só pra ela. A torre parece uma coruja! Como isso pode ser por acaso?

Ele vira na South Congress e posso ver nosso hotel a distância.

— Vocês estão aqui para visitar a Universidade do Texas? — A pergunta é direcionada a Bailey, enquanto ele tenta mais uma vez encontrar os olhos dela pelo retrovisor.

— Não exatamente — responde ela.

— Então... o que vieram fazer aqui?

Bailey não responde. Ela abre a janela na tentativa de desencorajar mais perguntas. Não a culpo por isso. Não a culpo por não estar particularmente ansiosa para explicar a um estranho por que está aqui, tentando se lembrar se já esteve na cidade antes, em busca de informações sobre o pai desaparecido.

— Somos só fãs de Austin — respondo.

— Maneiro — diz ele. — Estão tirando umas férias. Mal posso esperar pelas minhas.

Ele chega ao hotel e Bailey já está abrindo a porta para sair antes mesmo que o carro pare de vez.

— Espera, espera! Deixa eu te dar meu número. Caso queiram que eu mostre alguma coisa a vocês enquanto estiverem na cidade.

— Não vamos querer — dispensa Bailey.

Então ela ajeita a bolsa no ombro e começa a andar na direção da entrada do hotel. Pego as malas no porta-malas e me apresso para alcançá-la, encontrando-a já perto das portas giratórias.

— Que cara chato — comenta.

Começo a dizer que ele estava só tentando ser simpático, mas Bailey não está interessada em simpatia. E como não estou a fim de discutir à toa, resolvo deixar para lá.

Entramos no hotel e dou uma olhada no saguão: o átrio alto, o bar, uma Starbucks na lateral. Centenas de quartos. Exatamente o tipo de hotel genérico que eu esperava, um lugar fácil de se perder. A não ser talvez pelo fato de eu estar analisando o entorno por tempo demais, o que faz uma funcionária do hotel encontrar meu olhar.

No crachá dela está escrito AMY, e ela usa o cabelo em um corte chanel.

Entramos na fila na recepção, mas é tarde demais. Ela se aproxima com um sorriso largo.

— Oi — cumprimenta. — Sou Amy, a concierge do hotel. Sejam bem-vindas a Austin! Posso ajudá-las em alguma coisa enquanto esperam para fazer o check-in?

— Não, obrigada. A não ser que você tenha um mapa do campus — respondo.

— Da Universidade do Texas? — diz Amy. — É lógico que tenho. Também posso ajudar vocês a organizarem um tour pelo campus. Tem um café excelente que não vão querer perder quando forem para aqueles lados da cidade. Vocês gostam de café?

Bailey me olha como se fosse culpa minha Amy estar em cima de nós, tagarelando daquele jeito — e talvez não esteja errada. Eu realmente pedi um mapa da universidade, em vez de só dizer à tagarela da Amy que não precisávamos de nada. Mas quero o mapa. Quero segurar alguma coisa nas mãos que dê a mínima impressão de que sei o que estou fazendo.

— Posso contratar um serviço de transporte para levar vocês até lá?

Chegamos à frente da fila, onde um recepcionista chamado Steve nos estende dois copos de limonada.

— Oi, Amy.

— Steve! Eu estava prestes a arrumar para elas mapas da faculdade e dizer onde podem tomar um bom *flat white*.

— Excelente — diz Steve. — Vou cuidar das acomodações de vocês. O que traz as duas ao nosso pedacinho de mundo? E como posso torná-lo o lugar favorito de vocês?

Esse é o limite para Bailey. Ela desiste e começa a se afastar — Steve é o prego final no caixão da simpatia agressiva. Ela vai em direção ao elevador, me fuzilando com o olhar enquanto se afasta. Um olhar que me culpa por essas conversas que ela não suporta, por estar longe de casa, por estar em Austin. Qualquer boa vontade que eu tenha conseguido angariar no avião aparentemente desapareceu.

— Então, Sra. Nichols, vocês vão ficar no oitavo andar, com uma bela vista para o lago Lady Bird — informa o recepcionista. — Temos um ótimo spa no hotel se quiserem relaxar um pouco do voo antes de subir para o quarto. Ou posso pedir um almoço para vocês.

Levanto as mãos, me rendendo.

— A chave do quarto, Steve — peço. — Só a chave do quarto. O mais rápido que você puder me entregar.

~

Deixamos as malas no quarto. Não paramos para comer nada.

Às duas e meia, saímos do hotel e seguimos em direção à Congress Avenue Bridge. Decido que é melhor irmos a pé. Acho que uma longa caminhada pode ajudar a refrescar a memória de Bailey, a trazer alguma lembrança, se é que há mesmo alguma. E essa caminhada vai nos levar pelo centro de Austin até o campus e o estádio de futebol que fica dentro dele, o único da cidade, chamado Darrell K Royal Stadium. Assim que atravessamos a ponte, o centro da cidade se abre diante de nós — vibrante e movimentado, mesmo no início da tarde. Por algum motivo, parece que já é noite: há música tocando, bares abertos, calçadas de restaurantes lotadas.

Bailey mantém a cabeça baixa, os olhos no celular. Como vai reconhecer alguma coisa se não estiver prestando atenção? Mas quando paramos em um semáforo na Quinta Avenida, com o aviso de NÃO ATRAVESSE piscando diante de nós, ela levanta a cabeça.

Ela levanta a cabeça e vejo que seu olhar está fixo.

— O que foi? — pergunto.

— Nada.

Ela balança a cabeça. Mas continua olhando.

Sigo seu olhar até uma placa do Antone's, em letras manuscritas azuis. CASA DO BLUES está escrito abaixo. Um casal se abraça diante da porta da frente e tira uma selfie.

Bailey aponta para a casa noturna.

— Tenho quase certeza de que meu pai tem um disco do John Lee Hooker de lá — diz.

Sei que ela está certa assim que escuto aquilo. Consigo ver a capa do álbum: o logotipo do Antone's na frente, na fonte manuscrita da placa. E Hooker cantando em um microfone, de chapéu e óculos escuros, a guitarra na mão. Eu me lembro de uma noite na semana passada — como pode ter sido na semana passada? —, quando Bailey estava em um ensaio da peça e nós dois estávamos sozinhos em casa. Owen começou a dedilhar a guitarra dele. Não consigo me lembrar da letra da música agora, mas me lembro muito bem da expressão no rosto de Owen enquanto ele cantava.

— Ele tem, sim. Você tem razão.

— Não que isso importe — retruca ela.

— Acho que ainda não sabemos o que importa — comento.

— Isso é para ser uma frase edificante ou alguma coisa assim? — pergunta Bailey.

Edificante? Três dias atrás, estávamos todos juntos na cozinha de casa, a um milhão de quilômetros dessa realidade. Bailey estava comendo uma tigela de cereal enquanto conversava com o pai sobre o fim de semana. Ela queria que Owen a deixasse ir até a península com Bobby, que queria dar um longo passeio de bicicleta por Monterey. *Talvez a gente possa ir todo mundo*, sugeriu Owen. Bailey revirou os olhos, mas percebi que ela estava considerando a hipótese, especialmente depois que Owen disse que poderíamos parar em Carmel no caminho de volta para casa. Ele queria parar e comprar sopa de mariscos em um restaurantezinho que ela amava perto da praia, um restaurante que pai e filha frequentam desde pouco depois de se mudarem para Sausalito.

Isso foi há três dias. Agora estamos em uma nova realidade em que Owen está desaparecido e passamos nosso tempo tentando descobrir onde ele está. E por que desapareceu. Uma nova realidade em que passo o tempo todo me perguntando se estou errada em acreditar que as respostas para essas perguntas não vão lançar por terra minhas maiores certezas sobre quem Owen é.

Não era para ser nada edificante. Só estou tentando dizer alguma coisa neutra, para que Bailey não perceba como também estou irritada. Quando o semáforo abre para nós, atravesso rapidamente a rua e viro na Congress, andando cada vez mais rápido.

— Tente acompanhar meu passo — peço.

— Aonde estamos indo? — pergunta Bailey.

— Para algum lugar melhor do que aqui — respondo.

~

Cerca de uma hora depois, circundamos o Capitólio do Estado do Texas e seguimos pelo San Jacinto Boulevard.

Vemos o estádio, então. É enorme, imponente — mesmo a vários quarteirões de distância.

Enquanto caminhamos em direção a ele, passamos pelo Centro Esportivo Caven-Clark. Parece ser um centro de recreação estudantil completo, com uma série de prédios laranja, o antigo campo de beisebol Clark Field e uma pista de atletismo grande. Há alunos jogando futebol americano, subindo as escadas correndo e descansando em bancos, fazendo com que essa parte do campus pareça, ao mesmo tempo, completamente alheia à cidade e ainda assim parte dela. Em uma integração perfeita.

Olho meu mapa do campus e começo a seguir para a entrada mais próxima do estádio. Mas Bailey para de andar de repente.

— Não quero fazer isso — diz.

Meus olhos encontram os dela.

— Mesmo que eu já tenha estado no estádio, e daí? Como isso vai nos ajudar?

— Bailey... — começo.

— Sério, o que a gente tá fazendo aqui?

Ela não vai reagir bem se eu disser que fiquei acordada ontem à noite lendo sobre memórias de infância — sobre como as esquecemos. E como as recuperamos. Muitas vezes, essas memórias voltam quando a pessoa retorna a um lugar e o vivencia da mesma forma que vivenciou da primeira vez. É isso que estamos fazendo aqui. Estamos seguindo o instinto de Bailey. Estamos indicando para a memória dela que já esteve aqui antes. E, desde o instante em que eu soube de onde Grady Bradford era, meu instinto me diz que é o que deveríamos fazer.

— Há mais coisas que seu pai não nos contou além do que está acontecendo na The Shop — digo. — Estou tentando descobrir quais são.

— Isso soa muito vago — retruca Bailey.

— Vai ficar menos vago quanto mais você se lembrar — sugiro.

— Então... a responsabilidade é minha?

— Não, é minha. Se eu estiver errada em ter trazido você aqui, vou ser a primeira a dizer.

Ela fica quieta.

— Escuta, você pode entrar, por favor? Consegue fazer isso? — pergunto. — Nós já viemos até aqui.

— Eu tenho escolha? — retruca ela.

— Sim — respondo. — Sempre. Comigo você sempre tem escolha.

E vejo no rosto de Bailey a surpresa por eu estar falando sério. E estou mesmo. Estamos a menos de cinquenta metros da entrada mais próxima do estádio, portão 2, mas a decisão é dela. Se Bailey quiser dar meia-volta e ir embora, não vou impedi-la. Talvez saber disso a faça seguir em frente, porque esse é o lance dela.

Bailey vai até o portão, o que parece uma vitória. Então, uma segunda vitória: um grupo de visitantes do estádio parece estar se reunindo, e conseguimos nos misturar a eles e passar pela segurança sem sequer um olhar do aluno distraído que está no balcão.

— Bem-vindos ao DKR — diz o guia turístico. — Meu nome é Elliot e vou ser seu guia hoje. Sigam-me!

Ele leva o grupo para a *endzone* e espera até que todos entrem no estádio, que é épico. A capacidade é de mais de cem mil torcedores, e podemos ver TEXAS escrito em letras grandes em uma das extremidades do campo e LONGHORNS na outra. É tão grande — tão imponente — que parece mesmo o tipo de lugar de que alguém se lembraria, que ficaria guardado na memória, ainda mais quando se é criança.

Elliot começa a explicar ao grupo o que acontece em noite de jogo — que um tiro de canhão é disparado após cada *touchdown*; que Bevo, o mascote, é um boi de verdade; que há um grupo de caubóis do Texas que dá a volta no campo com o animal e que cuida dele.

Quando o guia termina seu discurso e começa a levar todos até a cabine de imprensa, faço um gesto para Bailey recuar e seguimos para as arquibancadas.

Eu me sento na primeira fila e Bailey faz o mesmo. Fico olhando para o campo, observando-a pelo canto do olho enquanto ela se acomoda.

Então Bailey se senta com o corpo mais reto.

— Não tenho certeza se foi aqui — diz. — Não sei. Mas me lembro do meu pai falando que um dia eu ia adorar futebol americano do jeito que ele adorava. Lembro dele me dizendo para não ter medo do mascote.

Isso soa errado — não a parte do mascote, que parece exatamente o que Owen diria, mas a parte sobre amar futebol americano. Owen não liga para o esporte. Pelo menos desde que estamos juntos, eu mal o vi assistir a um jogo inteiro. Nada de longos jogos de futebol à tarde ocupando nossos fins de semana. Nem as reprises dos jogos de segunda-feira à noite. Uma das muitas diferenças agradáveis em relação a Jake.

— Mas devo estar lembrando errado — continua Bailey. — Meu pai não adora futebol americano, certo? Quer dizer... a gente nunca assiste a nenhum jogo.

— Era o que eu estava pensando. Mas talvez ele adorasse na época. Quando achou que faria de você uma fã do esporte.

— Quando eu era criança?

Dou de ombros.

— Talvez ele tenha achado que conseguiria fazer você ser uma torcedora do Longhorns.

Bailey se vira na direção do campo. Parece que não há mais nada a acrescentar à lembrança.

— Eu realmente acho que foi isso. Não era sobre futebol americano de um modo geral. Ele amava esse time. — Ela faz uma pausa. — Ou seja lá qual fosse o time de uniforme laranja...

— Só me diz do que você se lembra, como se esse fosse o lugar — peço. — Você veio depois do casamento? Já era noite?

— Não, foi à tarde. E eu estava de vestido. O vestido de daminha. Sei disso. Talvez tivéssemos vindo do casamento. Direto da cerimônia.

Ela faz uma pausa.

— A não ser que eu esteja imaginando tudo isso. O que também parece possível.

Sinto que ela está ficando frustrada. É mais do que provável que Bailey tenha se lembrado do que podia em Sausalito, que devíamos ter ficado lá. Na nossa casa flutuante, que parece vazia sem Owen. Nós duas vivendo no terrível vazio que ele deixou lá.

— Não sei o que dizer — conclui Bailey. — Eu poderia me sentir assim em qualquer estádio.

— Mas esse parece familiar?

— Sim, mais ou menos.

Então tenho uma ideia. Surge rápido na minha mente, e consigo ver seu desenrolar, dependendo de qual for a resposta dela.

— Então você veio andando até aqui?

Bailey me lança um olhar estranho.

— Sim, com você.

— Não, o que estou falando é que você não disse que se lembrava de ter vindo do casamento para cá andando? Naquele dia com seu pai? Supondo que tenha sido aqui...

Ela balança a cabeça, como se aquela fosse uma pergunta doida, mas então arregala os olhos.

— Sim, acho que sim. Se eu estava com o vestido, provavelmente viemos direto da igreja.

Não sei se essa conversa está reacendendo a lembrança ou não, mas de repente Bailey fala com mais segurança.

— Com certeza foi isso — afirma. — Quer dizer, só viemos ao jogo rapidinho, depois da cerimônia. Viemos andando. Tenho certeza disso...

— Então tem que ser perto daqui.

— O que tem que ser perto daqui? — pergunta ela.

Olho para o mapa e vejo as opções marcadas para nós: uma igreja católica não muito longe do estádio; duas capelas episcopais e uma sinagoga ainda mais perto. Estão todas a curta distância. E todas podem ser o lugar onde Owen levou Bailey antes de trazê-la aqui.

— Você não se lembra por acaso de que tipo de cerimônia foi, certo? Em que tipo de igreja?

— Você está brincando, né?

Não estou.

— Lógico — digo.

Quem precisa de guia turístico?

Faço um círculo ao redor das igrejas no mapa e saímos do estádio por um portão diferente. Descemos as escadas e passamos por uma estátua em homenagem à banda da Universidade do Texas, o centro de ex-alunos logo atrás.

— Espera — pede Bailey. — Vai um pouco mais devagar...

Eu me viro.

— O que foi?

Ela olha para o prédio, para a placa na frente: A CASA DOS EX-TEXAS.

Então, se volta de novo para o estádio.

— Isso me parece familiar — diz.

— Bem, parece um pouco com o outro portão de entrada... — comento.

— Não, toda essa área me parece familiar — insiste Bailey. — Acho que me lembro dessa parte do campus. É como se eu já tivesse estado aqui mais de uma vez, ou alguma coisa assim. Tenho a *sensação* de que é conhecida.

Ela começa a olhar ao redor.

— Deixa eu me concentrar um pouco — continua. — Deixa eu descobrir por que estou achando que conheço este lugar. Não é esse o objetivo dessa viagem? Que eu tente identificar alguma coisa conhecida aqui?

— Tá certo — digo. — Sem pressa.

Tento encorajá-la, embora não queira parar aqui. Quero chegar às igrejas antes que fechem. Quero encontrar alguém com quem a gente possa conversar.

Fico quieta e me concentro no meu celular. Tento organizar a linha do tempo. Se Bailey estiver no caminho certo, se não estivermos fazendo tudo errado, ela provavelmente esteve aqui em 2008 — quando ela e Owen ainda moravam em Seattle e Olivia ainda estava viva. No ano seguinte, Bailey e Owen se mudaram para Sausalito. E em qualquer momento antes disso, ela seria nova demais para se lembrar de muita coisa, se é que se lembraria.

Portanto, 2008 tem que ser o ano certo. Se Bailey estiver certa sobre alguma dessas coisas, foi nessa época que esteve aqui. Pesquiso a programação de futebol americano e a agenda de jogos em casa do Longhorns de doze anos atrás.

Mas quando estou examinando as datas, meu celular toca e aparece BLOQUEADO no identificador de chamadas. Fico segurando o aparelho, sem saber o que fazer. Pode ser Owen. Mas me lembro de Jake dizendo para eu não atender nenhum número desconhecido e acho arriscado. Quem mais pode ser? Que outros problemas isso poderia causar?

Bailey aponta para meu celular.

— Você vai atender? Ou vai ficar só olhando pra tela?

— Ainda não decidi.

Mas e se for Owen? E se? Aceito a ligação. Só que não digo nada, fico esperando para ouvir o que a pessoa do outro lado da linha tem a dizer primeiro.

— Alô? Hannah?

A mulher que ligou tem uma voz estridente, chiada, irritante. Uma voz que reconheço.

— Belle?

— Nossa, que confusão essa história — começa ela. — Isso é um *ultraje*. Você está bem? E como está a filha do Owen?

Isso é Belle tentando ser legal, mas percebo que ela não chama Bailey pelo nome. Ela se refere à garota como filha de Owen porque nunca consegue se lembrar do nome de Bailey. Nunca achou importante guardar essa informação.

— Eles não fizeram isso, você sabe… — diz ela.

Eles.

— Belle, tentei entrar em contato com você — digo.

— Eu sei, eu sei, você deve estar desnorteada. Eu estou desnorteada. Estou enfurnada em Santa Helena como uma criminosa qualquer. Há equipes de reportagem acampadas do lado de fora da minha porta. Eu nem consigo sair de casa! Tive que pedir para minha assistente trazer frango assado e suflês de chocolate do Bouchon para que eu tivesse *alguma coisa* para comer — reclama ela. — Onde você está?

Já estou pronta para me desviar da pergunta, mas não é necessário. Belle não está esperando que eu responda. Ela só quer continuar falando.

— Sinceramente, essa coisa toda é simplesmente absurda. Avett é um empresário, não um criminoso. E Owen é um gênio, embora eu não precise mencionar isso. O que estou querendo dizer é que, pelo amor de Deus, por que diabo Avett precisaria fazer uma coisa dessas? Roubar da própria empresa? Essa é, o quê... a oitava start-up dele? A essa altura da carreira é que ele começaria a inflar valores, mentir e roubar? Ou seja lá que diabo estão dizendo que ele fez? Me poupe. Já temos dinheiro suficiente para nem sabermos o que fazer com ele.

Ela está muito indignada, defendendo o marido com determinação. Mas isso não apaga o que está deixando de fora, o que se recusa a comentar. O sucesso anterior de Avett, a arrogância que veio com isso, pode explicar por que ele se recusava a fracassar agora.

— A verdade é que isso é uma armação — acusa Belle.

— De quem, Belle?

— Como vou saber, oras? Do governo? De um concorrente? Talvez de algum canalha que queria alcançar esse mercado primeiro. Essa é a teoria de Avett. Mas nós vamos superar isso. Avett trabalhou demais, por muito tempo, para ser derrubado por um contratempo contábil.

Eu me dou conta, então, do que as pessoas — Patty, Carl, Naomi — devem ouvir quando falam comigo. Escuto a loucura. Belle parece louca. Talvez seja isso o que acontece quando se perde o chão... a gente perde a capacidade de modular o tom, de fazer com que nossas palavras façam sentido para o resto do mundo.

— Espera, você acha que foi uma armação ou um erro contábil? — Faço uma pausa. — Ou só está dizendo que é culpa de todo mundo, menos de Avett?

— Como é? — pergunta Belle.

Ela está furiosa. Eu não me importo. Não tenho tempo para Belle, agora que entendi que o objetivo dessa conversa é me pedir alguma coisa. Não tenho mais nada para dar a ela.

Olho para Bailey, que está me encarando com uma expressão questionadora que parece dizer: por que você está ficando irritada? O que isso tem a ver com meu pai?

— Preciso desligar — digo.

— Espera — pede Belle.

E é quando ela começa a chegar ao ponto. Ao que realmente precisa.

— Os advogados do Avett estão tendo dificuldade para entrar em contato com Owen — revela. — E só queremos ter certeza, só queremos saber... ele não está falando com a polícia, está? Porque isso não seria inteligente, para nenhum de nós.

— Se Avett não fez nada de errado, o que importa o que Owen diz?

— Não seja ingênua. Não é assim que funciona — reclama ela.

Quase posso ver Belle sentada na ilha de sua cozinha, no banquinho que eu fiz, balançando a cabeça, incrédula, as argolas de ouro que nunca tira da orelha batendo em suas maçãs do rosto salientes.

— E como funciona?

— Hmm... prisões, confissões forçadas. Owen é tão burro assim? — Ela faz uma pausa. — Ele está falando com a polícia?

Tenho vontade de dizer: *eu só sei que ele não está falando comigo.* Mas não confesso isso para Belle. Não confesso nada a ela. Estamos em posições diferentes, ela e eu. Ela não está preocupada com a segurança de Avett. Não está questionando sinceramente se o governo está agindo de má-fé ou se Avett é culpado. Belle sabe que o marido é culpado. Só está tentando mudar o rumo da história, fazer o que precisa fazer para impedir que ele pague pelo crime.

Minha preocupação, por outro lado, é tentar descobrir um modo de impedir que Bailey pague pelo que está acontecendo.

— Os advogados do Avett precisam conversar com Owen o mais rápido possível, para garantir que a história permaneça consistente — insiste Belle. — Seria bom poder contar com a sua ajuda nisso. Precisamos ficar unidos.

Não respondo.

— Hannah? Você ainda está aí?

— Não — digo. — Não estou mais.

E desligo. Desligo e volto a procurar na internet a agenda antiga de jogos de futebol americano da Universidade do Texas.

— Quem era? — pergunta Bailey.

— Era engano — respondo.

— É assim que você chama a Belle hoje em dia? — ironiza ela.

Eu me viro para encará-la.

— Por que fingir? — insiste Bailey.

Ela está furiosa e com medo. E, aparentemente, estou deixando tudo pior em vez de melhorar a situação.

— Estou só tentando te proteger um pouco disso, Bailey — digo.

— Mas você não pode — retruca ela. — Essa é a questão. Ninguém pode me proteger disso. Então, que tal combinarmos de você ser a pessoa que me diz a verdade?

Subitamente, Bailey parece mais velha do que é. Seu olhar é firme, os lábios estão franzidos. *Proteja ela.* A única coisa que Owen me pediu para fazer. A única coisa impossível de fazer.

Eu assinto, sustentando o olhar dela. Bailey quer que eu diga a verdade, como se fosse uma coisa simples de se fazer. Talvez seja mesmo mais simples do que penso.

— Era a Belle. Ela basicamente me confirmou que o Avett é culpado, ou que, no mínimo, ele tem coisas a esconder. E pareceu surpresa por Owen ter saído de cena em vez de ajudá-lo a esconder essas tais coisas. Tudo isso me faz imaginar o que seu pai está escondendo. E por quê.

— Faço uma pausa. — Então, eu queria encontrar essas igrejas e ver se elas nos dão alguma pista de por que Owen achou que não tinha escolha a não ser nos deixar. Queria descobrir se isso tem a ver só com a The Shop ou se o que estou desconfiando é verdade.

— E do que você está desconfiando?

— Que seu pai já estava fugindo de alguma coisa muito antes disso — respondo. — Que tem a ver com ele. E com você.

Bailey fica em silêncio. Está parada na minha frente, os braços cruzados. Então, de repente, deixa os braços caírem e se aproxima um pouco mais de mim.

— Então... quando pedi para você me contar a verdade, quis dizer só para não mentir sobre quem ligou.

— Fui um pouco longe demais?

— De um jeito bom — cede Bailey.

Essa pode ter sido a coisa mais legal que ela já me disse.

— Bem, eu estava tentando te ouvir.

— Obrigada por isso.

Então, ela pega o mapa das minhas mãos e o examina.

— Vamos — diz.

Três meses antes

Eram três da manhã e Owen estava sentado no bar do hotel, bebendo bourbon, puro, em um copo alto.

Ele sentiu que eu o observava e ergueu o olhar.

— O que você está fazendo aqui? — perguntou.

Eu sorri para ele.

— Acho que *eu* deveria estar perguntando isso… — respondi.

Estávamos em São Francisco, hospedados em um hotel boutique em frente ao Ferry Building. Tinha havido uma tempestade horrível, do tipo que não acontecia com muita frequência em Sausalito, que nos obrigou a deixar nossa casa flutuante por causa do risco de enchente e a procurar abrigo do outro lado da ponte Golden Gate. O hotel estava lotado com outros expatriados de casas flutuantes. Embora, ao que parecia, Owen não estivesse encontrando muito refúgio.

Ele deu de ombros.

— Pensei em descer para beber alguma coisa — disse. — Trabalhar um pouco…

— Em quê? — perguntei.

Olhei em volta. Ele não estava com o notebook. Também não havia papéis espalhados. Não havia nada no bar, a não ser o copo de bourbon. E mais uma coisa.

— Quer se sentar? — convidou Owen.

Eu me acomodei na banqueta ao lado dele e me abracei com mais força. Estava com frio no ar gelado daquela hora da noite. A regata e a calça de moletom que eu usava não combinavam muito.

— Você está congelando — comentou Owen.

— Estou bem.

Ele tirou o casaco de moletom e o colocou em mim.

— Agora vai ficar.

Olhei para ele. E esperei. Esperei que me dissesse o que realmente estava fazendo ali, o que o estava preocupando tanto a ponto de fazê-lo sair do nosso quarto. De me deixar na cama, a filha no sofá-cama.

— O trabalho está um pouco estressante. Só isso. Mas não tem nada errado. Nada com que eu não possa lidar.

Ele assentiu, então, como se para confirmar que estava falando sério. Mas parecia estressado. Acho que eu nunca tinha visto Owen tão estressado. Quando estávamos fazendo as malas para ir para o hotel, eu o peguei no quarto de Bailey, guardando o cofrinho de criança dela na mochila dele. Owen pareceu envergonhado quando o vi e explicou que aquele tinha sido um dos primeiros presentes que tinha dado para a filha. Não queria arriscar que alguma coisa acontecesse com o cofrinho. Mas essa não foi a parte estranha — Owen estava colocando na mala um monte de coisas com valor sentimental (a primeira escova de cabelo de Bailey, álbuns de fotos da família). O estranho foi que a outra coisa no bar, além do bourbon, era aquele cofrinho.

— Então, se você tem tudo sob controle, por que está sentado aqui sozinho, de madrugada, olhando para o cofrinho da sua filha?

— Estou pensando em quebrar esse cofrinho — disse ele. — Caso a gente precise do dinheiro.

— O que está acontecendo, Owen? — perguntei.

— Você sabe o que Bailey me falou hoje à noite? Quando eu disse a ela que a gente teria que sair da casa flutuante? Ela falou que preferia ficar com a família do Bobby. Que eles vão ficar no Ritz e ela queria ficar com ele. A coisa ficou feia.

— Onde eu estava nessa hora?

— Trancando seu ateliê.

Dei de ombros e tentei ser gentil.

— Bailey está crescendo.

— Eu sei, é totalmente normal, eu entendo, mas… o mais estranho foi o que aconteceu quando eu disse "não" a ela — contou Owen. — Fiquei olhando ela sair batendo o pé, indo para o carro. E eu não parava de pensar: "Ela vai me deixar." Talvez seja porque fui pai solteiro esse tempo todo, estivesse tentando manter nós dois vivos, mas acho que nunca pensei muito nisso… ou talvez eu só não tenha me permitido pensar.

— É por isso que você está aqui embaixo, olhando para o cofrinho dela no meio madrugada?

— Pode ser. Ou talvez eu esteja só estranhando a cama — disse ele. — Não consigo dormir.

Owen pegou o bourbon e segurou perto dos lábios.

— Quando Bailey era pequena, quando chegamos a Sausalito, ela tinha medo de andar pelo cais. Acho que foi porque, no dia seguinte ao que nos mudamos, a Sra. Hahn escorregou e caiu e Bailey viu quando ela quase foi parar na água.

— Que horror! — exclamei.

— Pois é... Bem, durante os primeiros meses lá, Bailey me fazia segurar a mão dela durante todo o caminho ao longo do cais. Da nossa porta da frente até o estacionamento. E perguntava, enquanto andávamos: "Papai, você não vai deixar nada acontecer comigo, não é? Papai, você não vai me deixar cair, não é?" Levávamos seis horas e meia para ir da casa até o carro.

Eu ri.

— Eu ficava doido. Na centésima vez que tive que fazer aquilo, acho que já estava mesmo meio doido. — Ele fez uma pausa. — E sabe o que foi pior ainda? O dia em que ela parou de fazer aquilo.

Segurei o cotovelo dele, meu coração explodindo um pouco com seu amor pela filha.

— Vai chegar um momento em que não vou mais conseguir manter Bailey segura, de nada — continuou Owen. — Não vou nem mais poder dizer não a ela.

— Bem, posso me identificar com isso — comentei. — *Eu* não posso dizer não a ela nem agora.

Ele olhou para mim, o bourbon ainda na mão, e riu. Riu de verdade — minha piadinha quebrando sua tristeza, estilhaçando-a.

Então, Owen baixou o copo e se virou para mim.

— Em uma escala de um a dez, quão estranho é eu estar sentado aqui?

— Sem o cofrinho? — perguntei. — Seria um dois, talvez um três...

— E com o cofrinho? Estou chegando a um seis?

— Receio que sim.

Ele deixou o cofrinho em uma banqueta vazia e fez um gesto para chamar o barman.

— Você poderia, por favor, preparar para minha maravilhosa esposa o drinque que ela escolher? — pediu. — E vou tomar uma xícara de café.

Então ele se inclinou e encostou a testa na minha.

— Desculpa — disse.

— Não precisa se desculpar. É difícil, eu entendo, mas isso não vai acontecer agora, Bailey não vai embora amanhã — garanti. — E ela te ama muito. Nunca vai te deixar completamente.

— Não tenho tanta certeza disso.

— Eu tenho.

Ele continuou com a testa encostada na minha.

— Só espero que Bailey não acorde e descubra que não estamos no quarto — falou Owen. — Se você olhar para fora, consegue ver o Ritz.

Igrejinhas brancas

Elenor H. McGovern espia Bailey por cima dos óculos.

— Então, deixa eu ver se entendi — diz. — Você quer saber o quê?

Estamos sentadas no escritório de Elenor, em uma igreja episcopal. É uma igreja grande, uma das catedrais mais antigas de Austin, com mais de cem anos. E fica a pouco menos de um quilômetro do estádio de futebol. Mas o mais importante é que essa é a única igreja em que entramos — a última das seis candidatas — que Bailey disse que parecia familiar a ela.

— Só estamos procurando uma lista dos casamentos que aconteceram aqui durante a temporada de futebol de 2008 — explica Bailey.

Elenor, que tem um pouco mais de setenta anos e quase um metro e oitenta de altura, nos encara aturdida.

— É menos complicado do que parece — digo. — Na verdade, só precisamos de uma lista dos casamentos que seu ministro realizou durante os jogos em casa da temporada de 2008. E não precisamos de todos os casamentos que caíram em fins de semana de jogo. Só dos que aconteceram realmente durante uma partida em casa do Longhorns. Só isso.

— Ah, durante as partidas em casa de doze anos atrás. Só isso?

Ignoro o tom sarcástico e continuo, na esperança de convencê-la.

— Na verdade, eu já fiz o trabalho mais pesado — afirmo.

Empurro a lista para ela por cima da mesa. Criei um gráfico com a programação do Longhorns de doze anos atrás. Pedi a Jules para checar no *San Francisco Chronicle*, usando as ferramentas de pesquisa dela, só para ter certeza de que não perdemos nenhum dos jogos, para garantir que anotamos tudo direitinho. Só há oito datas possíveis. Só oito datas em que uma pequena Bailey poderia ter entrado no estádio com Owen, em que poderia ter se visto sentada aqui. Elenor olha para a lista. Mas não faz qualquer menção de pegá-la.

Dou uma olhada no escritório, em busca de dicas sobre ela que possam me ajudar a conquistá-la. A mesa está coberta por cartões de Natal e adesivos; há fotos da família de Elenor enfileiradas em cima da cornija da lareira e um grande quadro de avisos repleto de fotografias e bilhetes dos paroquianos. O escritório revela quarenta anos de relacionamentos sendo construídos bem aqui nesta sala, nesta igreja. Elenor sabe tudo sobre este lugar. Só precisamos de um pedacinho dele.

— Sei que parece pedir muito — tento. — Mas, se você der uma olhada, vai ver que baixamos a programação dos jogos em casa da temporada de 2008. E são menos de dez datas. Trouxemos todas elas para você, prontinhas. Mesmo que seu pastor oficializasse dois casamentos por dia, seriam menos de vinte casais.

— Escuta — pede Elenor. — Sinto muito, mas simplesmente não estou autorizada a fornecer essas informações.

— Eu entendo que essa é a política e por que é assim — insisto. — Mas você deve convir que nossas circunstâncias são excepcionais.

— Certamente. É terrível saber que seu marido está desaparecido. Parece que você está tendo que lidar com muita coisa por causa da ausência dele. Mas isso não muda nossa política.

— Você não pode abrir uma exceção na sua política? — pergunta Bailey, o tom muito duro. — Nós obviamente não somos assassinas em série, nem nada parecido. Não damos a menor importância pra quem são essas pessoas.

Pouso a mão na perna dela, tentando acalmá-la.

— Podemos ficar sentadas aqui enquanto lemos os nomes — sugiro. — Nenhum registro ou endereço precisa sair dessa sala.

Elenor olha para mim e para Bailey, como se estivesse dividida entre nos ajudar e nos expulsar. Mas parece mais inclinada a nos expulsar. Não posso permitir que isso aconteça, não quando é possível que a gente esteja no caminho certo. Se conseguirmos descobrir a qual casamento

Owen e Bailey compareceram, entenderemos o vínculo deles com Austin. E talvez esse vínculo ajude a explicar o que Grady estava fazendo na minha porta e o que Owen está fazendo tão longe dela.

— Eu realmente acredito que Bailey possa ter estado nesta igreja — tento. — Nos ajudaria muito saber com certeza. E se você tivesse ideia do que passamos essa semana, sem o pai dela... seria um ato de bondade da sua parte.

Vejo a solidariedade nos olhos de Elenor e fico com esperança de que meu apelo a tenha colocado do nosso lado.

— Eu gostaria de ajudar vocês. De verdade. Mas não posso fazer uma coisa dessas, meu bem. Se você quiser deixar seu número, posso checar com o ministro, mas não acredito que ele vá se dispor a fornecer os dados pessoais dos nossos paroquianos.

— Jesus, minha senhora, não vai mesmo nos ajudar com isso? — retruca Bailey, irritada.

Obviamente o tom dela não ajuda muito.

Elenor se levanta, a cabeça perigosamente perto de bater no teto.

— Vão ter que me dar licença agora, minhas amigas — pede. — Temos um grupo de estudo da Bíblia esta noite e preciso preparar a sala de reunião para receber as pessoas. Então, se não se importarem de ir...

— Escuta, Bailey não quis ser grosseira com você, mas o pai dela está desaparecido e estamos só tentando descobrir o motivo. Tudo isso está colocando nossa família sob muito estresse. Família é tudo pra nós, como tenho certeza de que você é capaz de entender.

Aponto para as fotos que cobrem a cornija da lareira — as fotos de Natal dos filhos e netos dela, outras do marido, os cachorros, uma fazenda. Várias fotos de Elenor junto com, talvez, o neto favorito, que, assim como Bailey, tinha mechas coloridas loucas no cabelo. As dele, verdes.

— Tenho certeza de que você seria a primeira a fazer um grande esforço pela sua família — afirmo. — Dá pra perceber isso a seu respeito. Por favor, pense na nossa situação só por um instante. Se estivéssemos sentadas uma no lugar da outra, me diga, o que você esperaria que eu fizesse? Porque *eu* tentaria ajudar você.

Elenor faz uma pausa e ajeita o vestido. Então, milagrosamente, ela se senta novamente e empurra os óculos mais para cima no nariz.

— Deixa eu ver o que posso fazer — diz.

Bailey sorri aliviada.

— Os nomes não podem sair dessa sala.

— Esses nomes não vão deixar sua mesa — garanto. — Vamos descobrir se há alguém que possa ajudar nossa família. Só isso.

Elenor assente e pega a lista de datas que coloquei em cima da mesa. Ela olha para o papel em suas mãos, como se não pudesse acreditar no que está fazendo. E suspira, para que a gente tenha certeza de que ela não consegue acreditar no que está fazendo.

Então, se vira para o computador e começa a digitar.

— Obrigada — diz Bailey. — Muito obrigada.

— Agradeça a sua madrasta — retruca Elenor.

E é quando uma coisa incrível acontece. Bailey não se encolhe quando Elenor se refere a mim dessa forma. Ela não me agradece. Nem olha para mim. Mas não se encolhe, o que parece um pouco com um agradecimento.

Não tenho tempo para saborear o momento porque meu celular começa a tremer. Abaixo os olhos e vejo uma mensagem de Carl.

Estou do lado de fora da sua casa, pode me deixar entrar? Já bati na porta…

Olho para Bailey e toco na mão dela.

— É o Carl — informo. — Vou ver o que ele quer.

Bailey assente, mal me dando atenção, os olhos fixos em Elenor. Vou até o corredor e mando uma mensagem dizendo a ele que vou ligar.

— Oi — diz Carl quando atende. — Posso entrar? Sarah está comigo. A gente saiu pra dar uma volta.

Eu o imagino parado do lado de fora da nossa porta, Sarah presa junto a ele no canguru para bebês, usando um dos enormes laços que Patty adora colocar no topo da cabeça dela, Carl usando o passeio com a filha como uma desculpa para ir conversar comigo sem Patty saber.

— A gente não está em casa, Carl — explico. — O que houve?

— Esse não é o tipo de conversa que eu gostaria de ter por telefone. Prefiro falar pessoalmente. Posso voltar mais tarde se for melhor. Saio de novo com a Sarah às cinco e quinze, para pegar um pouco de ar fresco antes do jantar.

— Prefiro ouvir o que você tem a dizer agora — insisto.

Ele faz uma pausa, sem saber o que fazer. Quase consigo vê-lo pensando em insistir para que a gente se fale pessoalmente mais tarde, quando seria mais fácil para ele contar seja lá o que for que precise contar. Porque não tenho dúvidas. Desde que vi a expressão no rosto de Carl ontem, não tenho dúvidas de que ele sabe de alguma coisa, alguma coisa que está com medo de dizer.

— Olha, estou me sentindo muito mal com o que aconteceu quando você foi lá em casa ontem — começa ele. — Fui pego de surpresa, e Patty já estava tão chateada... Mas devo desculpas a você. Não foi certo, ainda mais quando...

Ele faz uma pausa, como se ainda estivesse tentando decidir se devia mesmo falar.

— Bem, talvez eu deva ajudar você. Quer dizer... Não sei exatamente o que Owen te disse, mas ele estava tendo problemas sérios no trabalho. Problemas sérios com Avett.

— Ele disse isso pra você? — pergunto.

— Sim, Owen não entrou em muitos detalhes, mas falou que estava sob muita pressão pra fazer o software funcionar — conta Carl. — Ele me disse isso. Disse que as coisas não estavam indo tão bem quanto Avett dizia estarem. Mas que ele estava sendo colocado contra a parede...

Aquela afirmação me faz interrompê-lo.

— Como assim "contra a parede"?

— Ele falou que não podia simplesmente ir embora. Procurar outro emprego. Que precisava consertar o que estava acontecendo.

— Ele disse por quê? — pergunto.

— Isso ele não comentou. Juro pra você. Tentei pressionar para que ele falasse. Nenhum trabalho vale aquele tipo de estresse...

Olho na direção do escritório de Elenor, que ainda está checando o computador, enquanto Bailey anda de um lado para o outro.

— Obrigada por me avisar.

— Espera... tem mais uma coisa.

Percebo que ele ainda está decidindo se deve ou não falar. Quase posso ouvi-lo se esforçar para juntar as palavras.

— Tem mais uma coisa que eu preciso te contar.

— É só falar, Carl.

— Nós não investimos na The Shop, Patty e eu — confessa ele.

Eu me lembro do jeito como Patty falou, de como ela chamou Owen de ladrão, como o acusou de roubar o dinheiro deles.

— Não estou entendendo.

— Eu precisei usar aquele dinheiro pra outra coisa, uma coisa que eu não podia contar pra Patty, que tem a ver com a Cara — explica ele.

Cara. A colega de trabalho com quem Carl tem um relacionamento que vai e volta desde antes de Sarah nascer.

— O que, exatamente? — pergunto.

— Prefiro não entrar em detalhes, mas achei que você deveria saber...

Posso imaginar uma variedade de cenários que custariam a ele dezenas de milhares de dólares — o que me parece mais provável envolve outro bebê, em outro canguru daqueles, que também é filho dele. Dos dois.

Mas isso é uma suposição, e não tenho tempo para suposições. Também não me importo muito com isso. O que me importa é que Owen não fez o que Patty o acusou de fazer. Parece quase um tipo de confirmação — algo que surge de repente para me ajudar a provar a mim mesma que Owen ainda é Owen.

— Então, mesmo com o que está acontecendo, você continua deixando sua esposa acreditar que Owen roubou o dinheiro de vocês? Que ele convenceu você a investir suas economias em uma empresa fraudulenta?

— Tenho noção de que está tudo confuso — argumenta ele.

— Ah, você acha?

— Posso pelo menos ganhar alguns pontos por ter te contado a verdade? — pergunta Carl. — Essa é a última conversa que eu gostaria de estar tendo.

Penso em Patty, a moralista, contando ao clube de leitura, ao clube do vinho, ao grupo de tênis — contando a qualquer pessoa que lhe dê atenção que Owen é um vigarista. Espalhando para todo mundo as informações falsas que o marido passou para ela.

— Não, Carl, a última conversa que você quer ter é a próxima. Com sua esposa. Porque ou você vai contar a verdade a ela, ou eu vou fazer isso por você.

Encerro a ligação, o coração disparado. Não me dou tempo para processar as implicações do que ele me contou porque Bailey está fazendo sinal para que eu me aproxime. Eu me recomponho e volto para o escritório de Elenor.

— Desculpe por isso — digo.

— Sem problema — diz Elenor. — Estou quase conseguindo...

Bailey começa a dar a volta na mesa, indo em direção a Elenor, mas a mulher a impede com a mão.

— Deixa eu imprimir os registros — declara ela. — Aí vocês podem dar uma olhada. Mas eu realmente preciso ir para aquela reunião, então vocês vão ter que me fazer o favor de serem rápidas.

— Vamos ser — garanto.

Mas então Elenor para de digitar. E fica olhando confusa para a tela.

— É da temporada de 2008 que você quer saber? — pergunta.

Confirmo com a cabeça.

— Sim, o primeiro jogo em casa foi no primeiro fim de semana de setembro.

— Estou vendo isso no documento. O que estou perguntando é se você tem certeza do ano.

— Certeza absoluta — confirmo. — Por quê?
— 2008?

Bailey está se esforçando para não demonstrar irritação.

— Sim, 2008!

— Nós fechamos para obras naquele outono — explica Elenor. — Foi feita uma grande reforma. Tinha acontecido um incêndio. Fechamos as portas em primeiro de setembro e só voltamos a abrir para serviços religiosos e cerimônias de qualquer tipo em março. Não houve casamentos.

Elenor vira a tela para que possamos ver a agenda por nós mesmas — todas as entradas vazias. Meu coração afunda no peito.

— Talvez seja o ano errado? — diz Elenor para Bailey.
— Deixa eu checar 2009 pra vocês.

Estendo a mão para impedi-la. Não adianta checar 2009. Owen e Bailey se mudaram para Sausalito nesse ano, tenho os registros disso. E, em 2007, ela era pequena demais para se lembrar de muita coisa. Ela não tem lembranças de Seattle daquela época, menos ainda de uma única viagem de fim de semana para Austin. Para ser sincera, até 2008 é forçar a barra. Mas se a mãe dela estava no casamento — e Bailey acha que ela pode ter estado —, então só pode ter sido em 2008.

— Escuta, tinha que ser 2008 — repete Bailey.

Sua voz começa a tremer enquanto ela olha para a tela vazia.

— Eu estive aqui. E só pode ter sido dessa vez. Já vimos tudo isso. Foi naquele outono. Tem que ter sido, se minha mãe estava com a gente.

— Talvez tenha sido em 2007? — sugere Elenor.

— Eu era pequena demais para guardar qualquer lembrança de 2007.

— Então não foi aqui — conclui Elenor.

— Mas isso não faz sentido — insiste Bailey. — Quer dizer, eu reconheci aquela abóbada. Eu me lembro dela.

Tento me aproximar de Bailey, mas ela se afasta. Não tem interesse nenhum em ser apaziguada. O que ela quer é resolver essa história.

— Elenor — digo. — Há outras igrejas a uma curta distância do campus que se pareçam com essa? Que tenham alguma coisa que a gente não percebeu e que Bailey achou ter reconhecido aqui?

Elenor balança a cabeça.

— Não, não com uma abóbada que lembre a nossa — responde.

— Talvez uma igreja que já tenha fechado?

— Acho que não. Mas por que você não deixa seu número de telefone? Posso perguntar ao ministro, a alguns dos nossos paroquianos. Entro em contato com você se me lembrar de alguma coisa. Tem a minha palavra.

— O que você poderia lembrar? — rebate Bailey. — Por que não admite logo que não pode ajudar a gente?

— Bailey, para... — peço.

— Parar? Foi você quem disse que, se eu me lembrasse de alguma coisa, a gente precisava ir atrás, e agora está me dizendo pra parar? Ah, tanto faz, eu já não aguento mais essa história.

Ela se levanta rapidamente e sai do escritório. Nós duas ficamos olhando em silêncio enquanto Bailey se afasta. Elenor me olha com uma expressão gentil.

— Está tudo bem — declara. — Eu sei que não é de mim que ela está com raiva.

— Na verdade, pode até ser — comento. — Mas é uma raiva mal direcionada. Bailey precisa sentir raiva do pai, mas ele não está aqui para ouvir. Então ela está se voltando contra todo mundo.

— Eu entendo.

— Obrigada pelo seu tempo — digo. — Se você se lembrar de alguma coisa, mesmo que pareça sem importância, por favor, me ligue.

Anoto o número do meu celular e passo para ela.

— Lógico — responde.

Elenor assente e guarda o papel com o número no bolso, enquanto me encaminho para a porta.

— Quem faz uma coisa dessas com a família? — pergunta ela.

Eu me viro e encontro seu olhar.

— Como? — pergunto.

— Quem faz uma coisa *dessas* com a família? — repete Elenor.

O melhor pai que eu já conheci, sinto vontade de dizer.

— Alguém sem escolha — digo. — É isso. Esse é o tipo de pessoa que faz uma coisa dessas com a família.

— Sempre temos escolha — retruca Elenor.

Sempre temos escolha. Foi o que Grady disse também. Mas o que isso significa? Que existe uma coisa certa e uma coisa errada a se fazer. Simples. Objetivo. E se você é a pessoa sobre quem estão falando isso, você escolheu errado — como se o mundo estivesse dividido entre pessoas que nunca cometeram um grande erro e as que cometeram.

Eu me lembro de Carl ao telefone, me dizendo que Owen estava com dificuldades. E penso em como ele deve estar com dificuldades onde quer que esteja agora.

Sinto minha própria raiva aumentar.

— Vou manter isso em mente — digo, o tom semelhante ao de Bailey.

E saio pela porta para me juntar a ela.

Nem todo mundo é de grande ajuda

Quando chegamos de volta ao hotel, pedimos sanduíches de queijo e batata-doce frita ao serviço de quarto. Ligo a televisão. Está passando uma comédia romântica antiga na TV a cabo — Tom Hanks e Meg Ryan encontrando um modo de ficarem juntos, apesar das dificuldades —, e a familiaridade daquelas cenas é como um sedativo. Nos acalma. Bailey cai no sono na cama dela.

Eu fico acordada, assistindo ao restante do filme, esperando pelo momento que sei que está chegando, quando Tom Hanks promete a Meg Ryan que vai cuidar dela, que vai amá-la. Enquanto os dois viverem. Em seguida, os créditos rolam na tela e estou de volta ao quarto escuro de hotel nessa cidade estranha. Então, sinto um choque horrível: Owen foi embora. Sem explicação. Foi embora.

Essa é pior parte das tragédias. A sensação não fica com a gente o tempo todo. A gente esquece e se lembra de novo. E entendemos o porquê: precisamos disso para continuar vivendo.

Estou irritada demais para dormir, então começo a rever minhas anotações do dia, tentando encontrar outra forma de usar o fim de semana do casamento para despertar a memória de Bailey. O que ela e Owen estavam fazendo em Austin, além de ir ao casamento? Será que ficaram aqui por mais tempo do que isso? Talvez Bailey não esteja errada. Talvez seja por isso que o campus lhe parece familiar. Será que ela passou mais tempo lá do que só aquele fim de semana? E, se a resposta for sim, por quê?

Fico aliviada quando o celular toca, interrompendo meus pensamentos. Não há boas respostas para minhas perguntas.

Pego o celular e vejo JAKE no identificador de chamadas.

— Estou tentando entrar em contato com você há horas — reclama ele.

— Desculpa — sussurro. — Foi um dia longo.

— Onde você está?

— Em Austin.

— No Texas? — pergunta ele.

Vou para o corredor do hotel e fecho a porta do quarto em silêncio, com cuidado para não acordar Bailey.

— Tem uma explicação mais longa, mas, para resumir, Bailey se lembrava de ter estado em Austin quando era pequena. Não sei, talvez eu a tenha pressionado a achar que se lembrava de ter estado aqui. Mas juntando isso ao fato de Grady Bradford aparecer na minha porta... Achei que devíamos vir.

— Então... você está seguindo pistas?

— Aparentemente não estou me saindo muito bem — respondo. — Vamos pegar um avião de volta pra casa amanhã.

Detesto ouvir como essas palavras soam. E a ideia de voltar para uma casa sem Owen é horrível. Pelo menos aqui eu consigo manter a ilusão de que sou capaz de ajudar a trazê-lo de volta para mim, que Bailey e eu podemos fazer isso, juntas.

— Bem, escuta, eu preciso falar com você — diz Jake.

— E você não vai gostar.

— É melhor começar me dizendo alguma coisa de que vou gostar, Jake — digo. — Ou vou desligar na sua cara.

— Seu amigo Grady Bradford é quem ele disse ser. Tem uma excelente reputação no meio. É um dos caras mais confiáveis no escritório do Texas da Justiça Federal. O FBI várias vezes o aciona quando um suspeito desaparece. E se esse Grady quiser encontrar Owen, acho que vai conseguir.

— E onde isso é uma boa notícia?

— Não tenho certeza de que qualquer outra pessoa seja capaz de encontrar seu marido — anuncia Jake.

— O que você quer dizer?

— Owen Michaels não existe — explica ele.

Eu quase começo a rir de tão absurdas que são essas palavras — absurdas e, lógico, erradas.

— Não estou dizendo que você não sabe do que está falando, Jake, mas posso te garantir que ele existe. A filha dele está dormindo a poucos metros de mim.

— Vou reformular — diz ele. — O *seu* Owen Michaels não existe. A não ser pela certidão de nascimento e pelo número da previdência social que correspondem às informações que temos, tanto de Owen quando da filha dele, o resto dos detalhes é inconsistente.

— Do que você está falando?

— O investigador de quem eu falei, e te garanto que ele sabe o que está fazendo, diz que não existe nenhum Owen Michaels que se encaixe na biografia de seu marido. Existem vários Owen Michaels que cresceram em Newton, em Massachusetts, e alguns que frequentaram a Universidade de Princeton. Mas o único Owen Michaels já registrado que cresceu na cidade natal de Owen e frequentou a Universidade de Princeton tem setenta e oito anos e mora com o parceiro, Theo Silverstein, em Provincetown, em Cape Cod.

Estou com dificuldade para respirar. Eu me sento no tapete do corredor, as costas contra a parede. Consigo sentir. Uma batida na minha cabeça, uma batida no meu coração. *Nenhum Owen Michaels é o seu Owen Michaels.* As palavras viajam por meu corpo e minha mente, sem conseguir encontrar um destino.

— Devo continuar? — pergunta Jake.

— Não, obrigada.

— Nenhum Owen Michaels comprou ou era proprietário de uma casa em Seattle, em Washington, em 2006, ou matriculou a filha, Bailey, na pré-escola naquele ano ou teve uma declaração de imposto de renda registrada antes de 2009...

A informação chama minha atenção.

— Esse foi o ano em que ele e Bailey se mudaram para Sausalito.

— Exatamente. É aí que começam os registros do seu Owen Michaels. E, a partir de então, praticamente tudo o que você me disse corresponde à realidade. A casa deles, a escola de Bailey. O trabalho do Owen. E, de fato, foi inteligente da parte dele comprar uma casa flutuante em vez de uma casa de verdade. Menos um registro. Ele nem sequer é dono do terreno. É mais como um aluguel. Mais difícil de rastrear.

Coloco as mãos sobre os olhos, tentando fazer minha cabeça parar de girar, tentando me concentrar.

— Antes de eles chegarem a Sausalito, não encontrei nenhum dado que confirmasse a história que seu marido contou a você sobre a vida dele. Ou ele usava outro nome ou usava o nome atual e simplesmente mentiu pra você sobre todas as outras coisas. Mentiu sobre a própria identidade.

A princípio, não digo nada. Então consigo perguntar:

— Por quê?

— Por que Owen mudaria de nome? Por que mudaria os detalhes da vida dele? — completa Jake.

Faço que sim com a cabeça como se ele pudesse me ver.

— Perguntei a mesma coisa ao investigador — informa Jake. — E ele respondeu que normalmente há dois motivos para alguém mudar de identidade, e você não vai gostar de nenhum deles.

— Jura?

— O motivo mais comum, acredite ou não, é a pessoa ter uma segunda família em algum lugar. Outra esposa. Outro filho. Ou filhos. E ela faz isso para tentar manter as duas vidas separadas.

— Isso não é possível, Jake — digo.

— Diga isso a um cliente que temos agora, um magnata do petróleo, bilionário, que tem uma esposa na Dakota do Norte, no rancho da família, e outra em São Francisco, em uma mansão em Pacific Heights, na mesma rua da Danielle Steel. Ele está há vinte e nove anos com as duas mulheres. Cinco filhos com uma, cinco filhos com a outra. E elas não têm ideia da existência uma da outra. Acham que ele viaja muito a trabalho. E acham que é um ótimo marido. Só sabemos sobre as famílias duplas porque fizemos o testamento dele... A leitura vai ser bem divertida.

— E qual é o outro motivo pelo qual Owen poderia ter feito isso? — pergunto.

— Presumindo que ele não tenha outra esposa em algum lugar?

— Sim. Presumindo que não.

— O outro motivo pelo qual alguém cria uma identidade falsa, e essa é a teoria com que estou trabalhando aqui, é porque está envolvido em algum tipo de atividade criminosa — alega Jake. — E fugiu para evitar problemas, para começar uma nova vida, para proteger a família. Mas, nesse caso, normalmente o criminoso se mete em encrencas de novo, e é aí que a casa cai pra ele.

— Então isso significaria que Owen já teve problemas com a lei antes? Que ele não é culpado só pelo que está acontecendo na The Shop, mas também por outra coisa?

— Isso sem dúvida explicaria por que ele fugiu — argumenta Jake. — Owen sabia que, quando a The Shop implodisse, ele seria descoberto. E estava mais preocupado com a possibilidade de o passado dele voltar para assombrá-lo do que com qualquer outra coisa.

— Mas, seguindo essa lógica, não é possível que ele não seja um criminoso? — pergunto. — Que ele tenha mudado de nome para escapar de alguém? Alguém que queria fazer mal a ele, talvez até mesmo fazer mal a Bailey?

Proteja ela.

— De fato, isso é possível — confirma Jake. — Mas por que ele não teria te contado isso, pra início de conversa?

Não tenho uma boa resposta para a pergunta. Mas preciso de outra alternativa — alguma outra coisa que explique por que Owen não é Owen.

— Não sei. Talvez ele esteja no programa de proteção a testemunhas — sugiro. — Isso explicaria Grady Bradford.

— Pensei nessa hipótese. Mas você se lembra do meu amigo Alex? Ele tem um amigo que ocupa uma posição muito alta na polícia federal, e investigou essa possibilidade pra mim. E Owen não está no programa de proteção a testemunhas.

— Esse seu amigo diria mesmo se Owen estivesse?

— Sim.

— Que tipo de programa de proteção é esse?

— Um não tão bom. De qualquer modo, Owen não combina com o perfil de alguém no programa de proteção a testemunhas — afirma Jake. — Nem o trabalho dele, que é de alto nível, nem Sausalito. Testemunhas protegidas vendem pneus em algum lugar em Idaho. E essas são as que têm sorte. Não é o que você vê nos filmes. A maioria das testemunhas simplesmente é deixada no meio do nada com um pouco de dinheiro na carteira, documentos de identidade novos e o desejo de boa sorte.

— Tá, mas e aí?

— Olha, eu apostaria na opção dois. Ele é culpado de alguma coisa e está fugindo há muito tempo. Talvez tenha se envolvido com a The Shop por causa disso. Ou talvez uma coisa não tenha nada a ver com a outra. É difícil saber. Mas ele teria sido descoberto se fosse preso, por isso fugiu para se salvar. Ou talvez seja o que você falou, talvez Owen tenha fugido porque achou que era a melhor maneira de proteger Bailey. Para não envolver a filha em tudo o que ele fez.

Essa é a primeira coisa que Jake diz que faz sentido para mim. É o que vivo me dizendo. Se o problema fosse só ser desmascarado, Owen teria ficado com a gente. Ele teria enfrentado o pelotão de fuzilamento. Mas se alguma coisa nessa história arrastasse Bailey com ele, sua decisão seria outra.

— Jake, mesmo que você esteja certo, mesmo que eu não saiba tudo sobre o homem com quem me casei... Tenho certeza de que ele só deixaria Bailey pra trás se fosse absolutamente necessário — garanto. — Me tirando da equação por um segundo, se ele estivesse fugindo sem qualquer intenção de voltar, teria levado a filha junto. Ela é tudo pra ele. Owen não teria coragem de deixar Bailey e simplesmente desaparecer.

— Dois dias atrás, você achava que ele seria capaz de inventar a história de uma vida inteira? Porque foi o que ele fez.

Fico olhando para o carpete feio do corredor do hotel, estampado com rosas fúcsia, tentando encontrar algum consolo.

Essa história toda parece impossível. Cada pedacinho dela. Como se lida com a ideia de que seu marido está fugindo da pessoa que costumava ser, uma pessoa cujo nome verdadeiro você nem sabe? Dá vontade de gritar que alguém está entendendo a história toda errada. Alguém está entendendo sua história errado. Na sua versão, aquela que você conhece de cor, nada disso faz sentido. O início não faz sentido, o desenrolar não faz sentido. Nem como a história está ameaçando terminar, certamente.

— Jake, como faço para voltar para o quarto e contar a Bailey que nada do que ela sabe sobre o pai é verdade? Não sei como dizer isso a ela.

Ele fica estranhamente quieto.

— Talvez seja melhor dizer outra coisa.

— Como o quê?

— Você pode falar que tem um plano para tirá-la dessa confusão — sugere Jake. — Pelo menos até estar tudo resolvido.

— Mas eu não tenho.

— Mas poderia ter. Você com certeza pode tirar Bailey do olho desse furacão. Vem pra Nova York. Fica comigo. Vocês duas, pelo menos até que tudo isso seja resolvido. Eu tenho amigos no conselho da Dalton. Bailey pode terminar o ano letivo lá.

Fecho os olhos. Como vim parar aqui de novo? No telefone com Jake? Como é que é meu ex-noivo quem está me ajudando? Quando terminamos nosso relacionamento, Jake disse que sempre me achou ausente na relação. Eu não discuti — não tinha nem como. Porque eu era mesmo um pouco ausente. Parecia que faltava alguma coisa entre nós. Exatamente o que eu pensei que tinha com Owen. Mas se Jake estiver certo sobre meu marido, então não tínhamos o que achei. Talvez não tivéssemos nada nem perto disso.

— Agradeço a oferta. Nesse momento, ela não me parece tão ruim.

— Mas... — tenta Jake.

— Pelo que você está me dizendo, chegamos a essa situação porque Owen fugiu — continuo. — Não posso fugir também, não até ter chegado ao fundo dessa história.

— Hannah, você realmente precisa pensar na Bailey nesse momento.

Abro a porta do quarto do hotel e espio o interior. Bailey está dormindo profundamente, enrolada na cama em posição fetal, o cabelo roxo espetado como uma bola de discoteca em cima dos travesseiros. Fecho a porta e volto para o corredor.

— É só nisso que estou pensando, Jake — digo.
— Não, ainda não é — discorda ele. — Ou você não estaria tentando encontrar a única pessoa de quem, na minha opinião, deveria manter Bailey longe.
— Jake, ele é o pai dela — lembro.
— Talvez alguém devesse lembrar o cara disso.

Não respondo. Olho através das placas de vidro para o saguão abaixo. Colegas de trabalho (com os crachás de uma conferência) estão relaxando no bar do hotel, casais saem do restaurante de mãos dadas, dois pais exaustos carregam os filhos adormecidos e uma quantidade de Legos que daria para abrir uma loja. Dessa distância, todos parecem felizes. Embora, óbvio, eu não possa ter certeza disso. Mas, por um momento, gostaria de poder ser qualquer uma dessas pessoas em vez de quem eu sou agora — uma mulher escondida no corredor de um hotel, oito andares acima deles, tentando processar o fato de que seu casamento e sua vida são uma mentira.

Sinto a raiva crescendo dentro de mim. Desde que minha mãe foi embora, eu me orgulho da atenção que dou aos detalhes, da minha capacidade de ver cada coisinha nas pessoas. E se alguém me perguntasse três dias atrás, eu diria que sabia tudo o que havia para saber sobre Owen. Ao menos tudo o que importa. Mas talvez eu não saiba nada. Porque aqui estou, tentando desesperadamente descobrir os detalhes mais básicos de todos.

— Desculpa — pede Jake. — Isso foi um pouco duro.
— *Isso* foi um pouco duro?

— Escuta, só estou dizendo que tem lugar para você aqui se decidir que quer vir. Para vocês duas. Sem ter que me dar nada em troca. Mas se você decidir não aceitar minha oferta, pelo menos monte outro plano. Antes de destruir a vida da Bailey, convença a garota de que você sabe o que está fazendo.

— Quem sabe o que está fazendo em uma situação como essa, Jake? — pergunto. — Quem se vê em uma situação dessas?

— Aparentemente, você.

— Grande ajuda...

— Vem pra Nova York — insiste ele. — Essa é a maior ajuda que consigo te dar.

Oito meses antes

— Eu não concordei com isso — disse Bailey.

Estávamos do lado de fora de um mercado de pulgas em Berkeley. E Owen e Bailey estavam em um raro impasse. Ele queria entrar; Bailey só queria ir para casa.

— Você aceitou — argumentou Owen. — Quando concordou em vir para São Francisco. Então, que tal simplesmente aceitar a ideia?

— Eu concordei em sair pra comer *dim sum* — foi a vez dela de argumentar.

— E o *dim sum* estava bom, não estava? — insistiu Owen. — Eu até te dei meu último *bun* de porco. Na verdade, Hannah também. Foram dois *buns* de porco extras.

— Aonde você tá querendo chegar? — perguntou ela.

— Que tal ter espírito esportivo e entrar aqui com a gente por uma meia hora?

Bailey não respondeu, apenas deu as costas ao pai e entrou no mercado de pulgas na nossa frente — os sempre necessários três metros de distância de nós, para que ninguém desconfiasse de que estávamos todos juntos.

Ela já tinha cansado de negociar com o pai. E, ao que parecia, também tinha cansado de comemorar meu aniversário.

Owen me olhou e encolheu os ombros, como que se desculpando.

— Bem-vinda aos quarenta — disse.

— Ah, eu não tenho quarenta anos — falei. — Tenho vinte e um.

— Ah, isso mesmo! — concordou ele com um sorriso. — Ótimo. Então tenho mais dezenove chances de fazer isso direito.

Peguei sua mão e ele entrelaçou os dedos aos meus.

— Por que não vamos pra casa e pronto? — sugeri. — O brunch foi tão legal. Se ela quer ir pra casa…

— Ela está bem.

— Owen, só estou dizendo que não é nada de mais.

— É, não é nada de mais — concordou ele. — Não é nada de mais ela aceitar esse negócio e conhecer um mercado de pulgas superinteressante. Não vai fazer mal nenhum a ela dar umas voltas por meia hora.

Ele se inclinou para me beijar e entramos no mercado para encontrar Bailey. Tínhamos acabado de atravessar o portão quando um homem grande que saía parou de andar e gritou para Owen.

— Não acredito! — disse ele.

O homem usava um boné de beisebol e uma camisa combinando, esticada na região da barriga. E carregava uma luminária — com uma cúpula de veludo amarelo e a etiqueta de preço ainda pendurada. Ele se adiantou para um abraço, a luminária batendo desajeitadamente nas costas de Owen.

— Não acredito que é você — falou o homem. — Faz quanto tempo?

Owen se afastou dele, tomando cuidado para se desvencilhar do abraço de um jeito que não causasse danos à luminária.

— Vinte anos? Vinte e cinco? — continuou o outro. — Como o rei do baile de formatura falta a todas as reuniões?

— Detesto te dizer isso, amigo, mas acho que você está falando com o cara errado — disse Owen. — Nunca fui rei de nada, basta perguntar a minha esposa.

Owen me indicou com um gesto. E o cara, o estranho, sorriu para mim.

— É um prazer conhecê-la — disse. — Eu sou o Waylon.

— Hannah — me apresentei.

Então ele se voltou para Owen.

— Espera. Então você está me dizendo que não estudou na Roosevelt? Turma de 1994?

— Não, eu estudei na Newton High, em Massachusetts — respondeu Owen. — Mas você acertou o ano.

— Amigo, você é idêntico a esse cara que estudou comigo. Quer dizer, o cabelo é bem diferente e ele era mais musculoso do que você. Sem ofensa. Eu também era mais musculoso naquela época.

Owen deu de ombros.

— Todos éramos.

— Mas então vocês são só parecidos... — O homem balançou a cabeça. — Provavelmente é melhor que você não seja ele. O cara era meio babaca.

Owen riu.

— Aproveita aí a tarde — falou.

— Você também — disse o homem.

Então, Waylon começou a caminhar em direção ao estacionamento. Mas parou de novo.

— Você conhece alguém que tenha estudado na Roosevelt High, no Texas? — perguntou. — Um primo ou alguma coisa assim? Vocês dois têm que ser pelo menos parentes.

Owen deu um sorriso simpático.

— Desculpa, camarada. Detesto te desapontar, mas não sou nem de longe o cara certo.

Desculpe, estamos abertos

As palavras de Jake ficam martelando na minha cabeça. Owen Michaels não existe. Owen não é quem eu achava que era. Ele mentiu sobre os detalhes mais importantes da vida dele. Mentiu para a filha sobre os detalhes mais importantes da vida dela. Como isso é possível? Porque parece totalmente impossível, quando me lembro do homem que achei que conhecia. O homem que eu *conheço*. Ainda acredito nisso, apesar das evidências do contrário. E essa fé nele (em nós) vai mostrar que ou sou uma parceira leal, ou uma completa idiota. Tenho esperança de que as duas opções não acabem sendo a mesma coisa.

Afinal, eis o que achei que sabia. Vinte e oito meses atrás, um homem entrou no meu ateliê em Nova York vestindo um paletó esportivo e tênis Converse. Antes de irmos ao teatro naquela noite, ele me levou para jantar em um restaurantezinho de tapas na Décima Avenida e começou a me contar a história da vida dele. Tudo começou em Newton, Massachusetts, passando pelo ensino médio na escola Newton High, depois quatro anos na

Universidade de Princeton, uma mudança para Seattle, em Washington, com a namorada da faculdade, e, mais tarde, uma mudança para Sausalito, na Califórnia, com a filha. Houve três empregos, dois diplomas e uma esposa antes de mim, e essa última ele perdeu em um acidente de carro. Ele mal conseguia falar sobre o acidente mesmo passada mais de uma década, e sua expressão ficava anuviada e sombria ao se lembrar dele. Então havia a filha de Owen. O ponto alto de sua história — o ponto alto de sua vida —, a filha obstinada e inigualável. Ele se mudou com ela para uma cidadezinha no norte da Califórnia porque a menina havia apontado para a cidade em um mapa e dito *vamos tentar essa*. E aquilo era algo que ele poderia dar a ela.

Agora, vamos ao que a filha dele achava que sabia. Ela passou a maior parte da vida em Sausalito, na Califórnia, em uma casa flutuante, com um pai que nunca perdia um jogo de futebol dela ou uma peça da escola. Jantavam aos domingos em restaurantes que ela escolhia e iam ao cinema uma vez por semana. Houve muitos passeios aos museus de São Francisco, muitos jantares na vizinhança e o churrasco anual. Bailey não se lembrava da vida deles antes de Sausalito, a não ser por vagos lampejos de memória: uma festa de aniversário com um ótimo mágico; uma ida ao circo onde ela chorou por causa do palhaço; um casamento em algum lugar em Austin, no Texas. Bailey preencheu os espaços em branco com o que o pai contou a ela. E por que não faria isso? É assim que se preenche as lacunas — com histórias e lembranças de pessoas que amam você.

Se essas pessoas mentem, como Owen fez, então quem é você? Quem é ele? A pessoa que você achava que conhecia, a *sua* pessoa favorita no mundo, começa a desaparecer, como uma miragem, a menos que você se convença de que as partes que importam ainda são verdadeiras. O amor era verdadeiro. O amor dele é verdadeiro. Porque, se não acreditar nisso, significa que foi tudo mentira, e o que você faz com isso? O que você faz com tudo isso? Como juntar as peças para que esse homem não desapareça completamente?

Para que a filha dele não sinta que também vai desaparecer completamente?

~

Bailey acorda pouco depois da meia-noite.

Ela esfrega os olhos, então me vê sentada na cadeira de escritório horrível do hotel, olhando para ela.

— Eu dormi? — pergunta.

— Sim.

— Que horas são?

— Tarde. É melhor você voltar a dormir.

Ela se senta.

— É meio difícil com você olhando fixamente pra mim — comenta.

— Bailey, você conheceu a casa onde seu pai passou a infância, em Boston? — pergunto. — Ele alguma vez levou você para ver a casa dele?

Ela me encara, confusa.

— Você tá falando da casa onde ele cresceu?

Assinto.

— Não. Ele nunca me levou a Boston. Ele mesmo quase não ia lá.

— E você nunca conheceu seus avós? — pergunto. — Nunca passou um tempo com eles?

— Meus avós morreram antes de eu nascer — diz ela. — Você sabe disso. O que está acontecendo?

Quem vai preencher essa lacuna para ela? Esse tipo de buraco? Não sei por onde começar.

— Está com fome? — pergunto. — Deve estar. Mal tocou no seu jantar. Eu estou faminta.

— Como? Você comeu sozinha o meu jantar e o seu.

— Se veste, tá? — peço. — Pode se vestir?

Ela confere a hora na luz fluorescente do rádio-relógio do hotel.

— Já é meia-noite — diz.

Visto um suéter e jogo o moletom para ela. Bailey olha para o casaco em cima das pernas e para o tênis Converse aparecendo por baixo do capuz. Então, enfia o moletom pela cabeça e o puxa para baixo até aparecer o cabelo roxo.

— Posso pelo menos tomar uma cerveja? — pergunta.

— De jeito nenhum.

— Eu tenho uma identidade falsa que diz que posso — retruca ela.

— Por favor, termina de se vestir — peço.

~

O Magnolia Cafe é uma instituição de Austin, famoso por ficar aberto a noite toda, o que deve explicar por que ainda está cheio — com música tocando e todas as mesas ocupadas — às 0h45.

Pedimos dois cafés grandes e panquecas com sabor de pão-de-mel. Bailey parece adorar as panquecas doces cheias de especiarias, manteiga e açúcar de coco, acompanhadas de banana. E vê-la comer com gosto me dá a sensação de estar fazendo alguma coisa boa por ela.

Nós nos sentamos perto da porta, onde uma placa néon vermelha que diz DESCULPE, ESTAMOS ABERTOS pisca acima de nossa cabeça. Olho confusa para a placa, enquanto tento encontrar as palavras certas para contar a Bailey o que Jake me disse.

— Parece que seu pai nem sempre se chamou Owen Michaels — começo.

Ela me encara.

— Do que você tá falando?

Conto tudo para ela, falando tranquilamente, mas sem poupá-la de nada. Digo que o nome não foi a única coisa que o pai dela mudou. Os detalhes da vida dele — a história completa de sua vida — também parecem ter sido alterados. Owen não cresceu em Massachusetts, não se formou em Princeton e não se mudou para Seattle aos vinte e dois anos. Ou ao menos não fez nada disso de uma forma que possamos provar.

— Quem te disse isso?

— Um amigo de Nova York. Ele trabalha com um investigador que é especialista nesse tipo de coisa. E esse investigador particular acredita que seu pai mudou de identidade pouco antes de vocês se mudarem para Sausalito. Ele tem certeza disso, na verdade.

Bailey baixa os olhos para o prato, confusa, como se tivesse ouvido errado — como se parecesse impossível assimilar tudo aquilo.

— Por que ele faria isso? — pergunta, sem olhar nos meus olhos.

— Meu palpite é que Owen estava tentando te proteger de alguma coisa, Bailey.

— Que tipo de coisa? Algo que ele fez? Porque meu pai seria o primeiro a dizer que, quando a gente foge de alguma coisa, normalmente é de nós mesmos.

— Não temos certeza disso.

— Aham, entendi. A única certeza que temos é de que ele mentiu pra mim.

Vejo a raiva começar a crescer dentro dela. Aquela raiva justificável por ter negados os detalhes mais básicos da própria vida, mesmo que o pai estivesse fazendo isso pelo bem dela. Mesmo que não tenha tido escolha. Em algum momento, Bailey vai ter que decidir o que é capaz de perdoar. Nós duas vamos ter que decidir isso.

— Ele também mentiu pra mim — declaro.

Ela ergue os olhos.

— Só estou dizendo, ele mentiu pra mim também.

Bailey inclina a cabeça, como se estivesse tentando descobrir se acredita nisso, se consegue aceitar sem questionar. Por que faria isso? Por que acreditaria em alguém nesse momento? Mas me parece essencial garantir a ela que *eu* não a enganei — garantir que ela pode confiar em mim. Parece que tudo depende de Bailey ser capaz de acreditar nisso.

Ela me olha com uma expressão tão vulnerável que tenho dificuldade de dizer qualquer coisa. É difícil até mesmo sustentar o olhar dela sem desmoronar.

É nesse momento que eu entendo, como uma luz repentina, o que tenho feito de errado com ela — o que tenho feito de errado na tentativa de me aproximar de Bailey. Achei que se eu fosse legal, gente boa, ela entenderia que pode contar comigo. Mas não é assim que a gente sabe que pode contar com alguém. A gente descobre isso nos momentos em que todo mundo está cansado demais para ser legal, cansado demais para se *esforçar*. A gente descobre vendo o que essa pessoa faz por nós.

E o que estou fazendo por Bailey agora é o que meu avô fez por mim. Vou fazer o que for necessário para que ela se sinta segura.

— Então... não é só ele, certo? — conclui ela. — Se meu pai realmente fez isso, eu também não sou quem ele disse que sou, não é? Meu nome e todo o resto... em algum momento ele mudou isso.

— Sim — concordo. — Se Jake estiver certo, então, sim, você também era outra pessoa.

— E todos os detalhes também são diferentes, não é? — Ela faz uma pausa. — Tipo... meu aniversário?

Isso me deixa sem ação por um momento, ouvir a mágoa na voz de Bailey quando ela faz essa pergunta.

— Tipo... meu aniversário não é meu aniversário de verdade? — continua ela.

— Não, provavelmente não.

Bailey abaixa os olhos. Desvia o olhar de mim.

— Isso parece o tipo de coisa que uma pessoa deveria saber sobre si mesma — comenta ela.

Sinto uma vontade enorme de chorar e agarro com força a mesa estreita desse restaurante alegre de Austin — com pinturas na parede, cores fortes, tudo completamente oposto ao que sinto. Eu me forço a interromper o rumo dos meus pensamentos e pisco com força para conter as lágrimas. Uma garota de dezesseis anos, que aparentemente não tem ninguém além de mim, precisa que eu engula o choro. Ela precisa que eu seja forte por ela. Por isso, eu me recomponho e dou espaço a ela para desmoronar. Deixo que seja ela a fazer isso.

Bailey cruza as mãos em cima da mesa, os olhos marejados. E me arrasa vê-la sofrendo desse jeito.

— Bailey, eu sei que isso parece horrível — digo. — Mas você é você. Não importam os detalhes em relação a isso, não importa o que seu pai não te contou, isso não muda quem você é. Não na essência.

— Mas como posso não me lembrar de ter sido chamada por outro nome? Ou de onde eu morei? Eu deveria me lembrar, não deveria?

— Você mesma disse que era uma criança. Estava só começando a se entender como gente quando se tornou Bailey Michaels. Nada disso é culpa sua.

— Só dele? — pergunta ela.

Eu me lembro de novo do cara no mercado de pulgas de Berkeley, o que chamou Owen de rei do baile de formatura. Lembro o jeito calmo como Owen reagiu a ele. Como permaneceu completamente imperturbável. Ele seria capaz de ter fingido aquela reação tão bem? E se foi esse o caso, o que isso dizia sobre ele?

— Você não se lembra de alguém chamar seu pai por outro nome em algum momento, lembra? Antes de Sausalito?

— Tipo... um apelido? — pergunta Bailey.

— Não, estou me referindo mais a... chamarem seu pai por outro nome mesmo?

— Acho que não. Não sei... — Ela empurra o café em cima da mesa. — Não consigo acreditar que isso tá acontecendo.

— Eu sei.

Bailey começa a enrolar o cabelo nos dedos, o roxo se misturando com o esmalte escuro, os olhos piscando muito rápido enquanto ela tenta pensar.

— Não tenho ideia de como as pessoas chamavam meu pai — conclui. — Eu nunca prestei atenção. Por que iria prestar, sabe?

Bailey se recosta, exausta de tanto pensar no pai, no passado dele, completamente esgotada de achar que precisa fazer isso. Quem pode culpá-la? Quem gostaria de se sentar em um restaurante estranho em Austin e tentar descobrir quem a pessoa mais importante de seu mundo estava fingindo ser? Tentar entender como você não se deu conta de quem ela realmente era.

— Sabe de uma coisa? Vamos embora — declaro. — Está tarde. Vamos voltar para o hotel e tentar dormir um pouco.

Começo a me levantar, mas Bailey me impede.

— Espera... — pede. Volto a me sentar. — Bobby me disse uma coisa uns meses atrás — lembra ela. — Ele estava se inscrevendo para algumas faculdades e queria pedir a meu pai uma recomendação de ex-aluno para Princeton. Mas aí o Bobby disse que, quando procurou na lista de ex-alunos, não conseguiu encontrar um Owen Michaels em lugar nenhum. Nem entre os formados em engenharia, nem como aluno da universidade de modo geral. Eu disse que obviamente ele tinha procurado no lugar errado, aí depois o Bobby entrou para a Universidade de Chicago e simplesmente deixou pra lá. Eu nem me lembrei de perguntar a respeito ao papai, só deduzi que o Bobby não soube procurar direito no banco de dados dos ex-alunos, ou alguma coisa assim. — Ela faz uma pausa. — Talvez eu devesse ter insistido.

— Bailey, por que você faria isso? Por que presumiria que seu pai estava mentindo pra você?

— Você acha que ele algum dia ia me contar? — pergunta ela. — Será que planejou me chamar para dar uma volta um dia e me contar quem eu sou de verdade? Sério, você acha que ele ia me contar que basicamente tudo o que sei sobre minha vida é mentira?

Eu a encaro na luz baixa do restaurante. Me lembro da minha conversa com Owen, sobre tirar férias no Novo México. Será que ele realmente considerou a possibilidade de me contar tudo naquele momento? Se eu tivesse pressionado um pouco mais, será que ele teria me contado?

— Não sei — respondo.

Fico esperando que Bailey reclame de como tudo isso é injusto. Que fique chateada de novo. Mas ela mantém a calma.

— Do que ele tem tanto medo?

A pergunta me pega desprevenida. Porque é isso. Esse parece ser o ponto crucial de toda essa história. Owen está fugindo de alguma coisa de que ele tem medo. Passou a vida fugindo disso. E, mais importante, passou a vida inteira tentando manter Bailey longe do que quer que seja.

— Acho que, quando tivermos a resposta para essa pergunta, vamos descobrir onde seu pai está — digo.

— Ah, nossa, superfácil, então...

Ela ri. Mas a risada rapidamente se transforma em lágrimas marejando seus olhos de novo. Mas bem quando acho que Bailey vai dizer que quer ir embora daqui — que quer voltar para o hotel, voltar para Sausalito —, ela parece se recompor. Parece encontrar alguma espécie de motivação.

— Então, o que a gente vai fazer agora? — pergunta.

A gente. O que a gente vai fazer agora. Pelo visto, estamos juntas nisso, o que aquece meu coração, mesmo que para chegarmos a esse ponto tenhamos precisado vir a um restaurante vinte e quatro horas no sul de Austin, bem longe de nossa casa. Mesmo que tenhamos precisado chegar a uma situação em que nunca quisemos estar. Uma que eu daria qualquer coisa para que Bailey não precisasse passar. Estamos aqui juntas, e nós duas queremos continuar. Nós duas queremos encontrar Owen, não importa o que ele esteja escondendo — ou onde quer que esteja.

— Agora — digo —, a gente dá um jeito nisso.

Dois podem jogar esse jogo

Espero até de manhã para ligar para ele. Espero até estar mais calma e ter certeza de que sou capaz de fazer o que preciso.

Recolho todas as minhas anotações e coloco um vestido leve. Fecho a porta do quarto do hotel sem fazer barulho, com cuidado para não acordar Bailey. Então, desço as escadas, atravesso o saguão movimentado e saio para a rua, onde posso caminhar, onde posso controlar melhor o que ele ouve ao fundo. Ainda está silencioso do lado de fora — o lago plácido e tranquilo —, mesmo com a correria da manhã e as pessoas atravessando a Congress Avenue Bridge, indo para o trabalho, levando os filhos à escola, prestes a começar seus dias gloriosamente normais.

Enfio a mão no bolso e pego o guardanapo do Fred's, onde o número do celular de Grady está sublinhado duas vezes.

Ligo meu celular e, antes de digitar o número dele, pressiono o código que espero que me ajude a bloquear meu número por ao menos algum tempo — caso Grady queira muito desbloqueá-lo ou tentar descobrir onde estou.

— Alô, é o Grady — atende ele.

Eu me preparo para mentir. Afinal, é o que me resta fazer.

— É a Hannah — digo. — Tive notícias de Owen.

Não dou nem bom-dia.

— Quando? — pergunta Grady.

— Tarde da noite, por volta das duas da manhã. Ele disse que não poderia falar para o caso de alguém estar ouvindo a chamada. Rastreando ele. Ligou de um telefone público ou alguma coisa assim. Apareceu como número bloqueado, e ele falou muito rápido. Queria saber se eu estava bem, se Bailey estava bem, e foi muito firme, insistiu que não tem nada a ver com o que está acontecendo na The Shop. Ele disse que teve a sensação de que Avett estava tramando alguma coisa, mas que não tinha noção do tamanho do problema.

Posso ouvir Grady se movimentando do outro lado da linha. Talvez ele esteja procurando um bloco de papel, alguma coisa para anotar as pistas que parece achar que vou passar.

— Me diga exatamente o que ele falou — pede.

— Owen disse que não era seguro pra ele falar ao telefone, mas que eu deveria ligar pra você — digo. — Que você me contaria a verdade.

O movimento do outro lado cessa subitamente.

— A verdade? Sobre o quê?

— Eu não sei, Grady. Pelo jeito como Owen falou, você saberia responder a isso.

Ele faz uma pausa.

— É cedo na Califórnia — diz. — O que você está fazendo acordada tão cedo?

— Você conseguiria voltar a dormir se seu marido ligasse às duas da manhã e dissesse que estava com problemas?

— Eu tenho um sono ótimo, então... — diz ele.

— Preciso saber o que está acontecendo, Grady. O que realmente está acontecendo aqui — insisto. — Por que um policial federal de Austin, no Texas, veio até São Francisco atrás de alguém que não é suspeito?

— E eu preciso saber por que você está mentindo sobre Owen ter ligado pra você quando ele obviamente não ligou.

— Por que não há qualquer registro sobre um Owen Michaels antes de ele chegar a Sausalito? — pergunto.

— Quem te disse isso? — pergunta Grady.

— Um amigo.

— Um amigo? Você está recebendo informações erradas do seu amigo.

— Acho que não — retruco.

— Tá certo. Bem, você lembrou ao seu amigo que uma das principais funções do novo software da The Shop é alterar o histórico on-line da pessoa? O software ajuda a apagar um rastro que você não quer deixar, correto? Não deixa qualquer trilha na internet sobre quem você é. Isso inclui bancos de dados on-line de universidades, registros imobiliários...

— Eu sei como o software funciona.

— Então, por que não te ocorreu que, se alguém eliminou o registro de Owen, pode ter sido o único homem capaz de fazer isso?

O próprio Owen. Ele está dizendo que Owen apagou a trilha do próprio passado.

— Por que ele faria isso? — pergunto.

— Talvez ele estivesse testando o software — responde Grady. — Não sei. Só estou dizendo que você está inventando uma história bastante elaborada quando há diversas explicações para o que seu amigo encontrou ou não a respeito do passado de Owen.

Ele está tentando me desestabilizar. Mas não vou permitir. Não vou deixar Grady tentar controlar essa narrativa de acordo com os próprios interesses, que me parecem cada vez mais suspeitos.

— O que Owen fez, Grady? Antes de tudo isso? Antes da The Shop? Por que ele mudou de identidade? Por que mudou de nome?

— Não sei do que você está falando.

— Acho que sabe, sim — retruco. — Acho que isso explica por que você veio até São Francisco para uma investigação sobre a qual não tem jurisdição.

Ele ri.

— Minha jurisdição me coloca bem no comando dessa investigação — argumenta. — Acho que você provavelmente deveria se preocupar um pouco menos com isso e mais com algumas outras coisas.

— Como o quê?

— Como o fato de sua amiga, a agente especial Naomi Wu, do FBI, estar ameaçando declarar Owen suspeito.

Faço uma pausa. Eu não disse o nome dela. Ele sabia o nome dela. Ele parece saber tudo.

— Não temos muito tempo antes que a equipe dela apareça na sua casa com mandados de busca e apreensão. Estou me esforçando muito para contê-la no momento, mas não posso garantir por quanto tempo mais vou conseguir.

Imagino Bailey voltando para casa e vendo o quarto dela destruído — o mundo dela desfeito.

— Por que, Grady?

— Como?

— Por que você está se esforçando tanto para impedir que isso aconteça?

— Esse é meu trabalho — declara Grady.

Ele fala com convicção, mas não me convence. Porque me dei conta de uma coisa. Grady não quer nada disso para Owen, do mesmo jeito que eu não quero. Ele quer ajudar a manter Owen longe dessa confusão. Mas por quê? Se Grady estivesse apenas investigando meu marido, se estivesse só tentando prendê-lo, se só quisesse acabar logo com isso, não se importaria tanto. Mas tem mais alguma coisa acontecendo aqui — alguma coisa muito mais sinistra do que Owen estar envolvido em uma simples fraude. E, de repente, sinto medo de que seja algo pior do que qualquer coisa que já imaginei.

Proteja ela.

— Owen nos deixou uma mochila cheia de dinheiro — revelo.

— Do que você está falando?

— Na verdade, ele a deixou pra Bailey. É muito dinheiro, e se alguém aparecer com um desses mandados de busca e apreensão com que você está me ameaçando, não quero que descubram. Não quero que isso seja usado contra mim ou como uma desculpa para tirar Bailey de mim.

— Não é assim que funciona.

— Ainda não sei bem como funciona, por isso, enquanto aprendo, estou contando a você sobre o dinheiro — digo. — Está embaixo da pia da minha cozinha. Não quero ter nada a ver com isso.

Ele fica em silêncio.

— Bem, agradeço por me dizer, é melhor eu ficar com o dinheiro do que deixar que eles encontrem — conclui Grady. — Posso pedir a alguém do nosso escritório de São Francisco para buscar.

Olho para o outro lado do lago Lady Bird, para o centro de Austin, para a silhueta delicada dos prédios, as árvores deixando passar a luz da manhã. Grady provavelmente já está em um desses prédios, começando seu dia. Ele está mais perto do que eu de repente quero que esteja.

— Agora não é uma boa hora.

— Por que não?

Todos os meus instintos me dizem para lhe contar a verdade. Estamos em Austin. Mas ainda não sei se ele é amigo ou inimigo. Ou ambos. Talvez todo mundo seja um pouco dos dois, inclusive Owen.

— Preciso trabalhar um pouco antes de Bailey se levantar — anuncio. — E estava pensando... talvez seja melhor eu levar Bailey para outro lugar até que tudo se acalme.

— Para onde?

Penso na oferta de Jake. Penso em Nova York.

— Ainda não sei — respondo. — Mas não precisamos ficar em Sausalito, não é? Quer dizer, não temos que ficar lá por nenhum motivo legal, certo?

— Oficialmente, não, mas não vai pegar bem — admite ele.

Então Grady faz uma pausa. Como se estivesse ouvindo alguma coisa.

— Espera. Por que você acabou de dizer "lá"?

— O quê?

— Você disse "não temos que ficar lá". Se referindo a sua casa, a Sausalito. Se você estivesse em casa, teria dito "aqui". Não precisamos ficar aqui.

Não falo nada.

— Hannah, estou mandando um dos meus colegas para ver como você está — avisa ele.

— Vou passar um café — digo.

— Isso não é brincadeira — declara Grady.

— Não estou achando que seja.

— Então, onde você está? — pergunta.

Se ele quiser rastrear minha ligação, sei que pode fazer isso. Provavelmente já está tentando. Olho para a cidade natal de Grady e me pergunto o que ela significa para meu marido.

— Onde você está preocupado que eu esteja, Grady? — questiono.

Então, antes que ele possa responder, desligo o celular.

Um ano antes

— Você acha que pode simplesmente aparecer aqui quando quiser? — falei.

Eu estava brincando, mas fiquei surpresa quando Owen surgiu no meu ateliê sem avisar, bem no meio do dia. Ele normalmente não fazia aquilo. Trabalhava em Palo Alto e só às vezes ia ao centro de São Francisco para alguma reunião. Era raro ficar em casa durante um dia útil, a não ser quando Bailey precisava dele para alguma coisa.

— Se eu aparecesse sempre que quisesse, estaria aqui o tempo todo — disse ele. — O que estamos fazendo?

Ele esfregou as mãos, feliz por estar no ateliê comigo. Owen amava meu trabalho, adorava fazer parte dele. E toda vez que eu via como ele gostava de verdade do que eu fazia, era como outro pequeno lembrete da sorte que eu tinha por amá-lo.

— O que você está fazendo em casa tão cedo? — perguntei. — Está tudo bem?

— Depende — respondeu ele, e ergueu minha viseira de proteção para me dar um beijo.

Eu estava usando o equipamento de trabalho, que consistia em blusão de gola alta e viseira, uma combinação que fazia parecer que eu pertencia ao futuro e ao passado ao mesmo tempo.

— Minha cadeira está pronta?

Retribuí o beijo e passei os braços ao redor do pescoço dele.

— Ainda não — respondi. — E a cadeira não é sua.

Era uma cadeira Windsor que eu estava fazendo para uma cliente de Santa Bárbara, para o escritório dela de design de interiores, mas assim que Owen viu a peça em andamento — o olmo escuro entalhado, as costas altas em arco —, decidiu que não podíamos nos desfazer dela. Decidiu que a cadeira estava destinada a ser dele.

— Vamos ver — disse ele.

Naquele momento, seu celular tocou. Owen checou o identificador de chamadas e sua expressão ficou sombria. Ele clicou em recusar.

— Quem era? — perguntei.

— Avett — respondeu ele. — Vou retornar a ligação mais tarde.

Ele evidentemente não queria falar a respeito, mas eu não consegui deixar o assunto de lado — não quando o incômodo dele era palpável. Não depois de ele ficar nervoso só por causa de uma ligação que não atendeu.

— O que está acontecendo?

— Avett está sendo meio irracional. Só isso.

— Em relação a quê?

— À abertura do capital — disse ele. — Não é nada de mais.

Mas seus olhos cintilavam em uma mistura de raiva e irritação. Duas emoções que raramente demonstrava, mas que andavam aparecendo com certa frequência nos últimos tempos. E ainda tinha o fato de que Owen estava no meu ateliê, não no escritório dele.

Tentei escolher as palavras com cuidado, querendo ajudar, sem irritá-lo mais. Tinha consciência de que eu não precisava trabalhar em um escritório, de que não precisava lidar com a dinâmica de ter um chefe a quem deveria responder — alguém como Avett Thompson, com quem eu talvez não concordasse. No entanto, queria encontrar um jeito de dizer a Owen que ele estava ficando cada vez mais estressado. E que aquilo era só um trabalho. Que, até onde eu sabia, ele sempre poderia encontrar outro.

Antes que eu dissesse qualquer coisa, o celular tocou de novo. AVETT apareceu no identificador de chamadas. Owen olhou para o aparelho. Olhou como se fosse atender, os dedos pairando acima da tela. Mas acabou recusando a ligação de novo e guardando o celular.

Ele balançou a cabeça.

— Não importa quantas vezes eu repita a mesma coisa, Avett não quer ouvir — explicou. — Não quer ouvir o que precisamos fazer pra tudo isso funcionar direito.

— Meu avô costumava dizer que a maioria das pessoas não quer ouvir o que vai fazer alguma coisa funcionar melhor — comentei. — Elas querem ouvir o que vai deixar o processo mais fácil.

— E o que ele dizia para fazer a respeito?

— Se relacionar com pessoas diferentes. Você sabe, para começar.

Ele inclinou a cabeça e ficou me olhando.

— Como você sempre sabe o que me dizer? — perguntou.

— Bem, na verdade era meu avô que dizia isso, mas, se você acha...

Ele pegou minha mão enquanto seu rosto se iluminava com um sorriso. Como se nada tivesse acontecido, ou pelo menos nada tão importante quanto ele tinha achado que fosse.

— Vamos deixar isso para lá — falou. — Quero ver minha cadeira.

Owen começou a me puxar para a porta, em direção ao pátio e ao deque onde a cadeira estava secando — lixada, recém-polida.

— Você sabe que não pode ficar com a cadeira — lembrei. — Foi uma encomenda. E a pessoa que a encomendou está nos pagando muito dinheiro por ela.

— Boa sorte para essa pessoa — disse ele. — Está aqui, é nossa até que se prove o contrário. É a lei.

Eu sorri.

— O que você sabe sobre leis?

— O bastante para saber que se eu estiver sentado naquela cadeira — disse ele —, ninguém vai tirá-la de mim.

Apagar todo o histórico

Às dez da manhã, o café do hotel já está cheio, as luzes baixas.

Eu me sento no bar e tomo um suco de laranja, enquanto a maioria das pessoas ao meu redor começa a tomar coquetéis — mimosas e Bloody Marys, champanhe, White Russians.

Fico olhando para a fileira de televisores, todos sintonizados em diferentes programas de notícias. Sei do que estão falando por causa das legendas, e o assunto da maior parte é a The Shop. A PBS mostra imagens de Avett Thompson sendo algemado e levado embora. A MSNBC tem uma prévia da entrevista de Belle para o programa *Today*, onde ela chama a prisão de Avett de um simulacro de justiça. As legendas que correm na base da tela do noticiário da CNN ficam repetindo que mais acusações serão feitas. É quase como uma promessa, espelhando a de Grady, de que Owen terá ainda mais problemas em breve. Que seja lá do que for que ele está fugindo está prestes a alcançá-lo.

É isso que me atormenta, sem parar, quando penso no meu marido — que alguma coisa está vindo atrás dele, atrás de nós, alguma coisa que ele não conseguiu deter. E que deixou como minha responsabilidade tentar deter por ele. Pego meu bloco de anotações e leio de novo o que Grady disse durante nosso telefonema — tento me lembrar de cada detalhe, me concentrar no que pode ser importante tirar da conversa. Acabo sempre voltando ao momento em que ele disse que Owen pode ter apagado seu próprio histórico on-line. E, por mais errado que isso pareça, tento ver a situação por esse ponto de vista, para saber a que conclusões posso chegar.

É então que me dou conta. Há certas coisas que não podemos apagar, certas coisas que revelamos às pessoas mais próximas de nós, tendo consciência disso ou não.

Há coisas que, sem querer, Owen contou só para mim.

Então, faço outra lista. Uma lista de tudo o que sei sobre o passado de Owen. Não as informações falsas — Newton, Princeton, Seattle. Os outros fatos, os não fatos: coisas que descobri sem querer durante o tempo que vivemos juntos, coisas que, pensando agora, parecem estranhas. Como o cara da Roosevelt High School. Procuro por escola Roosevelt e encontro oitenta e seis delas espalhadas pelos Estados Unidos. Nenhuma perto de Massachusetts. Mas oito delas estão espalhados por todo o Texas, em lugares como San Antonio e Dallas.

Marco essas no mapa e continuo a pensar. Então, volto à noite com Owen no hotel, o cofrinho em cima do balcão do bar. É quando me dou conta de uma coisa sobre aquele cofrinho, uma coisa que venho me esforçando para lembrar. Estou lembrando direito agora ou só imaginando a memória por causa do desespero? Mando uma mensagem pedindo para Jules checar para mim e sigo pensando.

Relembro coisas que só eu sei: casos e histórias que Owen me contou tarde da noite. Só para mim. Do jeito que a gente só faz com a pessoa que escolheu para viver junto, com a testemunha da vida da gente.

Essas histórias, as que ele compartilhou sem nem se dar conta, não podem ser todas falsas também. Eu me recuso a acreditar nisso. Vou me recusar a acreditar até descobrir que estou errada.

Começo a repassar uma por uma, as maiores conquistas de Owen: a vez em que fez uma viagem de barco pela Costa Leste com o pai, com apenas dezesseis anos de idade, a única vez que passaram vários dias seguidos juntos, só os dois. A vez, no último ano do ensino médio, em que deixou o cachorro da namorada sair para brincar e o bichinho fugiu, então ele foi demitido do primeiro emprego porque passou a tarde procurando pelo cachorro e não voltou ao trabalho. A vez em que saiu escondido com os amigos para assistir à sessão da meia-noite de *Star Wars* no cinema e encontrou os pais acordados às 2h45 da manhã, quando finalmente chegou em casa. E uma história que ele me contou sobre a faculdade, sobre por que passou a amar tanto engenharia e tecnologia. No primeiro ano, quando tinha só dezenove anos, Owen puxou uma matéria de matemática com um professor que ele adorava, o homem que ele dizia ser o responsável pela carreira que tinha escolhido. Mesmo o professor tendo dito que Owen era o pior aluno que já tivera. Ele me disse o nome do professor? Tobias alguma coisa. Era Newton? Ou era professor Newhouse? Ele não tinha um apelido?

Subo correndo pela escada do hotel e volto para o quarto, para acordar Bailey — a única pessoa que talvez já tenha ouvido essa história sobre o professor mais vezes do que eu.

Puxo o edredom e me sento na beira da cama.

— Estou dormindo — reclama ela.

— Não está mais — respondo.

Ela apoia as costas com relutância contra a cabeceira da cama.

— O que foi?

— Você se lembra do nome do professor do seu pai? Aquele que ele adorava, com quem teve aula no primeiro ano da faculdade?

— Não tenho ideia do que você tá falando — diz Bailey.

Eu me esforço para conter minha impaciência, pensando em todas as vezes em que Bailey revirou os olhos ao ouvir essa história — e em como Owen usava o episódio para ensinar uma lição à filha. Usava o que aconteceu com ele para convencer Bailey a insistir nas coisas que eram importantes para ela, a se comprometer com seus objetivos. E também usava para tentar convencê-la do oposto.

— Você conhece essa história, Bailey. O professor que dava aquela matéria horrível que ensinava teoria de calibre e análise global. Seu pai adora falar sobre ele. O professor que disse que ele era o pior aluno que já havia tido. E como isso fez Owen querer muito se sair melhor. Como isso fez com que se esforçasse, lembra?

Bailey começa a assentir, lembrando aos poucos.

— Você tá falando do cara que colocou a prova do meu pai no quadro de avisos, não é...? — diz. — Para que ele não se esquecesse de tudo em que precisava melhorar.

— Isso!

— *Às vezes, sua paixão exige esforço, e você não deve desistir dela só porque não é fácil...* — Ela imita a voz do pai. — *Às vezes, você precisa se esforçar mais para chegar a um lugar melhor.*

— É isso. Sim. Esse mesmo. Acho que o primeiro nome dele era Tobias, mas preciso descobrir o resto. Por favor, diga que você lembra.

— Por quê? — pergunta Bailey.

— Só me responde, você se lembra do nome do homem, Bailey?

— O papai às vezes chamava o cara pelo sobrenome. Um apelido para o sobrenome dele. Mas começava com *J...* não era?

— Pode ser. Não sei.

— Não, acho que não era isso... Era Cook... Ele chamava o professor de Cook. Então talvez fosse Cooker? — sugere ela. — Ou era Cookman?

Eu sorrio e quase solto uma risada. Bailey está certa. Sei disso assim que a escuto dizer o nome. É bom saber que não cheguei nem perto...

— O que você tá achando tão engraçado? — pergunta ela. — Está me assustando.

— Nada, isso é ótimo. É o que eu precisava saber — digo. — Volta a dormir.

— Eu não quero voltar a dormir — diz Bailey. — Me conta o que você descobriu.

Pego o celular e pesquiso o nome no site de busca. Quantos professores universitários de matemática chamados Tobias Cookman podem existir? E, mais especificamente, que ensinavam sobre teoria de calibre e análise global?

Surge um. Que ensina teoria matemática. Que tem dezenas de láureas e prêmios por sua excelência como professor. Um que, pelo conjunto de fotos que aparecem, parece tão mal-humorado quanto Owen o descreveu — carrancudo, de testa franzida. E, por alguma razão, em muitas fotos ele aparece usando botas de caubói vermelhas.

Professor Tobias "Cook" Cookman.

Ele nunca trabalhou na Universidade de Princeton.

Mas, pelos últimos vinte e nove anos, faz parte do corpo docente da Universidade do Texas, em Austin.

É ciência, não é?

Dessa vez, pegamos um táxi.

Bailey está olhando fixamente para as mãos, parecendo mais do que um pouco atordoada. Eu também estou zonza, me esforçando para manter a calma. Uma coisa é um investigador particular intuir que o nome verdadeiro do seu marido é outro, que os detalhes da vida dele são diferentes do que se pensava. Mas se o que vamos checar agora se confirmar — se Owen realmente foi aluno desse professor Cookman —, vai ser nossa primeira prova, prova de verdade, de que Owen mentiu sobre a história da vida dele. Vai ser a primeira prova de que minha intuição estava certa, de que a história dele, a história de verdade de Owen, de alguma forma deve começar e terminar em Austin. Dá uma sensação de vitória estarmos nos aproximando da verdade. Mas quando a verdade nos leva a um lugar para onde não queremos ir, é difícil ter certeza. É difícil ter certeza de que queremos essa vitória.

O táxi para diante da Faculdade de Ciências Naturais — um conjunto de prédios maior e mais amplo do que toda a minha faculdade de artes, com o campus e os dormitórios incluídos.

Eu me viro para Bailey. Ela está com os olhos fixos nos prédios e no gramado verde agradável ao redor deles.

Mesmo levando em consideração as circunstâncias, é difícil não ficar impressionada, ainda mais quando saímos do carro e começamos a atravessar o gramado e a pequena ponte que leva ao Departamento de Matemática.

Chegamos ao prédio que abriga os departamentos de Matemática, Física e Astronomia da Universidade do Texas. Os títulos e diplomas expostos mostram com orgulho que a cada ano a construção lança ao mundo centenas dos mais impressionantes estudantes de ciências e matemática do país. E que daqui já saíram vencedores do Prêmio Nobel, do Prêmio Wolf, do Prêmio Abel, do Prêmio Turing e da Medalha Fields.

Incluindo o professor Cookman, ganhador da Medalha Fields.

Ao subir a escada rolante para chegarmos à sala dele, vemos um pôster grande com o rosto do professor Cookman. A mesma expressão fechada, a mesma testa franzida.

O pôster diz: CIENTISTAS DO TEXAS MUDAM O MUNDO. E lista algumas pesquisas do professor Cookman, alguns prêmios que recebeu. Vencedor da Medalha Fields. Finalista do Prêmio Wolf.

Diante da sala dele, Bailey abre uma foto do pai no celular, a foto mais antiga que qualquer uma de nós duas tem dele no momento — na esperança de que o professor Cookman esteja disposto a examiná-la.

A foto é de uma década atrás. Owen está abraçando Bailey depois da primeira peça dela na escola. Bailey ainda está com o figurino da apresentação, e o pai está com os braços ao redor dos ombros dela, uma expressão orgulhosa no rosto. O rosto de Bailey, por sua vez, está quase todo encoberto pela confusão de flores que Owen deu a ela — gérberas, cravos e lírios, um buquê maior do que todo o seu corpo. A menina espia por trás das flores, um enorme sorriso no rosto. Owen está olhando para a câmera. Feliz. Sorridente.

É difícil demais olhar para a foto, especialmente quando dou zoom em Owen. Os olhos brilhantes e vivos. Quase como se ele estivesse aqui. Quase como se pudesse estar aqui.

Tento dar um sorriso de apoio para Bailey quando entramos. Há uma aluna de pós-graduação sentada atrás de uma mesa na entrada da sala. Ela usa óculos de aro de metal preto e está concentrada em corrigir uma pilha alta de trabalhos dos alunos. A garota não levanta os olhos, não abaixa a caneta vermelha. Mas pigarreia.

— Posso ajudar? — pergunta, como se fosse a última coisa que quisesse fazer.

— Gostaríamos de falar com o professor Cookman — anuncio.

— Isso é óbvio — diz ela. — Por quê?

— Meu pai foi aluno dele — responde Bailey.

— Ele está em aula — fala a garota. — Além disso, é preciso marcar horário.

— Certo, mas o que Bailey está tentando explicar é que ela também está interessada em ser aluna. Da Universidade do Texas. Como o pai. E Nielon Simonson, que cuida das admissões, sugeriu que ela assistisse à aula do professor Cookman hoje.

A garota ergue os olhos.

— Quem do setor de admissões? — pergunta.

— Nielon? — respondo, tentando emplacar o nome que acabei de inventar. — Ele disse que se Cook não conseguir convencer Bailey a vir pra cá, mais ninguém consegue. E achou que ela deveria assistir à aula dele hoje.

A garota levanta as sobrancelhas. O fato de eu usar o apelido do professor, Cook, chama a sua atenção, faz com que ela acredite em mim.

— Bem, a aula já está no meio, mas se quiser assistir ao restante dela, acho que posso levar você até lá.

— Isso seria ótimo — aceita Bailey. — Obrigada.

Ela revira os olhos, parecendo desinteressada.

— Então, vamos — diz.

Nós a seguimos para fora do escritório e descemos vários lances de escada até chegarmos a uma grande sala de aula.

— Quando vocês entrarem, vão se ver na frente da sala — orienta ela. — Não parem. Não olhem para o professor Cookman. Subam as escadas e sigam direto para o fundo. Entenderam?

Faço que sim.

— Certo.

— Se atrapalharem a aula do professor Cookman de algum jeito, ele vai pedir para vocês saírem — alerta ela. — Pode acreditar em mim.

A garota abre a porta e eu começo a agradecer, mas ela põe o dedo na boca, me interrompendo.

— O que eu acabei de falar?

Então ela sai, fecha a porta e nos deixa ali.

Ficamos olhando para a porta fechada. Então fazemos o que ela disse. Mantenho os olhos fixos à frente enquanto subimos a escada, indo para o fundo da sala de aula, passando pelos oitenta e poucos alunos que ocupam os assentos.

Indico um ponto perto da parede dos fundos e vamos até lá, tentando permanecer invisíveis. Só então nos viramos e encaramos a sala. O professor Cookman está na frente, atrás de um pequeno púlpito. Em pessoa, vejo que ele deve ter cerca de sessenta anos e não mais que um metro e setenta e cinco de altura, mesmo com as botas de caubói vermelhas, que devem adicionar alguns centímetros.

Todos os olhos estão fixos nele. Todos estão concentrados. Ninguém sussurra com o colega ao lado. Ninguém está checando o e-mail. Ninguém está enviando mensagens no celular.

Quando o professor Cookman se vira para escrever alguma coisa no grande quadro, Bailey se inclina na minha direção.

— Nielon Simonson? — sussurra. — Você inventou isso?

— Conseguimos entrar ou não? — pergunto.

— Conseguimos.

— Então, o que importa?

Acho que estamos falando baixo, mas nosso tom é alto o bastante para que alguém na fileira da frente se vire e olhe para nós.

E, o que é pior, o professor Cookman para de escrever no quadro e também se vira. Ele nos encara e toda a turma segue seu exemplo.

Eu me sinto enrubescer e abaixo os olhos. Ele não diz nada, mas também não desvia o olhar de nós. Por pelo menos um minuto. Um minuto que parece estar durando muito mais do que isso.

Felizmente, depois desse tempo, ele se volta novamente para o quadro e continua a aula.

Assistimos ao restante em silêncio, e é fácil entender por que todos prestam tanta atenção a Cookman. Apesar da estatura mediana, ele é um homem impressionante. Sua aula é como um espetáculo, cativa os alunos. E também os assusta, talvez. Ele só chama aqueles que não estão levantando as mãos. Quando sabem a resposta, Cookman desvia o olhar, sem dar qualquer reconhecimento pelo acerto. Quando um aluno não sabe o que responder, ele mantém os olhos fixos no infrator, encarando-o até a coisa ficar desconfortável, mais ou menos do jeito como olhou para Bailey e eu. Só então ele chama outra pessoa.

Depois de escrever uma última equação no quadro, Cookman anuncia que a aula acabou e dispensa todos. A turma sai aos poucos, e descemos as escadas até chegar a ele, que está parado ao lado da mesa, arrumando a bolsa.

O professor Cookman não parece nos notar e continua a guardar seus papéis. Mas então ele começa a falar.

— Vocês têm o hábito de interromper aulas? — pergunta. — Ou devo me considerar especial?

— Professor Cookman — digo. — Peço desculpas por isso. Não era nossa intenção que o senhor nos ouvisse.

— Você acha que isso torna o que aconteceu melhor ou pior? — pergunta ele. — Quem são vocês, exatamente? E por que estão na minha sala de aula?

— Sou Hannah Hall. E essa é Bailey Michaels — nos apresento.

Ele olha de mim para Bailey, esperando alguma outra elucidação.

— Certo.

— Estamos atrás de algumas informações sobre um ex-aluno seu — começo. — Esperamos que possa nos ajudar.

— E por que eu faria isso? — rebate ele. — Especialmente por jovens que atrapalham minha aula?

— O senhor talvez seja o único que possa fazer isso — insisto.

Ele sustenta meu olhar, como se estivesse me vendo pela primeira vez. Faço um gesto para Bailey, que entrega o celular ao professor Cookman, sua foto com o pai na tela.

O professor enfia a mão no bolso da camisa, tira um par de óculos e olha para o celular.

— É o homem ao seu lado na foto? — pergunta. — É ele o ex-aluno?

Bailey assente, mas continua em silêncio.

O professor inclina a cabeça e examina a foto, como se estivesse realmente tentando se lembrar. Tento ajudar a refrescar sua memória.

— Se estivermos certas em relação ao ano da formatura, ele assistiu às suas aulas há vinte e seis anos — informo. — Será que o senhor saberia o nome dele?

— Você sabe que ele assistiu às minhas aulas há vinte e seis anos, mas não sabe o nome do sujeito?

— Sabemos o nome que ele usa agora, mas não sabemos seu nome verdadeiro — explico. — É uma longa história.

— Tenho tempo para a versão curta — diz o professor.

— Ele é meu pai — declara Bailey.

São as primeiras palavras que saem da boca de Bailey, e elas chamam a atenção do homem. Ele levanta os olhos e encontra os dela.

— Como vocês sabem que há uma conexão comigo? — pergunta.

Olho para Bailey para ver se ela quer responder, mas ela volta a ficar em silêncio. Parece cansada. Cansada demais para uma menina de dezesseis anos. Ela olha para mim e faz um gesto me pedindo para responder.

— Acontece que meu marido inventou muitos detalhes... sobre a vida dele — explico. — Mas ele nos contou uma história a seu respeito, sobre a influência que o senhor teve sobre ele. Meu marido se lembrava com carinho do senhor.

O professor volta a olhar para a foto, e tenho a impressão de ver um brilho de reconhecimento em seus olhos quando se fixam em Owen. Quando me viro para Bailey, vejo que ela reparou na mesma coisa. Mas talvez só estejamos vendo o que queremos ver.

— Ele atende por Owen Michaels agora — digo. — Mas usava um nome diferente quando foi seu aluno.

— E por que ele mudou de nome? — pergunta Cookman.

— É isso que estamos tentando descobrir — respondo.

— Bem, tive muitos alunos ao longo dos anos e não sei dizer se conheço esse homem — declara ele.

— Se ajudar, temos quase certeza de que foi no seu segundo ano como professor aqui.

— Talvez a memória funcione de forma diferente para você, mas, na minha experiência, fica mais difícil quanto mais distante no tempo.

— Na minha experiência recente, é tudo praticamente a mesma coisa — desabafo.

Ele sorri, ainda olhando para mim. E talvez perceba nossa aflição, porque seu tom agora é mais suave.

— Desculpe, mas não posso ajudar mais... — diz. — Talvez vocês devam tentar puxar os registros de matrículas dos alunos na secretaria. Pode ser que lá eles consigam orientar vocês melhor.

— E o que vamos perguntar a eles? — insiste Bailey.

Ela está tentando manter o controle. Mas vejo a raiva entrando em ebulição.

— Como? — pergunta Cookman.

— Só estou querendo saber o que vamos perguntar a eles. Se têm informação sobre um aluno que agora diz que se chama Owen Michaels, mas que se matriculou com outro nome? — pergunta ela. — Sobre essa pessoa que aparentemente evaporou no ar?

— Sim, bem, você não está errada. Eles provavelmente não seriam capazes de ajudá-las... — admite ele. — Mas essa realmente não é minha especialidade.

Ele devolve o celular a Bailey.

— Desejo sorte a vocês — diz.

Então, coloca a bolsa no ombro e começa a se encaminhar para a porta. Bailey olha para o celular, agora novamente em suas mãos. Ela parece assustada — assustada e desesperada — enquanto o professor Cookman se afasta, o que também não nos coloca mais perto de Owen. Achamos que estávamos perto de descobrir alguma coisa. Encontramos o professor de Owen. Chegamos até aqui. Mas agora ele parece ainda mais distante. Isso talvez explique por que chamo o professor Cookman de volta, por que me recuso a deixá-lo ir embora daquele jeito.

— Meu marido foi o pior aluno que o senhor já teve — anuncio.

O professor para de andar. Então se vira e nos encara novamente.

— O que você falou? — pergunta.

— Ele adora contar uma história sobre como tinha dificuldades na sua aula e como, depois de se matar de estudar para as avaliações, o senhor disse que ia deixar a prova dele presa no quadro de avisos da sua sala, como uma lição para os futuros alunos. Não como um exemplo, mas mais como um consolo, do tipo "pelo menos eu não sou tão ruim quanto esse cara".

Ele não diz nada. Continuo a falar, preenchendo o silêncio.

— Talvez o senhor faça a mesma coisa todos os anos, e como isso aconteceu ainda no início da sua carreira como professor, ele poderia nem ser mesmo o pior de todos, certo? Mas sua ação teve efeito no meu marido. Ele acreditou no senhor. E em vez de se sentir frustrado, isso só fez com que Owen quisesse se esforçar mais. Para provar para o senhor que era bom.

O professor Cookman permanece em silêncio.

Bailey segura meu braço, como se fizesse isso com frequência, tentando me conter, para que eu deixe Cookman sair da sala.

— Ele não sabe — diz. — Vamos embora.

Ela está estranhamente calma, o que de certa forma é pior do que quando achei que ia perder a cabeça.

Mas o professor Cookman continua parado, embora eu já não esteja lhe perguntando mais nada.

— Eu realmente coloquei no quadro de avisos — revela.

— O quê? — pergunta Bailey.

— A prova dele. Eu realmente a prendi no quadro de avisos.

Ele começa a caminhar de volta em nossa direção.

— Foi no meu segundo ano como professor, e eu não era muito mais velho do que os próprios alunos. Estava tentando reforçar minha autoridade. Minha esposa acabou me obrigando a tirar a prova dali e jogar fora. Ela disse que era cruel demais que uma prova ruim fosse deixada como o legado de um aluno, fosse ele quem fosse. A princípio, eu não vi dessa forma. Ela é mais inteligente do que eu. Deixei a prova ali por um bom tempo. E aquilo assustava meus outros alunos, o que era mesmo o objetivo.

— Ninguém queria ser tão ruim quanto ele? — pergunto.

— Nem mesmo quando eu contava a eles como aquele aluno tinha ficado bom depois daquela prova — disse ele.

Cookman estende a mão para pegar novamente o celular de Bailey, e ela o entrega, nós duas observando enquanto o professor parece tentar se lembrar.

— O que ele fez? — pergunta. — Seu pai?

Ele dirige a pergunta a Bailey. Imagino que ela vá dar uma versão resumida do que está acontecendo na The Shop e com Avett Thompson e dizer que ainda não sabemos o resto da história. Que não sabemos como ele se encaixa na fraude da empresa, ou por que isso o levou a nos abandonar, e que estamos tentando juntar as peças desse quebra-cabeça. Tentando juntar essas peças impossíveis. Mas, em vez disso, Bailey balança a cabeça e conta a ele a pior parte do que Owen fez.

— Ele mentiu pra mim — diz.

O professor assente, como se isso fosse o suficiente para ele. Professor Cookman. Primeiro nome: Tobias. Apelido: Cook. Matemático premiado. Nosso novo amigo.

— Venham comigo — pede.

Alguns alunos são melhores do que outros

O professor Cookman nos leva de volta a seu escritório, onde liga a cafeteira, e Cheryl, a aluna de pós-graduação que cuida da sala, parece muito mais atenciosa do que antes. Ela liga vários computadores na mesa de trabalho de Cook enquanto um segundo aluno de pós-graduação, Scott, começa a procurar nos arquivos do professor — ambos trabalhando com a maior rapidez possível.

Enquanto Cheryl baixa uma cópia da foto de Owen para o notebook do professor, Scott pega uma pasta enorme, fecha o armário com força e volta para a mesa.

— As provas que o senhor tem aqui vão só até 2001. Essas são de 2001 a 2002.

— Então por que está me entregando essa pasta? — pergunta Cookman. — O que devo fazer com isso?

Scott parece perplexo enquanto Cheryl coloca o notebook em cima da mesa de Cookman.

— Verifiquem os arquivos da faculdade — ordena o professor. — Depois, falem com o responsável na secretaria e me consigam a lista das turmas de 1995. Peguem também as listas de 1994 e 1996, só para garantirmos.

Scott e Cheryl saem do escritório para colocar a tarefa em prática, e Cook se vira para o notebook, cuja tela a foto de Owen preenche.

— Então, em que tipo de problema seu pai está envolvido? Se me permite perguntar.

— Ele trabalha na The Shop — responde Bailey.

— Na The Shop? — repete ele. — A empresa de Avett Thompson?

— Exatamente — confirmo. — Meu marido foi responsável pela maior parte da programação.

O professor parece confuso.

— Programação? Isso é surpreendente. Se seu pai for a mesma pessoa a quem dei aula, ele estava mais interessado em teoria matemática. Queria trabalhar na universidade. Ser um acadêmico. Programação não tem muito a ver com isso.

Talvez tenha sido exatamente por esse motivo que Owen decidiu trabalhar com programação, quase digo a ele. Era uma forma de se esconder em uma área de trabalho próxima ao campo de atuação em que ele estava interessado, mas distante o bastante para que ninguém pensasse em procurá-lo ali.

— Ele é oficialmente suspeito? — pergunta Cook.

— Não — informo. — Não oficialmente.

Ele se volta para Bailey.

— Imagino que você só esteja interessada em encontrar seu pai. Seja como for.

Ela assente. E Cook volta a atenção para mim.

— E como a mudança de nome se encaixa nisso, exatamente?

— Isso é o que estamos tentando descobrir — digo. — Ele pode ter tido problemas antes da The Shop. Não sabemos. Só agora estamos descobrindo todas as inconsistências entre o que ele nos disse e...

— O que é verdade?

— Sim — admito.

Então, me viro e olho para Bailey, para ver como ela está lidando com tudo isso. Ela devolve o olhar, como se dissesse: *Tá tudo bem*. Não que o que está acontecendo seja bom — mas talvez seja bom que, mesmo assim, eu esteja tentando chegar ao fundo dessa história.

O professor Cookman encara a tela do computador e fica em silêncio por algum tempo.

— Não nos lembramos de todos os alunos, mas eu me lembro dele — diz, enfim. — Embora na minha memória ele usasse o cabelo mais comprido. E fosse mais corpulento. Ele parece bem diferente.

— Mas não completamente? — pergunto.

— Não. Não completamente.

Fico pensando naquilo — tentando imaginar Owen andando por aí com a aparência que o professor Cookman descreve. Tento imaginá-lo no mundo como outra pessoa. Olho para Bailey e vejo em seu rosto, em sua testa franzida, que ela está tentando fazer a mesma coisa.

O professor Cookman fecha o notebook e se inclina sobre a mesa na nossa direção.

— Olha, eu não vou fingir que tenho alguma ideia de como é passar por tudo isso, mas posso dizer que, nos meus muitos anos como professor, descobri que há uma coisa em especial que me deixa calmo em momentos como esse. É uma teoria de Einstein, por isso soa melhor em alemão.

— Acho melhor o senhor falar na nossa língua mesmo — pede Bailey.

— Einstein disse: *Na medida em que as leis da matemática se referem à realidade, elas não são certas, e, na medida em que são certas, elas não se referem à realidade.*

Bailey inclina a cabeça.

— Ainda estou esperando que fale na minha língua, professor — brinca ela.

— Isso significa, basicamente, que não sabemos porra nenhuma sobre nada — resume ele.

Bailey ri — baixinho, mas um riso de verdade —, e é a primeira vez que ela faz isso em dias, a primeira vez que ri desde que tudo isso começou.

Eu me sinto tão grata que quase pulo por cima da mesa para abraçar o professor Cookman.

Antes que eu tenha a oportunidade de fazer isso, Scott e Cheryl voltam para a sala.

— Aqui está a lista do período da primavera de 1995. Em 1994, o senhor deu aula para duas turmas diferentes. Em 1996, deu aula só para alunos de pós-graduação. Foi na primavera de 1995 que deu aula para o primeiro ano. Então seria nessa turma que esse aluno estaria.

Cheryl entrega a lista com uma expressão triunfante.

— Havia setenta e três pessoas na turma — explica. — Oitenta e três no primeiro dia, mas depois dez desistiram. É uma taxa de desistência dentro do normal. Acredito que o senhor não vai precisar dos nomes dos dez que desistiram, certo?

— Não, não vou — diz ele.

— Foi o que imaginei, então me adiantei e já risquei esses dez para o senhor — declara Cheryl, como se tivesse acabado de descobrir uma partícula menor do que o átomo. E, no que me diz respeito, descobriu mesmo.

Enquanto o professor Cookman examina a lista, Cheryl se vira para nós.

— Não há nenhum Owen na lista. E nenhum sobrenome Michaels.

— Isso não é nenhuma surpresa — comenta o professor.

Cook mantém os olhos na lista, mas balança a cabeça.

— Lamento, mas não estou me lembrando do nome dele — confessa. — Era de se imaginar que eu saberia, depois de passar tanto tempo com o trabalho do rapaz preso acima da minha cabeça.

— Já se passou muito tempo — afirmo.

— Ainda assim. Seria muito bom se eu conseguisse me lembrar, mas esses nomes não me dizem nada.

O professor Cookman me entrega a lista, e eu a pego rapidamente, grata, antes que ele mude de ideia.

— Setenta e três nomes é um número muito mais plausível do que um bilhão. É muito melhor do que não ter por onde começar.

— Supondo que ele esteja nessa lista — comenta o professor Cookman.

— Sim, supondo que sim.

Olho para a folha, os setenta e três nomes olhando para mim — cinquenta deles de homens. Bailey espia por cima do meu ombro para ver também. Precisamos encontrar um jeito de pesquisar cada um deles o mais rápido possível. Mas estou mais esperançosa do que nunca de que agora temos por onde começar. Temos uma lista de nomes para investigar, e o verdadeiro de Owen é um deles. Tenho certeza disso.

— O senhor não imagina como estamos gratas por isso — digo. — Obrigada.

— O prazer é meu — diz ele. — Espero que ajude.

Nós nos levantamos para ir embora, e Cookman também se levanta. Ele não está particularmente ansioso para seguir com o dia de trabalho. Agora que se envolveu com nosso problema, quer saber mais. Ele parece querer saber quem era Owen, como tudo o levou para onde está agora — onde quer que seja esse lugar.

Começamos a nos dirigir à porta do escritório quando Cookman nos detém.

— Eu queria dizer... Não tenho ideia do que está acontecendo com ele agora, mas posso dizer a vocês que, naquela época, ele era um bom garoto. E inteligente. A essa altura da vida, todos os alunos já começam a se misturar na minha mente, mas eu me lembro de alguns daqueles primeiros anos. Talvez porque nos esforçamos mais no começo. Mas eu me lembro. Lembro que ele era um garoto muito bom.

Eu me viro para o professor, grata por ouvir alguma coisa sobre Owen, alguma informação que se encaixa com o Owen que conheço. Ele sorri e dá de ombros.

— Não foi só culpa dele. A prova ruim. Ele estava muito interessado em uma das alunas da turma. E não era o único. Em uma turma composta principalmente de homens, ela se destacava.

É quando meu coração parece parar. Bailey também se volta na direção de Cookman. Quase posso senti-la prender a respiração.

Uma das poucas coisas que Owen nos contou sobre Olivia, repetidas vezes, uma das poucas informações que Bailey tem sobre a mãe, é que o pai havia se apaixonado por ela na faculdade. Ele disse que os dois estavam no último ano e que ela morava no apartamento ao lado do dele. Aquilo também tinha sido uma mentira? Até aquele mínimo detalhe poderia ter sido alterado para evitar deixar qualquer vestígio do passado verdadeiro?

— Ela era... namorada dele? — pergunta Bailey.

— Não tenho como dizer. Afinal, eu só me lembro da moça porque seu pai argumentou que ela era o motivo para ele estar se dedicando menos aos estudos. Disse que estava apaixonado. Defendeu seu caso em uma carta enorme, e eu disse a ele que iria colocá-la bem ao lado da prova ruim se o rendimento dele não melhorasse.

— Que humilhante — comenta Bailey.

— Mas, ao que parece, bastante eficaz — retruca Cookman.

Examino a lista, me concentrando nos nomes das mulheres. Treze no total. Procuro por uma Olivia, mas não vejo nenhuma. Embora, lógico, talvez não seja uma Olivia que preciso encontrar.

— Sei que é pedir muito, mas o senhor por acaso se lembra do nome dela? Dessa aluna? — pergunto.

— Eu me lembro de que ela era uma aluna melhor do que seu marido — declara ele.

— E não eram todos? — digo.

O professor Cookman assente.

— Sim. Isso é verdade.

Catorze meses antes

— Então, como você se sente? Sendo uma mulher casada? — perguntou Owen.

— E como você se sente sendo um homem casado? — devolvi.

Estávamos sentados no Frances, um restaurante intimista em Castro, diante da mesa longa onde acabara de acontecer nossa modesta recepção de casamento. O dia tinha começado com nosso casamento na prefeitura — eu em um vestido branco curto, Owen de gravata e tênis Converse novos — e terminava com nós dois, quase à meia-noite, descalços e acabando com uma garrafa de champanhe, agora que nossos poucos convidados tinham ido embora.

Jules tinha aparecido, e alguns amigos de Owen também — Carl, Patty. E Bailey. Óbvio, Bailey. Em uma rara demonstração de generosidade comigo, ela chegou à prefeitura na hora certa e ficou no restaurante até depois de cortarmos o bolo. Até me deu um sorriso antes de sair para passar a noite na casa de Rory, uma amiga. Eu torcia para que isso significasse que ela estava pelo menos um pouco feliz com o dia. Mas sabia que provavelmente queria dizer que ela estava um pouco feliz por Owen ter deixado que tomasse champanhe.

De qualquer forma, eu ficava feliz com aquela pequena vitória.

— É muito bom ser um homem casado — disse Owen. — Embora eu não tenha ideia de como vamos voltar para casa hoje.

Eu ri.

— Não é um grande problema.

— Não — concordou ele. — Não se comparado a tantos outros problemas.

Ele pegou a garrafa de champanhe e encheu nossas taças. Então, afastou sua cadeira e colocou nas costas da minha, sentando virado pra mim. Eu me encostei nele e respirei fundo.

— Olha, não dá para dizer que a gente não avançou bastante desde aquele segundo encontro, quando você não deixou nem que eu te desse uma carona até o restaurante — disse Owen.

— Não sei do que você está falando. Eu já estava bem caidinha por você, mesmo naquela época.

— Aparentemente, você tinha um jeito engraçado de demonstrar. Eu não tinha certeza nem de que você ia querer me ver de novo depois daquela noite.

— Bom, você fez mesmo perguntas demais.

— Eu tinha muito o que descobrir sobre você.

— Tudo em uma noite só?

Ele deu de ombros.

— Senti que precisava aprender sobre os caras que poderiam ter sido... — disse ele. — Achei que era minha melhor chance de não me tornar um deles.

Estendi a mão para trás e toquei o rosto de Owen — primeiro com a costas da mão, então com a palma aberta.

— Você acabou sendo o oposto — falei.

— Acho que essa talvez seja a melhor coisa que alguém já me disse — confessou ele.

— Estou falando sério.

E era verdade. Owen era o oposto daqueles outros caras. Ele já parecera o oposto desde o primeiro dia, desde aquele primeiro encontro no meu ateliê, mas isso logo se tornou mais do que uma impressão. Owen tinha provado ser o oposto. Não só porque era fácil estar com ele (embora fosse mesmo) ou porque eu me sentia próxima dele de uma maneira que nunca havia me sentido antes em um relacionamento. Não só porque a gente se entendia daquele jeito desconcertante, como só acontece com uma única pessoa, ou nunca acontece — aquela conexão em que um simples olhar nos diz exatamente o que a outra pessoa quer: *Hora de ir embora da festa. Hora de chegar perto. Hora de me dar espaço para respirar.*

Era um pouco disso tudo e algo muito maior do que qualquer coisa. Como a gente explica quando encontra em alguém o que esperou pela vida toda? Chama isso de destino? Parece pouco. É mais como encontrar o caminho de casa — sendo "casa" um lugar pelo qual a gente ansiava secretamente, um que imaginamos, mas onde nunca estivemos antes.

Um lar. Quando a gente já estava certo de que jamais conseguiria ter um.

Era o que Owen significava para mim. Quem ele era.

Owen levou a palma da minha mão aos lábios e a manteve ali.

— Então… vai responder à minha pergunta sobre como se sente? — perguntou. — Sendo uma mulher casada?

Dei de ombros.

— Ainda não sei — respondi. — É muito cedo para dizer.

Ele riu.

— Tá bom, não tem problema.

Tomei um gole do meu champanhe e ri também. Não consegui evitar. Eu estava feliz. Estava só… feliz.

— Você tem bastante tempo para chegar a alguma conclusão — disse ele.

— Tipo… o resto da nossa vida? — falei.

— Espero que mais tempo do que isso.

Se você se casa com o rei do baile...

Setenta e três nomes, cinquenta deles de homens.

Um deles provavelmente é de Owen.

Atravessamos rapidamente o campus em direção à biblioteca principal de pesquisa, onde Cheryl disse que seria mais provável encontrarmos os anuários da universidade. Se conseguirmos colocar as mãos nos dos anos em que Owen foi aluno aqui, essa pode ser a chave para repassarmos a lista o mais rápido possível. Os anuários vão nos dar não apenas nomes de alunos, mas também fotos. Provavelmente terão uma foto de Owen quando jovem, se ele fez alguma coisa na faculdade além de se dar mal em matemática.

Entramos na Biblioteca Perry-Castañeda, que é enorme — seis pavimentos de livros, mapas, cartões e laboratórios de informática —, e vamos até a mesa da bibliotecária. Ela nos informa que precisamos fazer uma requisição formal para conseguir cópias impressas dos anuários universitários daquela época, mas que podemos acessar o arquivo digital em um computador da biblioteca.

Vamos até o laboratório de informática no segundo andar, que está quase vazio, e nos sentamos diante de dois computadores no canto. Acesso os anuários do primeiro e do segundo ano de Owen em um computador e Bailey acessa os do terceiro e do último ano. Então, começamos a pesquisar os alunos da turma de Cookman, um de cada vez, pelo sobrenome, em ordem alfabética. Nosso primeiro candidato: John Abbot, de Baltimore, em Maryland. Encontro John em uma foto granulada com o clube de esqui. Ele não se parece muito com Owen na foto — usa óculos grossos, uma barba cheia —, mas é difícil descartá-lo completamente só com base naquela única imagem. Encontramos muitos resultados promissores quando pesquisamos só pelo nome dele no Google, mas quando cruzo as referências com esqui, descubro que John Abbot (nascido em Baltimore, formado pela Universidade do Texas, em Austin) agora mora em Aspen com o parceiro e dois filhos.

Conseguimos descartar os alunos do sexo masculino seguintes da lista com muito mais facilidade: um deles tem um metro e meio de altura e cabelo ruivo cacheado; outro tem um metro e noventa, é bailarino profissional e mora em Paris; e o seguinte está morando em Honolulu, no Havaí, e concorrendo a uma vaga no Senado estadual.

Estamos na letra "E" quando meu celular toca. Aparece CASA no identificador de chamadas. Por um segundo, acho que pode ser Owen. Ele voltou e está ligando para dizer que resolveu tudo e que precisamos ir para casa imediatamente, para que ele possa nos explicar as partes que não fazem sentido. Onde ele esteve, quem era antes de eu conhecê-lo. E por que não nos contou nada sobre seu passado.

Mas a ligação não é de Owen. É de Jules.

Ela está respondendo à mensagem que mandei do bar do hotel, pedindo que fosse até nossa casa e encontrasse o cofrinho.

— Estou no quarto da Bailey — anuncia ela quando atendo.

— Tinha alguém do lado de fora da casa? — pergunto.

— Acho que não. Não vi ninguém estranho no estacionamento e não havia ninguém nas docas.

— Você pode fechar as cortinas pra mim antes de sair?

— Já fiz isso — diz ela.

Olho para Bailey, torcendo para que esteja ocupada demais com os anuários para prestar atenção na minha conversa com Jules. Mas a pego me olhando, esperando para saber do que se trata o telefonema. Talvez esperando, contra todas as possibilidades, que essa seja a ligação que vai trazer o pai dela de volta.

— E você estava certa — acrescenta Jules. — Realmente está escrito Lady Paul na lateral.

Ela obviamente não diz a que está se referindo. Não diz que se trata de um cofrinho que ela foi até nossa casa para recuperar — o cofrinho de Bailey —, embora sem dúvida fosse parecer bem inofensivo se dissesse isso em voz alta.

Eu não tinha imaginado aquilo. A notinha na parte inferior da última página do testamento de Owen colocava

L. Paul como administrador. O mesmo nome que estava na lateral do cofrinho azul que ficava no quarto de Bailey — LADY PAUL, escrito em preto, abaixo do laço. O mesmo cofrinho azul que Owen tinha pegado quando precisamos deixar a casa flutuante, o mesmo que encontrei com ele no bar do hotel no meio da noite. Tinha ficado impressionada por ele ser tão sentimental. Mas eu estava errada. Ele havia pegado o cofrinho porque precisava mantê-lo em segurança.

— Mas tem um problema — continua Jules. — Não consigo abrir o cofre.

— Como assim não consegue abrir? — digo. — É só quebrar com um martelo.

— Não, você não está entendendo, tem um cofre dentro do porquinho — explica Jules. — E o negócio é feito de aço. Vou ter que encontrar alguém que consiga abrir um cofre. Alguma ideia?

— Assim, do nada, não — respondo.

— Não tem problema, eu dou um jeito — anuncia Jules —, mas você já viu as notícias hoje? Indiciaram Jordan Maverick.

Jordan é o diretor de operações da The Shop, o número dois de Avett, o equivalente a Owen no lado comercial da empresa. Ele estava recém-divorciado e tinha passado um tempo na nossa casa. Eu até convidei Jules para jantar lá na época, esperando que os dois se dessem bem. Não deu certo. Ela achou Jordan chato. Eu achava que havia defeitos piores — ou talvez só não o visse assim.

— Só para registrar — diz ela. — Chega de bancar o cupido.

— Entendido — respondo.

Em outro momento, isso teria certamente me encorajado a perguntar a Jules sobre Max, seu colega de trabalho, e fazer piada sobre se por acaso ele não seria o outro motivo para ela não estar interessada nos meus serviços de cupido. Mas, nesse momento, eu só me lembro de que Max tem uma fonte dentro da The Shop. Alguém que talvez possa nos ajudar em relação a Owen.

— Max soube de mais alguma coisa além do Jordan? — pergunto. — Ele ouviu alguma coisa sobre o Owen?

Bailey inclina a cabeça para mim.

— Não especificamente — responde Jules. — Mas a fonte dele no FBI disse que o software tinha acabado de se tornar operacional.

— O que significa isso? — pergunto.

Mas posso adivinhar o que significa. Que Owen provavelmente achou que estava fora de perigo. Que provavelmente achou que qualquer plano de contingência que precisasse criar poderia ser deixado de novo em segundo plano. Significa que quando Jules ligou para Owen e disse que estavam indo atrás deles, ele não conseguiu acreditar. Não conseguiu acreditar que estava prestes a ser desmascarado, bem no momento em que estava tão perto de se sentir seguro.

— Max está me mandando mensagem — anuncia Jules. — Ligo pra você depois que conseguir encontrar um arrombador de cofres, ok?

— Aposto que você nunca imaginou que diria essas palavras.

Ela ri.

— Nem brinca.

Eu me despeço dela e me viro para Bailey.

— Era a Jules — digo. — Pedi para ela checar uma coisa lá em casa.

Ela assente e não pergunta se tenho alguma novidade sobre o pai dela. Bailey sabe que eu contaria se tivesse.

— Algum progresso? — pergunto.

— Estou no "H". Nada ainda.

— "H" já é um progresso.

— Sim. A não ser que ele não esteja na lista.

Meu celular toca de novo. Acho que é Jules ligando de volta, mas não reconheço o número — o código de área é do Texas.

— Quem é? — pergunta Bailey.

Balanço a cabeça, indicando que não sei. Então, atendo. A mulher do outro lado da linha já está falando comigo. Está no meio de uma frase que, aparentemente, achou que eu já estava ouvindo.

— Amistosos — diz. — Devíamos ter contado com eles também. Com os jogos amistosos.

— Quem está falando?

— Aqui é Elenor McGovern — anuncia ela. — Da igreja episcopal. Acho que talvez eu tenha uma resposta sobre o casamento a que sua enteada compareceu. Sophie, que é nossa paroquiana há bastante tempo, tem um filho que joga futebol pela Universidade do Texas. Ela nunca perde um jogo. Como Sophie esteve aqui mais cedo, ajudando com o café da manhã dos novos membros, me ocorreu que ela talvez fosse a pessoa certa a quem recorrer caso eu tivesse esquecido alguma coisa. E ela me dissc que, durante o verão, o Longhorns participa de uma série de amistosos com outros times.

Sinto que parei de respirar.

— E eles também são disputados no estádio? — pergunto. — Como os jogos da temporada regular?

— Isso mesmo. Normalmente com bastante público. As pessoas torcem como se o jogo estivesse mesmo valendo pontos no campeonato — explica ela. — Como não sou muito fã de futebol, não pensei nisso, a princípio.

— Mas você pensou em perguntar a ela, o que já é fantástico — digo.

— Bem, talvez. Mas a próxima informação sem dúvida é. Conferi as datas dos amistosos durante o período em que estávamos abertos. Tivemos um casamento que bate com a data do último jogo da temporada de 2008. Um casamento a que sua enteada poderia ter comparecido. Você tem uma caneta? É melhor anotar isso.

Elenor está orgulhosa de si mesma, e com razão. Ela talvez tenha encontrado uma conexão, o motivo para Owen estar em Austin naquele fim de semana, tanto tempo depois da formatura. E um motivo para Bailey ter vindo com ele.

— Estou anotando — digo.

— Foi o casamento de Reyes e Smith — informa ela. — Tenho todas as informações a respeito aqui comigo. A cerimônia aconteceu ao meio-dia. E a recepção foi realizada fora da igreja. Não está especificado onde.

— Elenor, isso é incrível. Eu nem sei como te agradecer.

— De nada — diz ela.

Estendo a mão até o lugar de Bailey para pegar as folhas com os nomes da turma de Cookman. Não tem nenhum Reyes. Mas tem uma Smith. Katherine. Katherine Smith. Aponto para o nome dela e Bailey começa a digitar rapidamente, pesquisando no índice do anuário. SMITH, KATHERINE aparece. Dez entradas com o nome dela.

Talvez eles fossem amigos — ou talvez ela tenha sido a namorada de Owen, aquela de que o professor Cookman se lembrava. E Owen estava na cidade para o casamento dessa Katherine. Ele pode ter voltado com a família para comemorar com a antiga amiga. Se eu conseguir encontrá-la, talvez ela possa explicar quem Owen era.

— O primeiro nome dela era Katherine, Elenor?

— Não, não era Katherine. Deixa eu conferir. O primeiro nome da noiva era Andrea — corrige Elenor. — E... sim, aqui. Andrea Reyes e Charlie Smith.

É desanimador a noiva não ser a própria Katherine, mas talvez ela seja parente desse Charlie. Essa sem dúvida poderia ser a ligação. Mas antes que eu possa dizer isso para Bailey, ela entra em uma página que mostra a sociedade de debate e a presidente Katherine "Kate" Smith.

A foto aparece na tela.

É uma imagem da equipe de debate inteira. Eles estão sentados em banquetas em um barzinho de aparência clássica, mais parecido com um bar elegante do que com um pub tradicional: vigas de madeira, uma longa parede de tijolos, garrafas de bourbon enfileiradas como presentes. A luz das luminárias na parte superior do bar reflete nessas garrafas e ilumina os vinhos escuros acima delas.

Na legenda abaixo da foto lê-se: A PRESIDENTE DA EQUIPE DE DEBATE, KATHERINE SMITH, COMEMORA A VITÓRIA NO CAMPEONATO ESTADUAL NO BAR DE SUA FAMÍLIA, O "THE NEVER DRY", COM OS COLEGAS DE EQUIPE DA (E) PARA A (D)...

— Caramba! — exclama Bailey. — Esse pode ser o bar. Onde foi a festa do casamento.

— Do que você está falando?

— Eu não disse nada, mas ontem à noite, quando a gente estava no Magnolia Cafe e você estava me fazendo todas aquelas perguntas, eu me lembrei de ter estado em um bar por causa do casamento — explica ela. — Na verdade, parecia mais um restaurante pequeno. Mas então me dei conta de que já estava tarde e eu devia estar só tentando encontrar alguma coisa... qualquer coisa... então, deixei pra lá. Nem comentei nada. Mas esse lugar da foto, esse The Never Dry, parece o bar de que eu me lembrei.

Cubro o microfone do celular e olho para Bailey, que está apontando agitada para a foto, parecendo incrédula. Ela aponta para um toca-discos no canto, o que é uma prova esquisita.

— Estou falando sério — reforça Bailey. — Foi nesse bar. Estou reconhecendo.

— Há um milhão de bares que se parecem com esse.

— Eu sei. Mas há duas coisas de que me lembro sobre Austin — insiste ela. — E esse bar é uma delas.

Nesse momento, Bailey amplia a foto. Os rostos da equipe de debate ficam menos borrados, e o rosto de Katherine ganha mais nitidez. Fica mais fácil de ver.

Nós duas caímos em um silêncio. O bar já não importa mais. De certa forma, nem mesmo Owen importa. Só o que importa é esse rosto.

Não é a foto de alguém parecida com a mulher que conheço como mãe de Bailey — com a mulher que, mais importante ainda, Bailey acredita ser sua mãe. Olivia. A Olivia de cabelo ruivo e sardas de menina. A Olivia que se parece um pouco comigo.

Mas a mulher que olha para nós — Katherine "Kate" Smith — se parece com Bailey. Ela é a cara da Bailey. Tem o mesmo cabelo escuro. As mesmas bochechas cheias. E, o que é ainda mais impressionante, os mesmos olhos intensos — mais críticos do que doces.

Essa mulher que está olhando para nós... poderia ser Bailey.

Bailey desliga subitamente o monitor, como se olhar para aquilo fosse demais para ela. Olhar para aquela foto, para um rosto tão parecido com o dela. Bailey me encara, como se quisesse saber o que vou fazer agora.

— Você conhece ela? — pergunta.

— Não — respondo. — E você?

— Não. Não sei — gagueja ela. — Não!

— Alô? — chama Elenor. — Você ainda está aí?

Mantenho a mão no microfone, mas Bailey consegue ouvir a voz dela. Consegue ouvir as perguntas que Elenor faz em uma voz aguda. Isso a deixa ainda mais tensa do que já estava. Seus ombros estão tensos. Ela leva as mãos ao cabelo e o coloca atrás da orelha.

Não me sinto orgulhosa do que vou fazer. Mas desligo na cara de Elenor.

Então me volto para Bailey.

— Precisamos ir até lá agora mesmo — anuncia ela. — Preciso ir até esse bar... a esse The Never Dry...

Ela já está de pé. Já está recolhendo suas coisas.

— Bailey — chamo. — Eu sei que você está chateada, sei disso. Eu também estou.

Ainda não estamos dizendo, não em voz alta, quem achamos que Katherine Smith pode ser — quem Bailey ao mesmo tempo teme e espera que ela seja.

— Vamos só conversar sobre isso um instantinho — peço. — Acho que o melhor jeito de chegar ao fundo de toda essa história é continuar conferindo a lista dos alunos da turma do Cookman. Estamos há no máximo quarenta e seis homens de conseguir uma resposta sobre quem seu pai era quando estudou aqui.

— Talvez sim. Talvez não.

— Bailey... — tento.

Ela balança a cabeça. E não se senta de novo.

— Deixa eu dizer isso de outro jeito — começa. — Estou indo pra esse bar agora. Você pode vir comigo ou pode me deixar ir sozinha.

Ela fica parada, esperando. Não sai tempestuosamente. Fica esperando para ver o que vou fazer. Como se eu tivesse escolha.

— É óbvio que vou com você — declaro.

Então me levanto. E caminhamos juntas em direção à porta.

O The Never Dry

No táxi, a caminho do The Never Dry, Bailey morde o lábio inferior sem parar — quase como um tique nervoso que ela desenvolveu de repente, os olhos disparando de um lado para o outro, frenéticos e apavorados.

Escuto as perguntas que ela não está me fazendo em voz alta e não quero pressioná-la. Mas também não consigo simplesmente ficar sentada aqui e vê-la sofrer, por isso pesquiso desesperadamente no celular por Katherine "Kate" Smith, por Charlie Smith — por qualquer coisa que eu possa dizer a Bailey, qualquer informação nova que eu possa oferecer, para tentar acalmá-la.

Mas acabo encontrando resultados demais. Smith é um sobrenome muito comum, mesmo quando filtro a pesquisa (Universidade do Texas-Austin, nativos de Austin, campeã de debate). Há centenas de entradas e imagens — nenhuma para a Katherine que vimos na biblioteca.

É então que tenho uma ideia. Coloco Andrea Reyes na busca, junto com Charlie Smith, e finalmente descubro alguma coisa que pode nos ajudar. Aparece um perfil do

Facebook para o Charlie Smith certo. Ele se formou em História da Arte, em 2002, pela Universidade do Texas, em Austin, seguido por dois semestres na Faculdade de Arquitetura e um estágio em uma empresa de paisagismo no centro de Austin.

Nada no currículo depois disso.

Nenhuma atualização de status ou fotos desde 2009.

Mas a página diz que a esposa dele é Andrea Reyes.

— Chegamos — anuncia Bailey.

Ela aponta pela janela do carro para uma porta azul cercada por trepadeiras. É até difícil de ver, mas há um THE NEVER DRY gravado em uma plaquinha dourada. Ali está, ocupando calmamente a esquina da West Sixth Street, com um café de um lado e um beco do outro.

Saltamos do táxi e, quando me viro para pagar ao motorista, me dou conta de que dá para ver nosso hotel do outro lado do lago Lady Bird. Sinto uma vontade estranha de desistir da visita, de voltar para o hotel.

Então, Bailey faz menção de abrir a porta azul.

E, nesse momento, acontece uma coisa que nunca aconteceu antes. Instinto materno, talvez. Seguro Bailey pelo braço antes de me dar conta do que estou fazendo.

— O que foi? — pergunta ela.

— Você espera aqui.

— O quê? — se rebela Bailey. — De jeito nenhum.

Começo a pensar rápido, já que a verdade que me ocorre parece impossível de dizer em voz alta. *E se entrarmos lá e virmos aquela mulher? Katherine Smith. E se seu pai tirou você dela? E se ela tentar tirar você de mim?* Mas o fato é que esses questionamentos parecem reais o bastante para que tenham sido a primeira coisa que me ocorre.

— Não quero você aí dentro — afirmo. — As pessoas nesse bar vão se sentir mais inclinadas a responder as minhas perguntas se você não estiver junto.

— Isso não me convenceu, Hannah — retruca Bailey.

— Tá certo, que tal isso, então? — continuo. — Não sabemos de quem é esse bar. Não sabemos quem são essas pessoas ou se elas são perigosas. Só sabemos que cada vez parece mais possível que seu pai tenha tirado você daqui e, conhecendo Owen, se ele fez isso, foi porque devia estar tentando proteger você de alguma coisa. Devia estar tentando proteger você de *alguém*. Você não pode entrar aí até eu saber mais sobre esse lugar.

Bailey fica em silêncio. Ela me encara com tristeza, mas continua calada.

Aponto para o café ao lado. Parece tranquilo, quase vazio, depois da agitação da tarde.

— Entra nesse café e pede uma fatia de torta, tá certo?

— Não estou com a menor vontade de comer torta — retruca ela.

— Então pede uma xícara de café e continua trabalhando na lista do professor Cookman. Tenta ver se consegue descobrir o paradeiro de mais alguém. A gente ainda tem muitos nomes pela frente.

— Não estou gostando nada desse plano — reclama Bailey.

Pego a lista na minha bolsa e a entrego a ela.

— Vou até o café buscar você quando estiver tudo resolvido aqui.

— Resolvido como? Por que você não me diz logo? — pergunta ela. — Por que não diz logo quem você acha que está aí dentro?

— Provavelmente pelo mesmo motivo que você também não está pronta pra dizer, Bailey.

Isso a faz parar de discutir e assentir, concordando.

Ela pega a lista da minha mão e se vira para o café.

— Não demora muito, tá? — pede Bailey.

Então, ela entra no café.

Solto um suspiro de alívio. Abro a porta azul do The Never Dry. Há uma escada em caracol na entrada. Subo e me vejo em um corredor iluminado por velas, diante de uma segunda porta azul, que também está destrancada.

Entro em um bar pequeno. Vazio. Há vigas de bordo no teto, um balcão de mogno, poltronas aveludadas em torno de mesinhas de bar. Não parece um bar de cidade universitária. A porta escondida, o ambiente intimista. Parece mais um bar clandestino — escondido, sexy, reservado.

Não vejo ninguém atrás do balcão. A única indicação de que há alguém no lugar são as velas acesas nas mesinhas e Billie Holiday tocando em uma vitrola antiga.

Ando até o balcão, observando as prateleiras atrás dele. Estão cheias de bebidas escuras e fortes — há ainda uma prateleira dedicada a fotos em molduras de prata pesadas, e também alguns recortes de jornais. Kate Smith aparece em vários deles, geralmente com o mesmo cara magro e de cabelo escuro. Que não é Owen. É alguém que não Owen. Também há várias fotos do cara de cabelo escuro sozinho. Eu me inclino sobre o balcão para tentar ler o que diz um dos recortes de jornal que inclui uma foto de Kate de vestido longo, com o cara magro usando um smoking. Há um casal mais velho com eles. Começo a ler os nomes na legenda da foto. Meredith Smith, Kate Smith. Charlie Smith...

Então, ouço passos.

— Oi.

Eu me viro e dou de cara com Charlie Smith. O cara magro das fotos. Ele está usando uma camisa social impecável e segurando uma caixa de champanhe. Parece mais velho do que nas fotografias emolduradas. Menos esguio. Seu cabelo escuro está ficando grisalho, a pele mais enrugada, mas sem dúvida é ele. Seja lá quem ele for para Bailey. Seja lá quem Bailey for para Kate.

— Ainda não abrimos — avisa Charlie. — Normalmente, só começamos a servir depois das seis...

Aponto de volta na direção de onde vim.

— Desculpa ter entrado assim, mas a porta estava destrancada — digo. — Não tive a intenção de invadir.

— Sem problema, pode se sentar no bar e dar uma olhada no cardápio de bebidas — sugere ele. — Só preciso resolver mais algumas coisas.

— Parece ótimo — aceito.

Ele pousa o champanhe no balcão e me dá um sorriso gentil. Eu me forço a sorrir também. Não é fácil estar diante de um estranho que tem tantos traços em comum com Bailey — o sorriso que Charlie me dirige também é o sorriso de Bailey, aberto, com a mesma covinha.

Eu me acomodo em um banquinho enquanto ele vai para trás do balcão e começa a tirar o champanhe da caixa.

— Posso te fazer uma pergunta rápida? Sou nova em Austin e acho que estou meio perdida. Estou procurando pelo campus. Consigo ir andando daqui até lá?

— Sim, se você tiver pelo menos quarenta e cinco minutos de sobra. Acho que é mais fácil pegar logo um Uber, se estiver com pressa — aconselha ele. — Para onde exatamente você quer ir?

Eu me lembro do perfil dele e do que acabei de descobrir a seu respeito.

— Para a Faculdade de Arquitetura — respondo.

— Sério? — fala ele.

Não sou uma boa atriz, portanto tentar parecer casual enquanto conto essa mentira é forçar um pouco a barra. Mas vale a pena. Charlie se mostra subitamente interessado, como eu já esperava que acontecesse. Charlie Smith: quase quarenta anos, quase arquiteto, casado com Andrea Reyes. Casado com Andrea em uma cerimônia a que Bailey e Owen compareceram.

— Eu fiz algumas matérias na Faculdade de Arquitetura — conta ele.

— Mundo pequeno — comento. Olho ao redor para tentar acalmar meu coração acelerado, para tentar me concentrar. — Foi você que projetou esse lugar? É lindo.

— Infelizmente não posso levar todo esse crédito. Fiz uma pequena reforma quando assumi. Mas mantive a estrutura.

Ele termina de guardar o champanhe e se debruça sobre o balcão.

— Você é arquiteta? — pergunta.

— Paisagista. E estou concorrendo a uma vaga de professora — respondo. — É só um trabalho temporário, para cobrir uma licença-maternidade. Mas me convidaram para jantar com alguns professores, então estou esperançosa.

— Que tal um pouco de coragem líquida? — propõe ele. — O que você quer beber?

— Você escolhe — digo.

— Isso é perigoso — brinca Charlie. — Ainda mais quando estou com tempo para preparar.

Charlie se vira e examina as possibilidades. Então, pega uma garrafa de um lote exclusivo de bourbon. Observo enquanto ele prepara um copo de martíni com gelo, angostura e açúcar. Em seguida, derrama o precioso bourbon bem devagar. E finaliza com uma rodela de casca de laranja.

Charlie desliza a bebida na minha direção.

— A especialidade da casa — anuncia ele. — Um bourbon à moda antiga.

— Isso está bonito demais pra beber — comento.

— Meu avô costumava fazer a própria angostura. Agora, na maioria das vezes sou eu que faço. Não sou tão bom, mas ainda assim faz toda a diferença.

Tomo um gole da bebida, que é suave, gelada e forte. E sobe direto para minha cabeça.

— Isso quer dizer que o bar é da sua família?

— Sim, meu avô era o proprietário original — responde Charlie. — Ele queria um lugar para jogar cartas com os amigos.

Ele aponta para uma mesa no canto, com banco de veludo e uma placa de RESERVADO. Há várias fotos em preto e branco na parede acima da mesa — incluindo uma grande, de um grupo de rapazes sentados naquele mesmo espaço.

— Meu avô passou cinquenta anos atrás do bar antes que eu assumisse.

— Nossa — digo. — Que incrível. E o seu pai?

— O que tem ele? — pergunta Charlie.

Percebo como ele fica desconfortável com a menção ao pai.

— Só achei curioso que vocês tenham pulado uma geração... — respondo. — Ele se interessava pelo negócio?

A expressão de Charlie relaxa quando parece se dar conta de que minha pergunta é bastante inofensiva.

— Não, não tinha mesmo nada a ver com ele. Esse lugar era do pai da minha mãe, e ela definitivamente não estava interessada... — Ele dá de ombros. — E eu queria o trabalho. Minha esposa, ou ex-esposa agora, tinha acabado de descobrir que estava grávida de gêmeos, então meus dias de estudante precisavam acabar.

Forço uma risada, tentando não demonstrar meu espanto diante do fato de que ele tem filhos. No plural. Tento imaginar um jeito de levar essa conversa na direção da esposa dele, do casamento. Na direção de onde preciso ir. Na direção de Kate.

— Talvez seja por isso que você me parece familiar — comento. — Vai parecer loucura, mas acho que nos conhecemos há muito tempo.

Ele inclina a cabeça e sorri.

— É mesmo?

— Não, estou querendo dizer que... Acho que eu estive aqui, no bar, quando eu estava na faculdade.

— Então... é o The Never Dry que você está achando familiar?

— Acho que é mais isso, sim — concordo. — Eu estava na cidade com uma amiga, para um concurso de molhos picantes. Ela estava fotografando o evento para um jornal local...

Sei que quanto mais fatos verdadeiros eu conseguir reunir, melhor.

— E tenho certeza de que viemos aqui naquele fim de semana. Esse lugar não se parece com muitos outros bares em Austin.

— Sem dúvida é possível... o festival acontece razoavelmente perto daqui. — Ele se vira e pega uma garrafa de molho picante Shonky Sauce Co. da prateleira. — Esse foi um dos vencedores de 2019. Eu o uso para fazer um Bloody Mary interessante...

— Isso me parece uma promessa — digo.

— Não é para os fracos de coração, pode ter certeza — alerta Charlie.

Ele ri, e eu tomo coragem para o que estou prestes a fazer.

— Se me lembro bem deste lugar, a atendente que trabalhava naquela noite era um amor. Ela nos deu um monte de dicas de lugares para comer. Eu me lembro dela. Cabelo comprido e escuro. Ela se parecia muito com você, na verdade.

— Você tem uma memória e tanto — comenta ele.

— Posso estar tendo uma ajudinha.

Gesticulo para a prateleira cheia de fotos em porta-retratos prateados. E aponto especificamente para uma em que Kate está olhando para mim.

— Talvez tenha sido ela — arrisco.

Charlie acompanha meu olhar na direção da foto de Kate e balança a cabeça.

— Não, não é possível — fala.

Ele começa a limpar o balcão, agora com a expressão fechada. Esse é o momento em que eu deveria desistir — é quando eu normalmente desistiria —, se não precisasse da ajuda dele para saber quem é Kate Smith.

— Que estranho. Eu poderia jurar que era ela. Vocês são parentes? — pergunto.

Ele olha para mim, o olhar antes cauteloso agora irritado.

— Você faz muitas perguntas — acusa Charlie.

— Eu sei. Desculpa. Você não precisa responder — digo. — É um péssimo hábito.

— Fazer perguntas demais?

— Achar que as pessoas querem responder.

A expressão dele se suaviza.

— Não, tudo bem — diz. — Ela é minha irmã. É um assunto meio sensível porque ela não está mais com a gente…

Irmã dele. Ele disse que ela era irmã dele. E que ela não está mais com eles. Isso me abala. Se essa for a mãe de Bailey, é uma perda para a filha. Bailey passou a vida achando que a mãe estava morta, mas, se isso for verdade, vai ser como perdê-la de um jeito totalmente novo. Bailey a terá perdido logo depois de encontrá-la. Por isso o que digo a seguir sai tão sincero.

— Lamento muito ouvir isso. De verdade.

— Sim… — concorda ele. — Eu também.

Não quero pressioná-lo ainda mais sobre Kate, não agora. Posso procurar o atestado de óbito quando sair daqui. Posso checar com outra pessoa para saber mais.

Começo a me levantar, mas Charlie examina a prateleira até encontrar uma foto específica. É uma foto dele mesmo com uma mulher de cabelo escuro e dois meninos, ambos usando camisetas do Texas Rangers.

— Talvez tenha sido minha ex-esposa, Andrea — sugere. — Que você conheceu, quero dizer. Ela trabalhou aqui durante anos. Quando eu estava na faculdade, ela fazia mais turnos do que eu.

Ele me entrega o porta-retratos. Examino com atenção a foto daquela bela família olhando para mim, a agora ex-esposa com um lindo sorriso para a câmera.

— Provavelmente era ela — concluo. — É estranho, né? Não consigo me lembrar de onde coloquei a chave do meu quarto do hotel, mas acho que me lembro do rosto dela... — Continuo segurando a foto. — Seus filhos são uma graça.

— Obrigado. São bons garotos. Mas preciso colocar algumas fotos mais recentes aqui. Eles tinham cinco anos nessa — comenta ele. — Agora têm onze, o que, como eles mesmos diriam a você, é praticamente a idade para votar.

Onze anos. A informação me faz parar para pensar. Onze anos bate, quase que exatamente, com a data em que ele e Andrea se casaram. Se Andrea tivesse engravidado pouco antes ou logo depois do casamento.

— Eles me manipulam um pouco agora, desde o divórcio. Acham que vou ceder a tudo o que querem para ser o pai legal... — Charlie ri. — E acabam tendo razão com mais frequência do que deveriam.

— Provavelmente isso não tem problema — comento.

— É. — Ele dá de ombros. — Você tem filhos?

— Ainda não — comento. — Ainda estou procurando o cara certo.

Isso é mais verdade do que eu gostaria que fosse. E Charlie sorri para mim, talvez se perguntando se deve encarar minha declaração como um convite. Sei que esse é o momento de fazer a pergunta para a qual mais preciso de uma resposta.

Hesito enquanto penso em como fazer isso.

— Eu preciso ir, mas talvez volte se o jantar terminar cedo.

— Faça isso — convida Charlie. — Volte, vamos comemorar.

— Ou lamentar.

Ele sorri.

— Ou isso.

Eu me levanto, como se estivesse prestes a sair, o coração parecendo que vai saltar do peito.

— Sabe... tenho uma pergunta meio bizarra pra fazer. Tudo bem se eu perguntar a você? Antes de ir embora? É que já percebi que você conhece um monte de gente daqui.

— Gente demais — confirma ele. — O que você precisa saber?

— Estou tentando encontrar um cara. Minha amiga e eu o conhecemos quando estivemos aqui daquela vez... uma vida atrás. Ele morava em Austin, provavelmente ainda mora. E minha amiga ficou muito interessada nele.

Charlie me olha, intrigado.

— Certo...

— Enfim, ela está passando por um divórcio horrível e esse cara nunca saiu da cabeça dela. Parece absurdo, mas como vim para cá, pensei em tentar encontrá-lo. Seria legal poder fazer isso por ela. Eles tiveram mesmo uma conexão. Um milhão de anos atrás, mas conexões de verdade são difíceis de encontrar...

— Você sabe o nome dele? — pergunta Charlie. — Não que eu seja muito bom com nomes.

— E com rostos? — tento.

— Sou muito bom para lembrar de rostos — afirma ele.

Pego o celular no bolso e abro a foto de Owen. É a mesma que mostramos ao professor Cookman — a que estava no celular de Bailey e que pedi que ela me enviasse por mensagem. O rosto de Bailey está coberto pelas flores e Owen sorri, feliz.

Charlie olha para a foto.

Tudo acontece muito rápido. Ele joga meu celular com força em cima do balcão e, quando me dou conta, está com o rosto a centímetros do meu. Não chega a encostar em mim, mas está o mais próximo possível.

— Você acha isso engraçado? — esbraveja. — Quem é você?

Balanço a cabeça, assustada.

— Quem mandou você? — insiste Charlie.

— Ninguém.

Eu recuo e me encosto contra a parede, e ele se aproxima de mim — o rosto colado ao meu, nossos ombros quase se tocando.

— É com minha família que você está mexendo — diz. — Quem mandou você aqui?

— Sai de cima dela!

Olho para a porta e vejo Bailey parada ali. Ela está segurando a lista da turma da faculdade em uma das mãos e uma xícara de café na outra.

Parece assustada. Mas, mais do que isso, parece furiosa, como se estivesse prestes a jogar uma banqueta em cima de Charlie, se fosse preciso.

Ele parece ter visto um fantasma.

— Cacete.

Charlie se afasta de mim lentamente. Eu respiro fundo algumas vezes, enquanto meu coração volta a bater no ritmo normal.

Estamos todos congelados em posições esquisitas. Bailey e Charlie se encaram, e eu me afasto da parede. Não há mais de meio metro entre qualquer um de nós, mas ninguém se move. Nem para se aproximar, nem para se afastar. De repente, Charlie começa a chorar.

— Kristin? — diz.

Ouvi-lo chamar Bailey por um nome, mesmo um que não reconheço, me faz prender a respiração.

— Meu nome não é Kristin — murmura ela.

Bailey balança a cabeça, a voz falhando. Eu me abaixo e pego meu celular, que caiu no chão, a tela rachada. Mas está funcionando. Ainda está funcionando. Eu poderia ligar para a polícia. Poderia pedir socorro. Chego devagar para trás, na direção de Bailey.

Proteja ela.

Charlie levanta as mãos em sinal de rendição quando alcanço Bailey, a porta azul logo atrás de nós. A escada e o mundo exterior pouco mais além.

— Escuta, sinto muito por isso. Eu posso explicar. Se puderem se sentar — pede ele. — Só um minuto. Podem fazer isso? Sentem, por favor. Eu gostaria de conversar, se vocês deixarem.

Charlie aponta para uma mesa onde todos podemos nos sentar. E se afasta de nós, como se nos desse escolha. Posso ver que ele está falando sério — vejo nos seus olhos. Ele parece mais triste do que irritado.

Mas seu rosto ainda está vermelho, e eu não confio na raiva que vi, no medo. De onde quer que tenha vindo aquilo, não posso permitir que Bailey fique perto desse cara, não até que eu entenda o envolvimento dele em tudo isso. Não até que eu tenha certeza do que já desconfio que ele seja de Bailey.

Então eu me volto para ela. Eu me viro para Bailey, seguro com força as costas da blusa dela e puxo-a em direção à porta.

— Vem! — chamo. — Agora!

E, como se isso fosse o tipo de coisa que estamos acostumadas a fazer, descemos a escada correndo, juntas, e saímos para as ruas de Austin, nos afastando de Charlie Smith.

Cuidado com o que deseja

Descemos a Congress Avenue às pressas.

Estou tentando voltar para nosso quarto do outro lado da ponte. Preciso chegar com Bailey a algum lugar privado onde a gente possa recolher nossas coisas e descobrir a forma mais rápida de sair de Austin.

— O que aconteceu lá? — pergunta Bailey. — Ele ia te machucar?

— Não sei — respondo. — Acho que não.

Coloco uma das mãos nas costas dela, enquanto abrimos caminho pelas ruas cheias do pós-expediente — casais, grupos de universitários, um passeador de cachorro lidando com uma dezena de animais. Ando ao lado de Bailey, na esperança de tornar mais difícil para Charlie nos seguir — caso ele esteja tentando fazer isso —, aquele homem que ficou com tanta raiva que explodiu quando viu uma foto de Owen.

— Mais rápido, Bailey.

— Estou indo o mais rápido que consigo — reclama ela. — O que você quer que eu faça? A rua tá muito cheia.

Ela não está errada. Em vez de diminuir conforme nos aproximamos da ponte, a multidão parece aumentar, todos querendo ocupar a calçada estreita.

Viro para trás para me certificar de que Charlie não está nos seguindo. E é quando eu o vejo, vários quarteirões atrás de nós. Charlie. Está se movendo depressa, embora ainda não tenha nos visto, e olha para a direita e para a esquerda.

A Congress Avenue Bridge está bem à nossa frente. Seguro Bailey pelo cotovelo e começamos a atravessá-la. Mas o tráfego de pedestres é lento, para dizer o mínimo, e a calçada na lateral da ponte está lotada. Isso é bom, porque assim fica mais fácil nos perdermos no meio de tanta gente, mas o problema é que todo mundo parece ter parado de andar. Quase todos na ponte estão parados, muitos olhando para o lago abaixo.

— Essas pessoas esqueceram como é que se anda? — resmunga Bailey.

Um cara com uma camisa havaiana e uma câmera grande — um turista, é meu palpite — se vira e sorri para nós, aparentemente achando que a pergunta de Bailey foi dirigida a ele.

— Estamos esperando os morcegos — explica.

— Morcegos? — repete Bailey.

— Isso. Os morcegos. Eles se alimentam todas as noites bem aqui, agora.

É quando ouvimos:

— LÁ VÊM ELES!

E, em uma nuvem radiante, centenas e mais centenas de morcegos saem voando de debaixo da ponte em direção ao céu. A multidão aplaude enquanto os animais se movem em uma formação parecida com um laço — uma revoada enorme e orquestrada.

Se Charlie ainda está atrás de nós, não consigo vê-lo. Ele se foi. Ou nós nos perdemos mesmo na multidão, apenas mais duas entre tantas pessoas assistindo animadas aos morcegos alçarem voo em uma bela noite em Austin.

Olho para o céu tomado de morcegos que se movem como se estivessem dançando. Todos aplaudem enquanto eles desaparecem na noite.

O cara de camisa havaiana aponta a câmera para o céu e tira fotos à medida que os morcegos se afastam.

Passo por ele e faço um sinal para Bailey me acompanhar.

— Temos que ir. Antes que a gente fique presa aqui.

Bailey acelera o passo. Atravessamos a ponte e começamos a correr. Não paramos até virarmos na longa entrada de carros do nosso hotel. Não paramos até estarmos na frente da construção, os porteiros segurando a porta aberta.

— Espera só um pouquinho — pede Bailey. — A gente precisa parar só um segundo.

Ela apoia as mãos nos joelhos para recuperar o fôlego. Não quero parar. Estamos tão perto de chegar à segurança do saguão do hotel, tão perto da privacidade do nosso quartinho.

— E se eu disser que me lembro dele? — diz ela.

Olho para os porteiros, que conversam entre si. Tento encontrar seus olhos, fazer com que se concentrem em nós, como se tivessem o poder de nos manter a salvo.

— E se eu disser que conheço aquele cara, Charlie Smith?

— Você conhece?

— Eu me lembro de ser chamada por aquele nome. Kristin. Quando o ouvi me chamar assim, de repente me lembrei. Como posso ter esquecido uma coisa dessas? Como é possível?

— A gente esquece várias coisas quando ninguém nos ajuda a lembrar — respondo.

Bailey fica quieta. Em silêncio. Então ela fala. As palavras que nós duas evitamos dizer em voz alta até agora.

— Você acha que aquela mulher, Kate, é minha mãe, não acha?

Ela faz uma pausa quando pronuncia a palavra *mãe*, como se queimasse.

— Acho. Posso estar errada, mas acho.

— Por que meu pai mentiria sobre quem é minha mãe?

Os olhos dela encontram os meus. Nem tento responder. Não tenho uma boa resposta para dar a ela.

— Só não sei em quem devo confiar nessa história — volta a falar Bailey.

— Em mim — digo. — Só em mim.

Ela morde o lábio, como se acreditasse nisso, ou pelo menos como se estivesse começando a acreditar em mim — que é mais do que eu poderia esperar nesse momento.

Porque não se pode simplesmente dizer às pessoas para confiarem em você. É preciso mostrar a elas que podem fazer isso. E ainda não tive tempo suficiente.

Os porteiros estão olhando para nós. Não tenho certeza de que estão nos ouvindo, mas estão olhando. Sinto isso. Assim como sinto que preciso tirar Bailey daqui. De Austin. Imediatamente.

— Vem comigo — peço.

Bailey não questiona. Passamos pelos porteiros, entramos no saguão do hotel e seguimos em direção ao elevador.

Mas, quando entramos, um homem entra também — um rapaz que acho que está olhando para Bailey de um jeito estranho. Ele usa um colete de lã cinza e tem vários piercings nas orelhas. Sei que é paranoia da minha parte achar que o cara está nos seguindo. Sei disso. Ele provavelmente só está olhando para Bailey porque ela é bonita.

Mas não estou disposta a correr esse risco, por isso saio com ela do elevador e sigo na direção da escada dos fundos, com o coração batendo forte. Abro a porta e aponto para a escada.

— Por aqui — oriento.

— Aonde a gente vai? — pergunta Bailey. — Nosso quarto é no oitavo andar.

— Agradeça por não ser no vigésimo.

Dezoito meses antes

— Mais alguma coisa que eu deva saber? — perguntei. — Antes de esse avião decolar?

— Estamos falando metaforicamente ou de verdade? Tipo... em relação à mecânica do avião? Porque eu fiz um trabalho rápido para a Boeing quando cheguei em Seattle.

Estávamos no voo de Nova York para São Francisco, com uma passagem só de ida para mim. A The Shop tinha garantido passagens na primeira classe para nós dois, porque Owen estava em Nova York a trabalho, fazendo os preparativos para o processo de abertura de capital da empresa. Ele tinha estendido a viagem pelo motivo inicial que o fez planejar estar na cidade naquela semana — me ajudar com a mudança.

Tínhamos passado os últimos dias fechando meu apartamento e meu ateliê. E, quando pousássemos, eu me mudaria para a casa dele. Dele e de Bailey. Que também se tornaria a minha casa. E, em breve, eu seria esposa dele.

— Estou perguntando o que você não me contou. A seu respeito.

— Enquanto você ainda pode sair do avião? Ainda não começamos a andar pela pista. Provavelmente ainda dá tempo...

Ele apertou minha mão, tentando amenizar minha tensão. Mas eu ainda estava nervosa. De repente, estava muito nervosa.

— O que você quer saber? — perguntou Owen.

— Me fala sobre a Olivia — pedi.

— Eu já falei muito sobre a Olivia — retrucou ele.

— Na verdade, não falou, não. Tenho a sensação de que só sei o básico. Namorada desde a época da faculdade, professora. Nascida e criada na Geórgia.

Não acrescentei o resto... que ele a perdera em um acidente de carro. E que não tinha se envolvido de verdade com mais ninguém desde então.

— Agora que vou entrar na vida da Bailey, de um jeito sério, quero saber mais sobre a mãe dela.

Owen inclinou a cabeça, como se estivesse tentando descobrir por onde começar.

— Quando Bailey era bebê, nós viajamos para Los Angeles. Foi no fim de semana em que um tigre escapou do zoológico de lá. Um tigre jovem que estava no zoológico tinha apenas um ano, mais ou menos. Ele não escapou só da jaula, mas do zoológico em si. E acabou no quintal de uma família em Los Feliz. O tigre não machucou ninguém, só se acomodou embaixo de uma árvore e tirou uma soneca. Olivia ficou obcecada por essa história, e provavelmente por isso acabou descobrindo o outro lado dela.

Eu sorri.

— E qual era o outro lado da história?

— A família em cujo quintal o tigre estava cochilando tinha ido ao zoológico apenas algumas semanas antes, e um dos dois filhos do casal ficou doido pelo bicho. O menino chorou quando teve que se afastar do tigre, não entendia por que eles não podiam levar o bicho pra casa. Como se explica que o tigre tenha acabado exatamente na casa desse menino? Coincidência? Foi isso que os zoólogos decidiram. A família morava bem perto do zoológico. Mas Olivia achou que isso servia como prova. De que às vezes encontramos o caminho para o lugar que mais nos quer.

— Adorei essa história.

— Você teria adorado a Olivia — disse Owen. Então ele sorriu e olhou pela janela do avião. — Não tinha como... não amá-la.

Apertei o ombro dele com carinho.

— Obrigada.

Ele se virou para mim.

— Está se sentindo melhor?

— Na verdade, não — respondi.

Ele riu.

— O que mais você quer saber?

Tentei pensar no que eu estava pedindo. Não era sobre Olivia. Não era nem sobre Bailey. Não exatamente, pelo menos.

— Eu acho que... Acho que preciso que você diga em voz alta — falei.

— Que eu diga o quê?

— Que a gente está fazendo a coisa certa.

Aquilo foi o mais perto que eu consegui chegar — a forma mais próxima de conseguir expressar o que realmente estava me preocupando. Eu não estava acostumada a fazer parte de uma família, não desde que tinha perdido meu avô. E eu e meu avô não parecíamos exatamente uma família. Éramos mais como uma dupla, desbravando o mundo, só eu e ele. O funeral dele foi a última vez em que vi minha mãe. As ligações dela no meu aniversário (ou em algum momento próximo do meu aniversário) passaram a ser nossa única forma de comunicação depois daquele momento.

Viver com Owen e Bailey seria diferente. Seria a primeira vez em que eu faria parte de uma família de verdade. Eu me sentia totalmente insegura, sem saber como fazer aquilo direito, como confiar em Owen, como mostrar a Bailey que ela podia confiar em mim.

— A gente está fazendo a coisa certa — declarou Owen. — A gente está fazendo a única coisa possível. Juro pra você que, no que me diz respeito, é assim que me sinto.

Eu assenti e me acalmei. Porque acreditei nele. E porque não estava realmente nervosa, pelo menos não em relação a Owen. Eu sabia o quanto o queria — o quanto queria estar com ele. Mesmo que eu não soubesse tudo sobre Owen ainda, sabia que ele era bom. Estava nervosa era com todo o resto.

Ele se inclinou e pousou os lábios contra minha testa.

— Eu não vou ser aquele babaca que diz que você vai ter que confiar em alguém em algum momento.

— Você vai ser o babaca que diz isso sem dizer?

O avião começou a dar ré, nos sacudindo no assento, antes de manobrar e começar a se dirigir lentamente para a pista de decolagem.

— É o que parece — falou Owen.

— Eu sei que posso confiar em você — afirmei. — Sei disso. Confio mais em você do que em qualquer outra pessoa.

Ele entrelaçou os dedos nos meus.

— Metaforicamente falando ou de verdade? — perguntou.

Eu olhei para nossos dedos, entrelaçados daquele jeito, bem no momento da decolagem. Fiquei olhando para eles, sendo reconfortada por aquilo.

— Torço para que seja a mesma coisa — respondi.

O advogado bom

Tranco a porta logo que entramos no nosso quarto do hotel.

Começo a olhar ao redor, para nossos pertences espalhados pelo chão, as malas abertas.

— Arruma suas coisas — digo. — Só joga tudo na mala, vamos sair daqui a cinco minutos.

— Pra onde a gente vai?

— Alugar um carro e voltar pra casa.

— Por que de carro? — pergunta Bailey.

Não quero dizer o que estou pensando. Que não quero nem ir até o aeroporto. Que tenho medo de que estejam procurando a gente lá. Quem quer que seja. Que não sei o que o pai dela fez, mas sei quem ele é. E que qualquer pessoa que reaja a Owen do jeito como Charlie reagiu é alguém em quem não podemos confiar. Alguém de quem precisamos fugir.

— E por que estamos indo embora agora? Agora que chegamos tão perto… — Ela faz uma pausa. — Não quero ir embora antes de a gente descobrir tudo.

— A gente vai descobrir, prometo, mas não aqui — insisto. — Não em um lugar onde você pode estar correndo perigo.

Ela começa a questionar, mas levanto a mão. Raramente digo a Bailey o que fazer, então sei que talvez não dê certo começar com isso agora. Mas não tenho opção. Ela precisa me ouvir. Porque temos que ir embora. Já deveríamos estar saindo daqui.

— Bailey — tento. — Não temos escolha. Deu tudo errado.

Bailey me encara, perplexa. Talvez esteja surpresa por eu falar a verdade, por não suavizar as coisas. Talvez só tenha cansado de tentar me convencer de que estou errada em querer voltar para casa. Não consigo decifrar a expressão em seu rosto. Mas ela assente e para de discutir, então decido considerar sua reação como uma vitória.

— Ok — diz. — Vou fazer as malas.

— Obrigada.

— Tá...

Bailey começa a guardar as roupas dela, e eu entro no banheiro e fecho a porta. Encaro meu rosto cansado no espelho. Meus olhos estão injetados e tensos, minha pele, pálida.

Jogo água no rosto e me obrigo a respirar fundo algumas vezes, tentando desacelerar os batimentos cardíacos — tentando desacelerar os pensamentos loucos que estão disparando pela minha mente, embora um deles mesmo assim surja. No que eu meti a gente vindo para cá?

O que eu sei? O que eu preciso saber?

Pego o celular no bolso. Corto o dedo na tela quebrada, os caquinhos de vidro entrando na minha pele. Encontro o contato de Jake e envio uma mensagem.

> Por favor, me retorna esta mensagem o mais rápido possível. Katherine "Kate" Smith. Esse é o nome de solteira dela. Irmão Charlie Smith. Austin, Texas. Confere também a data de nascimento da filha, que tem a idade da Bailey. Nome "Kristin". Austin, Texas. Procura a certidão de casamento e a certidão de óbito. Não vou estar acessível pelo celular.

Posiciono o celular embaixo do pé e me preparo para quebrá-lo. Mesmo que ele seja o único meio de Owen nos encontrar. Mas também é a única maneira de qualquer outra pessoa conseguir fazer isso. E, se minhas suspeitas estiverem certas, não quero que nos encontrem. Quero sair de Austin antes que isso aconteça. Quero ficar longe de Charlie Smith e de quem quer que esteja com ele.

Mas há algo me incomodando, algo de que quero me lembrar antes de nos desconectar do mundo. O que é? O que tenho a sensação de que deveria descobrir? Não é sobre Kate Smith, nem sobre Charlie Smith. É alguma outra coisa.

Pego o celular do chão, pesquiso novamente Katherine Smith e milhares de links surgem no Google para um nome tão comum. Alguns resultados parecem levar à Katherine certa, mas não: são sobre uma professora de história da arte que se formou na Universidade do Texas, em Austin; ou uma chef que nasceu e cresceu no lago Austin; ou uma atriz que se parece com a Kate que vi nas fotos do bar. Clico no link para a atriz e chego a uma foto dela de vestido longo.

É quando volta, em um estalo — o que estou tentando lembrar, o que me deixou encucada no The Never Dry.

Aquele recorte de jornal em que reparei quando cheguei ao bar.

O recorte incluía uma foto de Kate em um vestido longo. Kate de vestido, Charlie de smoking, com o casal mais velho ao lado. Meredith Smith. Nicholas Bell. A manchete dizia: NICHOLAS BELL RECEBE O PRÊMIO TEXAS STAR. O nome dele também estava na matéria.

Nicholas Bell. Marido de Meredith Smith. Ela estava em outras fotos, mas ele, não. Por que Nicholas estava em tão poucas fotos além daquele recorte? Por que o nome soava familiar?

Pesquiso o nome dele e descubro.

~

Foi assim que a história começou.

Um jovem e belo bolsista de El Paso, no Texas, foi um dos primeiros alunos de sua escola a frequentar a universidade — por meio de uma bolsa de estudos do Presidential Scholar, oferecida pelo governo federal a estudantes que se destacaram no ensino médio. Um dos primeiros da escola a frequentar a Universidade do Texas, em Austin. Especialmente a faculdade de Direito.

Ele vinha de uma família modesta, mas não foi por causa do dinheiro que quis se tornar advogado. Mesmo depois de uma infância em que nem sempre sabia de onde sairia a próxima refeição, o rapaz recusou várias ofertas de emprego de empresas em Nova York e em São Francisco para se tornar defensor público na cidade de Austin. Ele tinha vinte e seis anos. Era jovem, idealista e tinha acabado de se casar com a namorada do ensino médio, uma assistente social que sonhava em ter lindos bebês e (na época) não tinha qualquer inclinação por casas chiques.

O nome do rapaz era Nicholas, mas ele rapidamente passou a ser conhecido como "o advogado bom", porque lidava com os casos que ninguém queria, ajudando réus que não teriam recebido um tratamento justo se fossem defendidos por um profissional que não se importasse tanto.

Ninguém sabe exatamente como Nicholas de repente se tornou o advogado mau.

Ninguém sabe exatamente como ele se tornou o conselheiro jurídico de maior confiança de um dos sindicatos do crime mais relevantes da América do Norte.

A organização tinha sede em Nova York e no sul da Flórida, onde seus principais líderes moravam em regiões à beira-mar como Fisher Island e South Beach. Eles jogavam golfe, usavam ternos Brioni e diziam aos vizinhos que trabalhavam com valores mobiliários. Era assim que operava o novo regime. Em silêncio. Com eficiência. E de forma brutal. Seus membros continuavam exercendo atividades básicas — extorsão, agiotagem, tráfico de drogas

—, enquanto também avançavam para fontes de receita mais sofisticadas, como apostas internacionais on-line e fraude de valores mobiliários em Wall Street.

O maior destaque, no entanto, foi que eles cresceram no mercado de opioides muito antes de seus concorrentes verem as vantagens dessa linha de atuação. E, enquanto esses concorrentes ainda estavam apostando suas fichas nas drogas ilegais tradicionais (heroína, cocaína), essa organização se tornou a maior traficante de oxicodona da América do Norte.

Foi assim que Nicholas entrou na órbita deles. Um dos jovens membros da organização se viu em apuros em Austin enquanto traficava opioides na Universidade do Texas. Nicholas conseguiu evitar que ele fosse preso.

O advogado, então, passou a maior parte das três décadas seguintes defendendo essa organização — seu trabalho levou a absolvições ou a anulações de julgamento por dezoito acusações de assassinato, vinte e oito acusações por tráfico de drogas e sessenta e uma acusações de extorsão e fraude.

Ele provou ser inestimável para o grupo e enriqueceu no processo. Mas como a Agência de Combate às Drogas e o FBI perdiam um caso atrás do outro contra ele, o advogado também se tornou um alvo. Mas Nicholas não tinha medo de que conseguissem provar nada sobre ele além do fato de que era um advogado competente.

Até que alguma coisa deu errado. A filha dele estava descendo a rua, voltando para casa depois do trabalho que ela amava. Era uma jovem escrivã da Suprema Corte do Texas — formada em Direito havia pouco mais de um ano — e tinha uma filha pequena. Ela estava voltando para casa, depois de uma longa semana, quando um carro a atingiu.

Teria parecido um acidente qualquer, um atropelamento seguido por fuga do motorista, se não tivesse acontecido em uma rua estreita perto da casa dela em Austin, em uma tarde ensolarada de sexta-feira. Nicholas sempre passava as sextas à tarde na casa da filha, tomando conta da neta. Ficavam só os dois. Era o momento favorito dele na semana — pegar a neta na aula de música e levá-la ao parque dos balanços bons, o parque que ficava a um quarteirão de onde a própria filha foi morta. Assim, seria ele a encontrá-la. Seria ele o primeiro a ver a cena.

Os clientes de Nicholas garantiram que não tinham tido nada a ver com o acidente, embora o advogado tivesse acabado de perder um caso importante para eles. E parecia verdade. Eles tinham um código. Não iam atrás das famílias das pessoas. Mas alguém tinha feito aquilo. Como vingança. Como um aviso. Especulava-se que os responsáveis teriam sido membros de outra organização criminosa, que tinham a intenção de garantir os serviços de Nicholas para eles.

Nenhum desses detalhes importava para o marido da filha de Nicholas, que só conseguia culpar o sogro. O fato de ter acontecido em uma sexta-feira à tarde o convenceu de que os clientes criminosos do sogro de alguma forma tinham ligação com a morte da esposa. E, independentemente disso, ele culpava Nicholas por seu envolvimento profundo com o tipo de pessoa que tornava aquilo uma possibilidade — que seria capaz de causar aquele tipo de tragédia a uma família.

Não que "o advogado bom" quisesse que algum mal acontecesse à filha. Ele sempre tinha sido um ótimo pai e ficou arrasado com a morte dela, mas o genro estava furioso demais para se importar. E o genro sabia de algumas coisas. Sabia de coisas que "o advogado bom" havia confiado que ele não contaria a ninguém.

E foi assim que o genro conseguiu apresentar provas contra o sogro e se tornar a principal testemunha em um caso que colocou Nicholas na cadeia e ainda desferiu um duro golpe contra a organização que ele defendia, com dezoito membros implicados. "O advogado bom" caiu com eles.

O genro e sua filha pequena, que teria apenas algumas poucas lembranças da mãe — e do avô —, desapareceram logo depois do julgamento e nunca mais se ouviu falar deles. O nome completo do advogado era Daniel Nicholas Bell, também conhecido como Dr. Nicholas Bell.

O genro se chamava Ethan Young.

O nome da filha de Ethan era Kristin.

Jogo o celular no chão e piso nele com vontade. Esmago o aparelho com um movimento rápido, batendo o pé com força, com mais força do que já pisei em qualquer coisa.

Então abro a porta do banheiro. Abro a porta do banheiro para pegar Bailey, nossas coisas e dar o fora de Austin. Não em cinco minutos. Não em cinco segundos. Agora.

— Bailey, precisamos sair daqui agora — digo. — Pega só o que você já arrumou. Estamos indo.

Mas o quarto está vazio. Bailey não está mais aqui.

Ela foi embora.

— Bailey?

Meu coração dispara enquanto estendo a mão para pegar o celular e ligar para ela, para mandar uma mensagem. Então lembro que acabei de quebrar meu aparelho. Não tenho como usá-lo.

Vou depressa até o corredor, que está vazio a não ser por um carrinho de limpeza. Passo em disparada por ele para chegar até os elevadores, a escada. Bailey não está ali. Não tem ninguém ali. Pego o elevador até o saguão do hotel, torcendo para que ela esteja no bar, comendo alguma coisa. Vou até os restaurantes do hotel, cada um deles, até a Starbucks. Bailey também não está ali. Ela não está em lugar algum.

Tomamos centenas de decisões. Tomamos decisões o tempo todo. E aquela em que não pensamos duas vezes não deveria determinar o que acontece: entramos no quarto do hotel, giramos a tranca na porta duas vezes. Achamos que estamos seguras. Mas então vamos ao banheiro. Vamos ao banheiro e confiamos que uma garota de dezesseis anos vai ficar na cama, vai ficar no quarto, porque para onde ela iria?

Só que essa garota está apavorada. Tem esse detalhe. Essa garota disse que não queria ir embora de Austin.

Então, por que acreditamos que ela iria sem se rebelar?

Por que acreditamos que ela iria ouvir?

Corro de volta para o elevador, pelo corredor. Estou com raiva de mim mesma porque meu celular está quebrado no chão do banheiro e eu não tenho como mandar uma mensagem para ela. Não tenho como rastreá-la.

— Bailey, por favor, me responde!

Volto mais uma vez para o quarto e olho ao redor mais uma vez — como se Bailey pudesse estar se escondendo em algum lugar naqueles cinquenta metros quadrados. Procuro no armário, procuro debaixo das camas, na esperança de encontrá-la encolhida, chorando. Precisando ficar sozinha. Arrasada, mas em segurança. Eu aceitaria isso sem pestanejar! Arrasada, porém em segurança.

A porta se abre. Sinto um alívio temporário. É um alívio que nunca senti antes, e acho que ela está de volta, deduzo que acabei não vendo Bailey na minha busca frenética pelo hotel — acredito que ela realmente só desceu o corredor para pegar um pouco de gelo ou um refrigerante. Que ela foi ligar para Bobby. Que encontrou um cigarro e saiu para fumar. Qualquer uma dessas coisas, todas elas.

Mas não é Bailey que vejo parada no quarto. É Grady Bradford. Grady está parado ali com o mesmo jeans desbotado e o boné de beisebol virado para trás. A mesma jaqueta corta-vento idiota. Ele me lança um olhar furioso, os braços cruzados.

— Você com certeza conseguiu arrumar uma confusão e tanto — diz.

— Parte 3 —

"Não se pode entalhar madeira podre."

— Confúcio

Quando éramos jovens

O escritório dos delegados federais no centro de Austin fica em uma rua lateral, as janelas dando para outros prédios e para o estacionamento do outro lado da rua. A maior parte desses prédios está escura e fechada agora, durante a noite. O estacionamento está quase vazio. Mas as salas de Grady e de seus colegas estão iluminadas e movimentadas.

— Vamos repassar isso mais uma vez — diz Grady.

Ele se senta na beira da mesa enquanto eu ando de um lado para o outro. Posso sentir seu tom de reprovação, mas é desnecessário. Ninguém está me reprovando mais do que eu mesma nesse momento. Bailey está desaparecida. Ela sumiu. Está lá fora, sozinha.

— Como isso vai me ajudar a encontrar Bailey? — pergunto. — A menos que você me prenda, vou sair para procurar minha enteada.

Faço menção de sair da sala, mas Grady salta de onde está e bloqueia minha saída.

— Temos oito agentes procurando por ela — informa. — O que você precisa fazer agora é repassar tudo mais uma vez. Se quer nos ajudar a encontrar Bailey, essa é a única coisa a fazer.

Sustento seu olhar, mas acabo cedendo, porque sei que ele está certo.

Volto para as janelas e olho para fora, como se houvesse alguma coisa que eu pudesse fazer — como se eu fosse encontrar Bailey em algum ponto da rua abaixo. Não sei para quem estou olhando — na miríade de pessoas andando pela noite de Austin. A faixa de lua, que é a única luz que ilumina todas aquelas pessoas, torna ainda mais assustador que Bailey esteja vagando entre elas.

— E se ele a pegou? — sugiro.

— Nicholas? — pergunta Grady.

Assinto, tonta. Repasso obsessivamente tudo o que eu sei sobre ele agora — como é perigoso, tudo pelo que Owen passou para se livrar dele, para manter a filha longe do sogro. E eu a trouxe de volta.

Proteja ela.

— Isso é improvável — arrisca Grady.

— Mas não impossível?

— Acho que nada é impossível, agora que você a trouxe para Austin.

Tento me consolar, algo que Grady aparentemente não tem a menor intenção de fazer.

— Ele não poderia ter nos encontrado tão rápido... — pondero.

— Não, provavelmente não.

— Como você encontrou a gente? — pergunto.

— Bem, sua ligação hoje de manhã não ajudou. Então, tive notícias do seu advogado, um tal de Jake Anderson, de Nova York. Ele me disse que você estava em Austin e que ele não estava conseguindo entrar em contato. Que você tinha sumido e ele estava preocupado. Então eu rastreei você. Obviamente, tarde demais...

Eu me viro e olho para ele.

— Por que diabos você veio para Austin? — pergunta Grady.

— Para começar, porque você apareceu na minha casa — argumento. — E achei suspeito.

— Owen nunca me contou que você era detetive.

— Owen nunca me contou sobre nada disso. Ponto.

Não parece sensato insistir no fato de que eu não teria vindo para cá se Grady tivesse me contado o que estava acontecendo, se alguém tivesse me contado a verdade sobre Owen e o passado dele. Grady está furioso demais para se importar. Mesmo assim, não consigo me conter. Se estamos apontando dedos, não é para mim que eles devem ser apontados.

— Nas últimas setenta e duas horas, descobri que meu *marido* não é a pessoa que eu achei que ele era. O que eu deveria fazer?

— O que eu disse para você fazer — retruca ele. — Ficar na sua e arrumar um advogado. E me deixar fazer meu trabalho.

— E que trabalho é esse, exatamente?

— Há mais de uma década, Owen tomou a decisão de tirar a filha de uma vida da qual ele não teria como protegê-la de outra forma. Para dar a ela um novo começo. Eu o ajudei a fazer isso.

— Mas Jake me disse... Achei que Owen não estava no programa de proteção a testemunhas.

— Jake estava certo quando disse isso. Owen não está no programa, não exatamente.

Eu o encaro, sem entender.

— E o que significa isso, pelo amor de Deus?

— Owen foi selecionado para ingressar no programa de proteção a testemunhas depois de concordar em testemunhar, mas ele não se sentiu seguro com a ideia. Achou que havia muitas pontas soltas, muitas pessoas em quem ele teria que confiar. E, durante o julgamento, houve um pequeno vazamento.

— Como assim, um pequeno vazamento?

— Alguém do escritório de Nova York comprometeu as identidades que havíamos garantido para Owen e Bailey — explica ele. — Depois disso, Owen não quis mais participar do programa do governo.

— Que surpreendente... — comento.

— Não era típico acontecer isso, mas entendi por que ele quis ir por outro caminho. Por que desapareceu com Bailey. Ninguém sabia para onde estavam indo. Ninguém mais entre os delegados federais sabia. Nós nos certificamos de que não haveria qualquer trilha que levasse a ele.

Grady tinha atravessado metade do país para saber de Owen — para saber como estava a família dele, para ajudar Owen a sair dessa confusão.

— A não ser você — afirmo.

— Ele confiava em mim — diz Grady. — Talvez por eu ser novo aqui na época. Talvez eu tenha conquistado a confiança de Owen. Você vai ter que perguntar a ele por quê.

— Não posso perguntar muita coisa a ele no momento — retruco.

Grady vai até as janelas e se encosta nelas. Talvez seja porque estou querendo ver, mas percebo alguma coisa na expressão dele, uma certa afinidade.

— Owen e eu não nos falamos muito — começa ele. — Na maior parte do tempo, ele só vive a vida dele. Acho que a última vez que ele entrou em contato foi para me contar que ia se casar com você.

— O que ele disse?

— Ele me falou que você tinha mudado tudo — confessa Grady. — E que nunca tinha se apaixonado daquele jeito antes.

Fecho os olhos para me controlar, para controlar a emoção que ouvir isso provoca em mim, para lidar com o fato de que sinto exatamente a mesma coisa.

— A verdade é que eu tentei convencer Owen a não levar o relacionamento com você adiante — confessa Grady. — Eu disse que ele iria superar aqueles sentimentos.

— Nossa, obrigada.

— Ele não quis me ouvir sobre deixar você — continua. — Mas, ao que parece, aceitou meu conselho de que não deveria te contar nada sobre o passado dele. Que era muito perigoso. Que se ele realmente queria ficar com você, precisava deixar o passado de lado.

Penso em nós dois na cama, Owen debatendo consigo mesmo se me contaria — querendo me contar toda a verdade sobre o seu passado. Talvez o alerta de Grady o tenha impedido. Talvez o alerta de Grady tenha impedido Owen e eu de podermos lidar juntos com essa situação.

— Essa é sua maneira de me dizer que devo culpar você e não ele? — pergunto. — Porque terei o maior prazer em fazer isso.

— Essa é minha maneira de dizer que todos nós temos segredos que não compartilhamos — retruca Grady. — Mais ou menos como seu amigo advogado, Jake? Ele me contou que vocês já foram noivos.

— Isso não é segredo — digo. — Owen sabia tudo sobre Jake.

— E como você acha que ele se sentiria por você ter envolvido seu ex-noivo nessa situação? — pergunta ele.

Eu estava ficando sem opções, tenho vontade de responder. Mas sei que é besteira discutir com ele. Grady quer me colocar na defensiva, como se assim fosse ficar mais fácil arrancar alguma coisa de mim — não exatamente algum segredo, mas sim a minha disposição. Minha disposição de fazer qualquer outra coisa que não ouvir o que ele acha que devemos fazer agora.

— Por que Owen fugiu, Grady? — pergunto.

— Ele tinha que fazer isso — responde ele.

— Como assim?

— Quantas fotos de Avett você viu no noticiário essa semana? A mídia também estaria em cima de Owen. A foto dele estaria em todos os lugares, e o encontrariam de novo. O grupo que empregava Nicholas. Mesmo que ele esteja fisicamente diferente do que era, a diferença não é tão grande assim. Owen não podia arriscar esse tipo de exposição. Ele precisava sair de Sausalito antes que isso acontecesse — explica ele. — Antes de destruir a vida de Bailey.

Assimilo tudo o que Grady diz. E isso me faz entender de um jeito diferente por que não houve tempo para me contar nada — por que não houve tempo para fazer nada além de ir embora.

— Owen sabia que teria sido detido — continua Grady. — E quando isso acontecesse, tirariam as impressões digitais dele, exatamente como aconteceu com Jordan Maverick essa tarde. A identidade verdadeira de Owen seria revelada e... fim de jogo.

— Então eles acham que Owen é culpado? — pergunto. — Naomi, o FBI, seja lá quem mais?

— Não. Eles acham que ele tem as respostas de que precisam, isso é diferente — explica Grady. — Mas quer saber se eu acho que Owen participou voluntariamente da fraude? Eu diria que não é provável.

— O que é mais provável?

— Que Avett soubesse sobre Owen.

Meus olhos encontram os dele.

— Não acredito que Avett soubesse dos detalhes, Owen jamais teria contado a ele, mas Avett sabia que tinha contratado alguém que apareceu do nada. Sem referências, sem vínculos com o mundo da tecnologia. Na época, Owen disse que Avett só queria o melhor programador que conseguisse encontrar, mas acho que ele estava procurando algo ainda mais específico. Ele queria alguém que fosse capaz de controlar, se viesse a descobrir que precisava ter esse controle. E, no fim, foi o que ele fez.

— Você acha que Owen sabia o que estava acontecendo na The Shop, mas não conseguiu impedir? — pergunto. — Que ele continuou lá na esperança de conseguir consertar a situação, de conseguir tornar o software operacional, antes de ser pego no meio do fogo cruzado?

— Sim — responde Grady.

— Esse é um palpite bem específico — comento.

— Eu conheço seu marido de um jeito muito específico — retruca ele. — E Owen vinha se resguardando há tanto tempo que sabia que se o escândalo da The Shop esbarrasse nele, teria que desaparecer de novo. Que Bailey teria que começar tudo de novo. E dessa vez, óbvio, ela teria que saber de toda a história. Não é o ideal, para dizer o mínimo... — Ele faz uma pausa. — Sem falar de tudo que você teria que abrir mão, supondo que escolhesse ir com eles.

— Supondo que eu escolhesse ir com eles?

— Ora, você não poderia se esconder e continuar trabalhando como marceneira. Ou como designer de móveis. Seja lá como você chama o que faz. Teria que desistir de tudo. Do seu trabalho, da sua fonte de renda. Tenho certeza de que Owen não queria isso pra você.

Eu me lembro subitamente de um dos meus primeiros encontros com Owen. Ele me perguntou o que eu faria se não tivesse me tornado marceneira. E eu disse a ele que aquele foi o único trabalho que eu sempre quis fazer, provavelmente por causa do meu avô — talvez porque eu associasse o trabalho de moldar a madeira à única estabilidade que eu já havia tido. Nunca havia me imaginado fazendo qualquer outra coisa.

— Ele achava que eu não escolheria ir com eles, não é? — digo, mais para mim do que para Grady.

— Isso não importa agora. Eu consegui abafar o assunto por enquanto, manter seus amigos do FBI longe... — garante Grady. — Mas não vou conseguir usar da minha autoridade por muito mais tempo, a menos que vocês estejam sendo oficialmente protegidas.

— Você está falando do programa de proteção a testemunhas?

— Sim.

Fico em silêncio enquanto tento assimilar o peso dessa decisão. Eu não consigo nem imaginar como é ser uma pessoa protegida pelo Estado. Como isso funciona? Só vi qualquer coisa parecida em filmes — Harrison Ford vivendo com os amish em *A Testemunha*, Steve Martin saindo escondido da cidade para conseguir um bom espaguete em *Meu Pequeno Paraíso*. Ambos deprimidos e perdidos. Então eu me lembro do que Jake disse. De como, na realidade, não é nem de longe tão bom quanto isso.

— Então Bailey vai ter que começar uma vida nova? — pergunto. — Com uma nova identidade? Um novo nome? Tudo novo?

— Sim. Eu organizaria esse novo começo pra ela — explica ele. — Vou fazer o mesmo pelo pai dela, ao contrário do que está acontecendo agora.

Tento processar isso. Bailey não sendo mais Bailey. Tudo pelo que ela se esforçou tanto — os estudos, as notas, o teatro, ela mesma — vai ser apagado. Ela ainda vai ter permissão para se apresentar em musicais, ou isso seria uma revelação de identidade? Um risco de expor Owen? A aluna nova em uma escola qualquer de Iowa estrelando o musical. Grady vai alegar que isso também pode gerar um risco de que nos rastreiem? Que em vez de ir atrás dos seus antigos interesses, ela vai ter que se dedicar a esgrima ou hóquei, ou só passar totalmente despercebida? De qualquer jeito, isso com certeza significa que Bailey vai ter que deixar de ser Bailey — bem no momento em que ela está se tornando tão inimitavelmente ela mesma. Parece uma proposta atordoante — desistir da própria vida quando se tem dezesseis anos de idade. É diferente quando se é só uma criança. É diferente quando se tem quarenta anos.

Mas ainda assim, eu sei que Bailey pagaria esse preço para ficar com o pai. Nós duas pagaríamos esse preço de bom grado, quantas vezes fosse preciso, se isso significasse que poderíamos ficar todos juntos.

Tento me tranquilizar com isso. Só que tem outra coisa me atormentando — algo que Grady está evitando abordar e que não está fazendo sentido —, algo que ainda não consegui descobrir exatamente o que é.

— Você precisa entender o seguinte — retoma ele. — Nicholas Bell é um homem mau, mesmo que Owen tenha relutado em aceitar como ele era mau, ao menos por muito tempo, provavelmente porque Kate era leal ao pai. E Owen era leal a Kate e a Charlie, de quem também era muito próximo. Os dois acreditavam que o pai era um bom homem com alguns clientes questionáveis. E convenceram Owen disso. De que Nicholas era advogado de defesa, que estava fazendo o trabalho dele. Que o próprio Nicholas não estava envolvido em nenhuma atividade ilegal. Porque os dois o amavam. Achavam que ele era um bom pai, um bom marido. E Nicholas era mesmo um bom pai e um bom marido. Os filhos não estavam errados. Só que ele também era outras coisas.

— Como o quê?

— Como cúmplice de assassinato. E de extorsão. E do narcotráfico — afirma. — Não demonstrava nem um pingo de remorso em relação a tantas vidas que ajudou a arruinar. A tantas pessoas que ajudou a destruir na porra do mundo inteiro.

Tento não mostrar como aquilo me afeta.

— Esses homens para quem Nicholas trabalhava são implacáveis — continua Grady. — E vingativos. Não dá pra dizer que tipo de manobras eles usariam para fazer Owen se entregar.

— Eles poderiam ir atrás da Bailey? — pergunto. — É isso que você está dizendo? Que iriam atrás da Bailey para chegar a Owen?

— Estou dizendo que, a não ser que a gente aja rápido, essa é uma possibilidade.

Isso me faz parar para pensar, mesmo no calor do momento. O que Grady está insinuando. Que Bailey está em perigo. A mesma Bailey que está vagando sozinha pelas ruas de Austin, potencialmente já em perigo.

— A questão é que Nicholas não vai fazer nada para impedi-los — afirma ele. — E não teria como fazer isso, mesmo se quisesse. Por esse motivo Owen teve que tirar Bailey daqui. Ele sabia que Nick não era inocente. E usou isso para prejudicar a organização. Você entende o que estou falando?

— Talvez você precise falar mais devagar — peço.

— Nicholas nem sempre esteve do lado sujo, mas em algum momento ele começou a passar mensagens para a liderança, de membros da organização que estavam na prisão para aqueles do lado de fora. Mensagens que não poderiam ser enviadas de outra forma, a não ser por meio de um advogado. E não eram mensagens inocentes. Elas diziam quem precisava ser punido, quem precisava ser assassinado. Consegue imaginar o que é alguém transmitir conscientemente uma mensagem que teria como resultado a morte de um homem e da esposa, deixando os dois filhos deles órfãos?

— E onde Owen entra nisso?

— Owen ajudou o sogro a organizar um sistema de criptografia que Nicholas acabou usando para enviar essas mensagens, para gravar essas mensagens quando precisavam ser gravadas — explica Grady. — Depois que Kate foi morta, Owen invadiu o sistema e nos entregou tudo. Todos os e-mails, toda a correspondência... Nicholas cumpriu mais de seis anos de prisão por conspiração. O que só pudemos provar usando diretamente esses arquivos. Não se trai Nicholas Bell desse jeito e continua vivo para contar a história.

É quando finalmente me dou conta do que estava me perturbando, do que Grady não mencionou.

— Então, por que ele não procurou você? — pergunto.

— Como?

— Por que Owen não veio diretamente até você? — explico. — Se a única maneira de essa história terminar bem, se a única maneira de realmente manter Bailey em segurança agora é ela estar no programa de proteção a testemunhas, é Owen estar no programa, então, quando a situação na The Shop estourou, por que Owen não entrou em contato com você? Por que ele não bateu na sua porta e pediu para você nos colocar no programa?

— Isso você vai ter que perguntar ao Owen.

— Estou perguntando a você — insisto. — O que aconteceu com o vazamento de informação da última vez, Grady? Vocês resolveram logo o assunto ou a vida da Bailey foi colocada em risco?

— O que isso tem a ver com o que está acontecendo agora?

— Tudo. Se o que aconteceu fez meu marido achar que você não é capaz de manter Bailey segura, tem tudo a ver com o que está acontecendo — digo.

— O resumo dessa história é que o programa de proteção a testemunhas é a melhor opção que Owen e Bailey têm para se manterem em segurança — responde ele. — Ponto.

Grady diz isso de forma categórica, mas percebo que minha pergunta mexeu com ele. Porque ele não pode negar. Se Owen realmente tivesse certeza de que Grady poderia manter Bailey a salvo, que poderia manter todos nós a salvo, estaria aqui com a gente agora. E não onde quer que ele esteja.

— Escuta, não vamos desviar nossa atenção do que é mais importante — continua Grady. — O que você precisa fazer agora é me ajudar a descobrir por que Bailey saiu do quarto do hotel.

— Não sei por quê — respondo.

— Arrisca um palpite — pede ele.

— Acho que ela não queria ir embora de Austin — chuto.

Não dou mais detalhes. Ela provavelmente não queria ir embora ainda, não quando estava tão perto de encontrar as próprias respostas — respostas para perguntas sobre o próprio passado, respostas que, porque Owen me deixou tão sem informações, eu não seria capaz de dar a ela. Me acalma um pouco acreditar que essa é a razão, acreditar que Bailey está sozinha em algum lugar, mas segura, procurando por respostas que não confia em ninguém para encontrar para ela. Eu deveria reconhecer esse traço de personalidade. Sou exatamente assim.

— Por que você acha que ela quer ficar em Austin? — insiste Grady.

No momento, conto a ele a única verdade que sei.

— Às vezes, a gente consegue sentir — digo.

— Sentir o quê? — pergunta ele.

— Que tudo depende de você.

∼

Grady é chamado para uma reunião e outra delegada federal, Sylvia Hernandez, me leva pelo corredor até uma sala de reunião, onde ela diz que posso ligar para alguém — como se a ligação não estivesse sendo gravada, rastreada ou qualquer outra coisa que eles fazem aqui para ter certeza de que sabem tudo o que a gente faz. Antes mesmo que a gente possa fazer.

Sylvia se senta do lado de fora da porta e eu pego o telefone. Ligo para minha melhor amiga.

— Estou tentando falar com você há horas — diz Jules ao atender. — Vocês estão bem?

Eu me sento diante da longa mesa, a cabeça apoiada na mão, tentando não desmoronar. Mesmo que esse pareça o momento certo para desmoronar, mesmo sendo o momento em que estou em segurança para fazer isso — afinal, Jules está do outro lado da linha para me amparar.

— Onde você está? — pergunta ela. — Acabei de receber uma ligação maluca do Jake, gritando que seu marido está colocando você em perigo. Não posso dizer que sinto falta daquele cara.

— Sim, bem, Jake é o Jake — digo. — Ele só está tentando ajudar. Daquele jeito incrivelmente inútil típico dele.

— O que está acontecendo com Owen? Ele não se entregou, né? — diz Jules.

— Não exatamente.

— Como assim? — A voz dela é suave, o jeito de Jules de dizer que não preciso explicar agora.

— Bailey sumiu — confesso.

— O quê?

— Ela desapareceu. Foi embora do quarto do hotel. E a gente ainda não conseguiu encontrá-la.

— Bailey tem dezesseis anos.

— Eu sei disso, Jules. Por que você acha que estou com tanto medo?

— Não, o que estou dizendo é que ela tem *dezesseis anos*. Às vezes, desaparecer um pouco é o que a gente precisa fazer nessa idade. Tenho certeza de que ela está bem.

— Não é tão simples assim — contesto. — Você já ouviu o nome Nicholas Bell?

— Deveria ter ouvido?

— Ele é o ex-sogro do Owen.

Ela fica em silêncio, como se estivesse se lembrando de alguma coisa.

— Espera, você não está falando do Nicholas Bell... O Nicholas Bell? O advogado?

— Sim, ele mesmo. O que você sabe sobre ele?

— Não muito. Quer dizer... eu me lembro de ter lido nos jornais quando ele saiu da prisão alguns anos atrás. Acho que foi preso por agressão, ou assassinato, ou alguma coisa assim. Ele era sogro do Owen? — cochicha Jules. — Não acredito.

— Jules, Owen está correndo perigo. E acho que não tem nada que eu possa fazer para impedir isso.

Ela fica quieta, pensativa. Posso sentir minha amiga tentando juntar algumas peças que não estou ajudando a ver.

— Vamos impedir, sim — afirma Jules. — Prometo. Mas, primeiro, vamos trazer você e Bailey para casa. Depois vamos descobrir como fazer isso.

Meu coração se aperta. Isso é o que Jules sempre faz — é o que a gente sempre faz uma pela outra. E é por isso que, de repente, não consigo respirar. Bailey está vagando pelas ruas dessa cidade estranha. E mesmo quando a encontrarmos — e tenho que acreditar que isso vai ser em breve —, Grady acabou de me informar que não vou voltar para casa. Nunca mais.

— A ligação caiu? — pergunta Jules.

— Ainda não — respondo. — Onde você disse que estava?

— Estou em casa. E eu abri.

O modo como ela diz isso está carregado de significado. E percebo que ela está falando do cofre, do cofre dentro do porquinho.

— Você conseguiu?

— Sim — confirma ela. — Max encontrou um arrombador que mora no centro de São Francisco e nós abrimos há mais ou menos uma hora. O nome do cara é Marty, ele deve ter uns noventa e sete anos. É uma loucura o que esse cara consegue fazer. Ele ficou com o ouvido colado no cofre por cinco minutos, e foi assim que abriu. Cofrinho idiota de aço.

— O que tem dentro?

Ela faz uma pausa.

—Um testamento. O testamento final de Owen Michaels, registrado como Ethan Young. Quer que eu leia o que está escrito?

Penso em quem mais pode estar ouvindo. Se Jules começar a ler, penso em quem mais vai ouvir o testamento de Owen — não o que abri no notebook dele, mas o testamento a que o outro, o que eu li, faz alusão, como se fosse uma mensagem secreta para mim.

O verdadeiro testamento de Owen, o mais completo. O testamento de Ethan.

— Jules, provavelmente há outras pessoas ouvindo essa ligação, então acho que devemos limitar nossos assuntos, ok?

— Certo.

— O que o testamento diz sobre os tutores da Bailey?

— Diz que você é a principal tutora dela — revela Jules. — No caso da morte do Owen, mas também caso ele se encontre incapaz de cuidar dela.

Owen se preparou para esse momento. Talvez não exatamente esse, mas alguma situação semelhante. Ele se preparou de forma que Bailey pudesse ficar comigo — ele queria Bailey comigo. Em que momento Owen confiou o bastante em mim para fazer isso? Em que ponto ele decidiu que ficar comigo era o melhor para ela? Saber que meu marido chegou a essa conclusão, que ele achou que eu seria mesmo capaz de cuidar da filha dele, mexe muito comigo. Só que ela agora está desaparecida em algum lugar dessa cidade. E eu permiti que isso acontecesse.

— Ele menciona algum outro nome? — pergunto.

— Sim. Há regras diferentes para caso você não possa cuidar dela ou dependendo da idade de Bailey — explica Jules.

Escuto atentamente enquanto ela lê, fazendo anotações, escrevendo os nomes que reconheço. Mas a verdade é que só quero saber um nome — o de uma pessoa em quem estou tentando descobrir se devo confiar, se Owen confia, apesar de todas as evidências de que não deveria. Quando escuto Jules dizer o nome de Charlie Smith, paro de escrever. E digo a ela que preciso ir.

— Toma cuidado — pede Jules.

Ela diz isso em vez de dizer tchau, em vez do "amo você" de sempre. Levando em consideração as circunstâncias, levando em consideração o que preciso descobrir como fazer agora, é a mesma coisa.

Eu me levanto e olho pelas janelas da sala de reunião. Começou a chover, mas, apesar disso, a vida noturna de Austin está a toda. As pessoas andam pelas ruas com guarda-chuvas, a caminho de jantares e shows, tentando decidir se vão tomar uma saideira ou se é melhor ir ao cinema. Ou chegando à conclusão de que já estão cansados, que a chuva está ficando mais forte e que o que querem mesmo é ir para casa. Esses são os sortudos.

Eu me viro na direção da porta de vidro. A delegada Sylvia está sentada do outro lado. Ela olha para o telefone, sem demonstrar qualquer interesse em mim, provavelmente ocupada com alguma coisa mais importante do que a tarefa de babá que lhe designaram. Talvez esteja ocupada com uma coisa muito familiar para mim. Tentar encontrar Owen. Tentar encontrar Bailey.

Estou prestes a sair para o corredor e exigir uma atualização da busca quando vejo Grady se aproximando.

Ele bate na porta antes de entrar e sorri para mim — um Grady mais leve, que parece ter se acalmado um pouco.

— Eles estão com ela — anuncia. — Estão com a Bailey. Ela está em segurança.

Solto o ar e sinto os olhos marejados.

— Ah, graças a Deus. Cadê ela?

— No campus, estão trazendo Bailey pra cá agora — explica ele. — Podemos conversar um instante antes de eles chegarem? Acho muito importante que a gente esteja em sintonia sobre qual vai ser o plano.

Qual vai ser o plano. Grady está se referindo a mudar a vida de Bailey, a mudar nossa vida. E quer que eu ajude a segurar o tranco quando ele disser a Bailey que a vida como ela conhece acabou.

— E também precisamos conversar sobre outra coisa — diz. — Eu não quis mencionar isso antes, mas não fui totalmente transparente com você...

— Uau, que surpresa...

— Recebemos um pacote ontem com um arquivo compactado com os e-mails de trabalho do Owen. Eu tive que verificar se eram autênticos, e são. Owen manteve registros meticulosos da pressão que Avett estava fazendo para levar adiante a abertura de capital, apesar das objeções do Owen. E todo o trabalho que ele fez depois para tentar resolver as coisas...

— Então não foi só um palpite específico, não é? — digo. — Em relação à culpa do Owen em tudo isso?

— Não, não foi — concorda ele.

— Então na verdade foi meu marido que conteve o problema? — continuo.

Meu tom se eleva. Tento me controlar, mas não consigo. Porque Owen está fazendo de tudo para nos proteger, mesmo de onde está agora, seja lá onde for. E eu simplesmente não confio que Grady seja capaz de fazer o mesmo.

— Ele com certeza ajudou — cede Grady. — O programa de proteção a testemunhas pode ser rígido em relação a quem eles estão dispostos a beneficiar, e esses arquivos, somados ao histórico do Owen, mostram por que ele não disse nada até agora. Por que achou que não tinha escolha a não ser continuar na empresa.

Absorvo a informação, sentindo uma estranha mistura de alívio e alguma outra coisa. A princípio, acho que é irritação por Grady ter me privado dessa informação até agora, por ele não ter me contado que havia tido notícias de Owen, mas então me dou conta de que é alguma coisa mais profunda. Porque agora começa a ficar muito nítido... o que mais Grady está escondendo de mim.

— E por que você está dividindo essa informação comigo agora? — pergunto.

— Porque precisamos estar de acordo quando Bailey chegar aqui — afirma ele. — Em relação ao programa de proteção a testemunhas, em relação à melhor maneira de vocês seguirem em frente. E sei que não parece, mas vocês não vão ter que começar do zero, não completamente.

— O que você quer dizer?

— Sabe o dinheiro que o Owen deixou para a Bailey? O que quero dizer é que são ganhos legítimos. É um dinheiro limpo — explica ele. — Vocês vão entrar no programa de proteção a testemunhas com um bom pé-de-meia. A maior parte das pessoas no nosso programa não tem nada parecido.

— Estou com a impressão, Grady, de que você está dizendo que, se recusarmos, o dinheiro vai embora...

— Se você recusar, sim, o dinheiro vai embora — confirma ele. — E a chance de voltarem a viver em família, em segurança, vai junto.

Eu assinto, ciente de que Grady está tentando me convencer a aceitar entrar com Bailey no programa de proteção a testemunhas. Tentando me convencer de que *pre-*

ciso aceitar porque está tudo organizado para que Owen se junte a nós nessa nova vida. Está tudo preparado para que nossa família se reúna. Com novos nomes, mas juntos. *Juntos.*

Só que não consigo esquecer, apesar da insistência de Grady, o que sei que Owen não quer que eu esqueça. A minha dúvida. A minha dúvida quando penso no vazamento do programa de proteção a testemunhas e quando penso em Nicholas Bell. A minha dúvida quando penso na fuga precipitada de Owen e no que sei sobre ele, o que explicaria essa situação. A única coisa que explicaria essa situação. Tudo o que sei sobre Owen está me convencendo de outra coisa.

Grady ainda está falando.

— Só precisamos que Bailey entenda que essa é a melhor forma de mantê-la o mais segura possível — continua.

O mais segura possível. Isso me chama atenção. Porque ele não diz só segura. Porque a ideia de viver em total segurança não existe. Não mais.

Bailey não está vagando pelas ruas, mas a caminho deste escritório e de um mundo em que, para ficar *o mais segura possível*, Grady vai informar que ela terá que se tornar outra pessoa. Bailey não mais Bailey.

A menos, é óbvio, que eu consiga impedir. Tudo isso.

E é nesse momento que me preparo para agir. Me preparo para o que preciso fazer agora.

— Olha, a gente pode conversar sobre tudo isso — concedo. — Sobre a melhor maneira de lidar com a Bailey.

Mas só preciso ir ao banheiro antes... jogar um pouco de água no rosto. Estou acordada há vinte e quatro horas.

Grady assente.

— Sem problema.

Ele segura a porta aberta e, quando já estou prestes a sair da sala de reunião, paro ao lado dele. Sei que essa é a parte mais importante, fazer Grady acreditar em mim.

— Estou tão aliviada que ela esteja em segurança — digo.

— Eu também — afirma Grady. — E, olha, eu entendo que isso não é fácil. Mas essa é a melhor coisa a fazer, e você vai ver que a Bailey vai se sentir confortável com a situação mais rápido do que você pensa, e tudo não vai parecer tão assustador. Vocês vão ficar juntas, e nós vamos levar Owen até vocês assim que ele reaparecer. Não tenho dúvidas de que é isso que ele está esperando agora, ter certeza de que vocês estão em segurança, se certificar de que está tudo organizado...

Então ele sorri. E eu faço a única coisa que posso. Sorrio de volta. Sorrio como se confiasse que ele sabe por que Owen ainda está desaparecido, como se eu confiasse que uma mudança seja a resposta de que ele e a filha precisam para ficarem juntos. Para ficarem em segurança. Como se eu confiasse que qualquer outra pessoa com exceção de mim seja capaz de manter Bailey em segurança.

O telefone de Grady toca.

— Me dá um minuto? — pede ele.

Aponto na direção do banheiro.

— Posso?

— Lógico. Vai lá.

Grady já está caminhando na direção das janelas. Já está concentrado em quem está do outro lado da linha.

Desço o corredor e, enquanto sigo na direção do banheiro, me viro para ter certeza de que Grady não está olhando. Não. Está de costas para mim, com o celular no ouvido. Ele não se vira quando passo direto pela porta do banheiro e sigo para o elevador, onde pressiono o botão de descer. Ele continua olhando pela janela da sala de reunião, olhando para a chuva enquanto fala.

Para minha sorte, o elevador chega rápido. Eu entro, sozinha, e aperto o botão para fechar a porta. Já estou no saguão do prédio antes que Grady encerre a ligação. Estou do lado de fora, na chuva, antes que Sylvia Hernandez seja mandada até o banheiro feminino para conferir se estou lá.

Já virei a esquina antes que ela ou Grady olhem para a mesa da sala de reunião e vejam o que deixei lá para que encontrassem. Eu deixei o bilhete na mesa, embaixo do telefone. O bilhete que Owen pediu que me entregassem. Deixei o bilhete para Grady.

Proteja ela.

E agora ando a passos rápidos pelas ruas desconhecidas de Austin para cuidar de Bailey, para cuidar dela e de Owen da melhor maneira que posso, mesmo que isso me leve de volta ao último lugar aonde eu deveria ir.

Todo mundo deveria recapitular

Eis o que eu sei.

À noite, antes de dormir, Owen fazia duas coisas. Ele se virava para o lado esquerdo, se aconchegava em mim e passava o braço ao redor do meu peito. Adormecia assim — com o rosto contra minhas costas, a mão na altura do meu coração. Ficava tranquilo.

Ele saía para correr todas as manhãs, ia até a base da ponte Golden Gate e voltava para casa.

Owen se alimentaria apenas de *Pad Thai*, se pudesse.

Nunca tirava a aliança de casamento, nem para tomar banho.

Deixava as janelas do carro abertas. Fizesse calor ou frio.

Todo inverno ele falava em ir pescar no gelo no lago Washington. Mas nunca foi.

Owen não conseguia parar um filme no meio. Por mais horrível que fosse, ele via até o fim, até rolarem os créditos.

Achava que champanhe era superestimado.

Achava que tempestades eram subestimadas.

Tinha um medo secreto de altura.

Só dirigia com câmbio manual. Exaltava as virtudes de dirigir só com câmbio manual. E era ignorado.

Owen adorava levar a filha ao balé em São Francisco.

Adorava levar a filha a caminhadas no condado de Sonoma.

Adorava sair com a filha para tomar café da manhã. Ele nunca tomava café da manhã.

Owen fazia um bolo de chocolate de dez camadas do zero.

Fazia um curry de coco maravilhoso.

Tinha uma máquina de café espresso La Marzocco de dez anos que ainda estava guardada na caixa.

E já havia sido casado antes. Havia sido casado com uma mulher cujo pai defendia homens maus — mesmo que ele achasse um pouco simplista chamá-los de homens maus, uma definição incompleta. E aceitou o trabalho do sogro porque era casado com a filha dele, e esse era Owen. Ele aceitou o sogro por necessidade, por amor e talvez por medo. Apesar de que ele não chamaria isso de medo. Chamaria, incorretamente, de lealdade.

Eis mais algumas coisas que eu sei. Quando Owen perdeu a esposa, tudo mudou. Absolutamente tudo.

Algo se quebrou em Owen. Ele ficou com raiva. Ficou com raiva da família da esposa, do pai dela, de si mesmo. Ficou com raiva do que havia se permitido não ver — em nome do amor, em nome da lealdade. E isso é parte do motivo pelo qual ele foi embora.

O outro motivo é que precisava tirar Bailey daquela vida. Isso era primordial e urgente. Manter Bailey próxima da família da esposa, mesmo minimamente, parecia o maior risco de todos.

Sabendo de tudo isso, eis o que talvez eu nunca saiba: se Owen vai me perdoar pelo risco que sinto que devo correr agora.

O The Never Dry, parte dois

O The Never Dry está aberto agora.

Mistura clientes que vieram para o bar depois do trabalho, alguns alunos de pós-graduação e um casal tendo um encontro — ele com o cabelo verde espetado, ela com uma tatuagem cobrindo o braço —, completamente concentrados um no outro.

Um atendente jovem e sexy de colete e gravata é cortejado atrás do bar, enquanto serve Manhattans idênticos ao casal. Uma mulher de macacão olha para ele, tentando chamar sua atenção para que lhe sirva outra bebida. Na verdade, ela apenas tenta chamar a atenção dele, ponto.

Então vejo Charlie. Ele está sentado sozinho à mesa do avô, tomando um copo de uísque, a garrafa ao lado.

Charlie deixa o dedo correr pelo copo, parecendo perdido em pensamentos. Talvez esteja repassando o que aconteceu entre nós mais cedo, o que ele poderia ter feito de diferente quando se viu diante daquela mulher que não conhecia e da sobrinha com quem só queria retomar contato.

Vou até a mesa dele. A princípio, Charlie não se dá conta de que estou ali. Quando finalmente percebe, em vez de me olhar com raiva, me encara com incredulidade.

— O que você está fazendo aqui? — pergunta.

— Preciso falar com ele.

— Com quem?

Não falo mais nada, porque ele não precisa que eu explique. Charlie sabe exatamente de quem estou falando. Ele sabe quem eu quero ver.

— Vem comigo — diz.

Então se levanta e me leva por um corredor escuro, passando pelos banheiros e pelo quadro de energia, até chegar na cozinha.

Charlie me puxa para dentro e fecha a porta.

— Você sabe quantos policiais já vieram aqui esta noite? Ainda não me perguntaram nada, mas ficam por aqui, para que eu os veja. Para que saiba que estão aqui. Eles estão por toda parte.

— Acho que não são policiais — corrijo. — Devem ser delegados federais.

— Você acha isso engraçado? — pergunta Charlie.

— De forma alguma — respondo.

Então, encontro seu olhar.

— Você com certeza disse a ele que estávamos aqui, Charlie — afirmo. — Ele é seu pai. Ela é sua sobrinha. Vocês dois estão procurando por ela desde o dia em que Owen levou a filha embora. Você não ia conseguir guardar essa informação só pra você, mesmo se quisesse.

Charlie abre a porta de emergência, que leva a uma escada nos fundos e ao beco abaixo.

— Você precisa ir embora — alerta ele.

— Não posso fazer isso — retruco.

— Por que não?

Dou de ombros.

— Não tenho mais pra onde ir.

É verdade. Eu me sinto desconfortável de reconhecer isso até para mim mesma — quanto mais para ele —, mas Charlie é a única chance que me resta de consertar essa história.

Talvez ele perceba, porque faz uma pausa, e o vejo hesitar. Ele deixa a porta de emergência se fechar novamente.

— Preciso falar com seu pai — afirmo. — E estou pedindo ao amigo do meu marido que me ajude a fazer isso acontecer.

— Não sou amigo dele.

— Não acredito nisso — discordo. — Encontrei o testamento do Ethan com a ajuda de uma amiga. — *Ethan*, uso esse nome. — O testamento verdadeiro. E ele cita você nele. Como tutor da Bailey, junto comigo. Ethan queria que ela tivesse você caso alguma coisa acontecesse com ele. Queria que ela tivesse nós dois.

Charlie balança a cabeça lentamente enquanto assimila o que eu disse, e por um momento acho que ele vai começar a chorar. Seus olhos ficam marejados, ele leva as mãos à testa e esfrega as sobrancelhas, como se tentando conter as lágrimas. Lágrimas de alívio por haver uma janela aberta para que ele consiga ver a sobrinha mais uma vez — e lágrimas de tristeza absoluta por não ter conseguido vê-la na última década.

— E o meu pai? — pergunta Charlie.

— Não acredito que Ethan queira que a filha chegue perto do Nicholas — declaro. — Mas o fato de ele ter te colocado no testamento me diz que meu marido confiava em você, mesmo que você pareça bastante dividido em relação a isso.

Charlie balança a cabeça, como se não pudesse acreditar que está vivendo esse momento. Consigo me identificar com a sensação.

— Essa é uma batalha antiga — diz ele. — E Ethan não é inocente. Você acha que ele é, mas não conhece a história toda.

— Eu sei que não.

— Então, o que você acha? Que vai falar com meu pai e negociar a paz entre ele e Ethan? Não importa, nada do que você disser importa. Ethan traiu meu pai. Destruiu a vida dele e acabou com a da minha mãe no processo. E se não há nada que eu possa fazer para reparar isso, então também não há nada que você possa fazer.

Charlie está debatendo consigo mesmo. Dá para perceber isso. Que ele está tentando decidir o que me contar sobre o pai, o que me contar sobre Owen. Se me contar muito pouco da história, não vou deixá-lo em paz. Talvez também não o deixe em paz mesmo que me conte muito. E ele quer que eu vá embora, quer que eu o deixe em paz. Charlie acredita que vai ser melhor para todos se eu fizer isso. Mas não ligo. Porque sei que só há uma maneira de consertar as coisas agora.

— Há quanto tempo você está casada com ele? — pergunta Charlie. — Com Ethan?

— Por que isso importa?

— Ele não é quem você pensa que é.

— Sou toda ouvidos — digo.

— O que Ethan contou a você? Sobre minha irmã?

Nada, tenho vontade de dizer. *Nada que seja verdade*. Afinal, ela não tinha cabelo ruivo vibrante, nem era apaixonada por ciência. Não fez faculdade em Nova Jersey. Talvez nem mesmo soubesse atravessar uma piscina a nado. Agora eu sei por que Owen nos contou todas essas coisas, por que ele inventou uma história tão elaborada. Porque assim, na hipótese de a pessoa errada abordar Bailey, caso a pessoa errada algum dia suspeitasse da verdadeira identidade da garota, ela seria capaz de olhar essa pessoa nos olhos e negar honestamente. *Minha mãe é uma nadadora ruiva. Minha mãe não é nada parecida com a pessoa que você acha que ela é.*

Encontro o olhar de Charlie e respondo com sinceridade.

— Ele não me contou muito. Mas uma vez me disse que eu teria gostado muito dela — digo. — Ele me disse que poderíamos ter sido amigas.

Charlie assente, mas continua em silêncio. E posso sentir todas as perguntas que ele quer fazer sobre minha vida com Owen, todas as perguntas sobre Bailey: sobre quem ela é agora, do que gosta, e como talvez ela ainda seja um pouco parecida com a irmã que perdeu, que ele nitidamente amava. Mas Charlie não pode fazer nenhuma dessas perguntas, não sem provocar outras, que ele não quer responder.

— Olha — diz, por fim —, se você quer que alguém te diga que, por causa da Kristin, meu pai vai ter um mínimo de boa vontade para superar o que aconteceu entre ele e Ethan, para que eles consigam chegar a algum tipo de trégua, isso não vai acontecer. Meu pai não vai fazer isso. Não é assim que funciona. Meu pai não superou o que aconteceu.

— Eu também sei disso.

E sei mesmo. Mas estou apostando no fato de que Charlie quer me ajudar mesmo assim. Ou não estaríamos tendo essa conversa. Estaríamos tendo uma conversa diferente — uma que nenhum de nós quer ter, sobre o que Owen fez à família dele. E a mim. Estaríamos tendo uma conversa que partiria meu coração.

Ele me olha com mais delicadeza.

— Eu te assustei hoje mais cedo? — pergunta.

— Eu que deveria estar perguntando isso a você.

— Eu não queria ter partido pra cima de você. Só que você me pegou realmente de surpresa — explica Charlie. — Não tem ideia de quantas pessoas aparecem aqui para criar problemas com meu pai. Todos esses viciados em histórias de crimes reais que viram a cobertura do julgamento pela TV, que acham que conhecem meu pai, que querem autógrafos mesmo depois de todos esses anos. Acho que fazemos parte do roteiro de algum tour do crime de Austin.

— Isso parece horrível — comento.

— É, sim — concorda ele. — É tudo horrível. — Charlie me encara com atenção. — Acho que você não tem ideia do que está fazendo. Acho que ainda espera um final feliz. Mas essa história não vai terminar bem — declara. — Não tem como terminar bem.

— Eu sei disso. Estou esperando outra coisa.

— O quê?

Faço uma pausa.

— Que a história não acabe aqui.

No lago

Charlie assume o volante.

Seguimos para o noroeste da cidade, passando pelo monte Bonnell, e entramos na região de Texas Hill Country. De repente, me vejo cercada por colinas, árvores e folhagens por toda parte, o lago do lado de fora das janelas do carro silencioso, calmo. Imóvel.

A chuva diminui quando entramos na Ranch Road. Charlie não fala muito, mas me conta que os pais compraram a propriedade em estilo mediterrâneo aninhada às margens do lago há alguns anos — no ano em que seu pai saiu da prisão, um ano antes da morte de sua mãe. Aquela era a casa dos sonhos dela, conta ele, aquele retiro privado, mas Nicholas passou a morar lá sozinho desde sua morte. Mais tarde, descubro que a propriedade custou dez milhões de dólares — aquele lugar que, como vejo em uma placa no começo da entrada de carros, a mãe de Charlie, Meredith, batizou de O REFÚGIO.

É fácil ver por que ela escolheu esse nome. É uma propriedade enorme, linda e reclusa. Totalmente privativa.

Charlie digita um código, e os portões de metal se abrem, revelando um caminho de paralelepípedos de pelo menos quinhentos metros de extensão que serpenteia lentamente até uma pequena guarita. A guarita está coberta de vinhas, o que a torna imperceptível.

A casa principal é menos imperceptível. Parece que pertence à Riviera Francesa, com varandas em cascata, um telhado de telhas antigas, a fachada de pedra. Mais impressionantes ainda são as lindas janelas salientes com mais de dois metros de altura, que recepcionam quem chega, convidando a entrar na casa.

Paramos diante da guarita, e um segurança sai de dentro dela. Ele é grande como um jogador profissional de futebol americano e usa um terno justo.

Charlie abre a janela enquanto o segurança se abaixa e se aproxima.

— Oi, Charlie — cumprimenta.

— Ned. Tudo bem?

Os olhos de Ned se desviam para mim e ele me cumprimenta com um breve aceno de cabeça. Então, se volta novamente para Charlie.

— Ele está esperando por vocês — diz.

Ned bate no capô do carro, então volta para dentro da guarita para abrir um segundo portão.

Nós o atravessamos, contornamos o caminho circular que leva à casa e paramos diante da porta da frente. Charlie estaciona o carro e desliga o motor. Mas não faz menção de descer. Parece que quer dizer alguma coisa. Mas deve ter mudado de ideia — ou pensado melhor —, porque acaba abrindo a porta do lado do motorista sem dizer uma palavra e sai.

Faço o mesmo e saio para a noite fria, o chão escorregadio por causa da chuva. Começo a andar em direção à porta, mas Charlie aponta para um portão lateral.

— Por aqui — orienta.

Ele segura o portão aberto para mim, e eu entro. Espero enquanto ele tranca o portão depois de passar, e começamos a andar por um caminho na lateral da casa, com suculentas e plantas ao redor.

Caminhamos lado a lado, Charlie na parte externa. Olho para dentro da casa — através daquelas janelas francesas compridas — e vejo um cômodo depois do outro, todos com a luz acesa.

Eu me pergunto se está tudo iluminado desse jeito por minha causa — para que eu possa ver como a decoração é impressionante, como cada detalhe foi levado em consideração. O corredor longo e sinuoso está repleto de obras de arte caras, de fotografias em preto e branco. A sala enorme tem o teto abobadado e sofás fundos com a base de madeira. E a cozinha de fazenda, que ocupa os fundos da casa, é realçada e valorizada pelo piso terracota e por uma enorme lareira de pedra.

Fico pensando em Nicholas morando aqui. Como será viver sozinho em uma casa como essa?

A trilhazinha segue serpenteando até uma varanda de piso xadrez, com colunas antigas e uma vista deslumbrante do lago — há barquinhos cintilando a distância, uma copa de carvalhos, a calma refrescante da água.

E um fosso. Essa casa, a casa de Nicholas Bell, tem seu próprio fosso. É um lembrete gritante de que não há como entrar ou sair daqui sem sua permissão.

Charlie aponta para uma fileira de espreguiçadeiras e se senta em uma delas, o lago brilhando ao longe.

Evito encontrar seu olhar e me concentro nos barquinhos. Eu sei por que precisava vir aqui. Mas, agora que estou realmente nesse lugar, parece um erro. Como se eu devesse ter ouvido o aviso de Charlie, como se nada de bom estivesse me esperando aqui dentro.

— Pode se sentar onde quiser — diz Charlie.

— Estou bem — respondo.

— Ele pode demorar um pouco.

Eu me apoio contra uma das colunas.

— Estou bem em pé — insisto.

— Talvez não seja com você que deva se preocupar...

Eu me viro ao som de uma voz masculina e fico surpresa ao ver Nicholas parado na porta atrás de nós. Ele está com dois cachorros ao lado, dois grandes labradores chocolate, que têm os olhos fixos nele.

— Essas colunas não são tão fortes quanto parecem — avisa.

Eu me afasto da estrutura.

— Desculpe.

— Não, não. Estou brincando. Só estou brincando com você — diz Nicholas.

Ele acena com a mão enquanto caminha na minha direção, os dedos ligeiramente tortos. É um homem magro com um cavanhaque ralo — e parece frágil com aqueles dedos artríticos, o jeans largo e um cardigã.

Mordo o lábio, tentando não demonstrar minha surpresa. Não era assim que eu esperava que Nicholas fosse — calmo, gentil. Ele se parece com o avô querido de alguém. O tom baixinho com que fala — com a cadência lenta, o humor irônico — me faz lembrar do meu próprio avô.

— Minha esposa comprou essas colunas de um mosteiro na França e despachou para cá em duas peças. Um artesão local montou de novo e fez com que ficassem iguais a como eram originalmente. Elas são muito resistentes.

— Também são lindas — comento.

— São mesmo, não são? — concorda Nicholas. — Minha esposa tinha um verdadeiro dom para decoração. Ela escolheu tudo que está nessa casa. Cada peça. — Ele parece sofrer só de falar na esposa. — Não tenho o hábito de falar sobre a decoração da minha casa, mas achei que você gostaria de saber um pouco da história... — continua.

Isso me pega desprevenida. Nicholas está tentando sugerir que sabe com o que eu trabalho? Ele poderia saber? Isso já pode ter vazado? Ou talvez *eu* tenha vazado a informação. Talvez *eu* tenha comentado alguma coisa com Charlie sem me dar conta. Alguma coisa que acabou entregando todos nós.

Seja como for, Nicholas agora está no comando. Dez horas atrás, talvez não fosse esse o caso. Mas mudei tudo quando vim para Austin. E agora estou no mundo de Nicholas. Austin é o mundo dele, e eu trouxe a gente para este lugar. Como se para confirmar o pensamento, dois seguranças também aparecem na porta — Ned e outro cara. Os dois são grandes e sérios, e se colocam atrás de Nicholas.

Ele nem olha para os homens. Em vez disso, estende as mãos para pegar as minhas. Como se fôssemos velhos amigos. Que escolha eu tenho? Estendo a mão para aceitar as dele.

— É um prazer conhecer você…
— Hannah — completo. — Pode me chamar de Hannah.
— Hannah — repete Nicholas.

Ele abre um sorriso — sincero e generoso. E, de repente, eu me sinto mais perturbada por isso do que pela ideia de ele se mostrar o oposto. Em que momento Owen se pegou parado na frente do sogro pensando *Nicholas só pode ser uma pessoa boa*? Como ele poderia sorrir desse jeito se não fosse? Como poderia ter criado a mulher que Owen amava se não fosse uma boa pessoa?

É difícil encará-lo, então abaixo os olhos para o chão, para os cães.

Nicholas acompanha meu olhar. Então, se abaixa e acaricia o pescoço dos labradores.

— Esse é o Casper e esse é o Leon — apresenta ele.
— Os dois são lindos.
— São mesmo. Trouxe os dois da Alemanha. Estamos no meio do treinamento deles para serem *Schutzhund*.

— Que significa...? — pergunto.

— A tradução oficial é "cão de guarda". Eles supostamente protegem os donos. Eu só acho que são uma boa companhia. — Nicholas faz uma pausa. — Quer fazer carinho neles?

Não acho que seja uma ameaça, mas também não me parece um convite, ao menos não um convite que eu esteja interessada em aceitar.

Olho para Charlie, que ainda está deitado na espreguiçadeira, o braço cobrindo os olhos. A pose relaxada parece forçada, quase como se estivesse se sentindo tão desconfortável na casa do pai quanto eu. Mas então Nicholas pousa a mão no ombro do filho e Charlie a segura ali.

— Oi, pai.

— Noite longa, garoto? — comenta Nicholas.

— Podemos dizer que sim.

— Vamos arrumar uma bebida pra você, então — diz.

— Que tal um uísque?

— Gosto da ideia — aceita Charlie. — Parece perfeito.

Ele olha para o pai com uma expressão sincera e aberta. E percebo que interpretei mal sua ansiedade. Seja lá por que está se sentindo mal, não parece ser por causa do pai, de quem continua a segurar a mão.

Parece que Grady estava certo sobre isso — quem quer que Nicholas possa ter sido em sua vida profissional, por mais feio ou perigoso que tenha sido seu trabalho, ele também é o homem que coloca a mão no ombro do filho adulto e lhe oferece uma bebida depois de uma noite difícil no trabalho. Isso é o que Charlie vê.

O que me faz pensar se Grady também está certo sobre o resto. Ou, devo dizer, me faz pensar no quanto Grady está certo sobre o resto. Que, para ficar a salvo — para manter Bailey a salvo —, eu deveria estar em qualquer outro lugar agora, menos aqui.

Nicholas faz sinal com a cabeça para Ned, que se aproxima de mim. Eu recuo e ergo as mãos.

— O que você está fazendo? — pergunto.

— Ele só vai se certificar de que você não está usando uma escuta — explica Nicholas.

— Você pode acreditar na minha palavra — dispenso. — O que eu teria a ganhar usando uma escuta?

Nicholas sorri.

— Esse é o tipo de pergunta com que não trabalho mais — retruca ele. — Se não se importar...

— Levante os braços, por favor — pede Ned.

Olho para Charlie esperando que me apoie — que diga que isso é desnecessário. Ele não se manifesta.

Faço o que Ned pede, dizendo a mim mesma que isso é como uma revista no aeroporto, como alguém me revistando na alfândega. Nada de mais. Mas as mãos de Ned estão frias e, durante todo o tempo em que ele apalpa a lateral do meu corpo, consigo ver a arma no seu quadril. Pronta para ser usada. E vejo Nicholas assistindo, os cães de guarda a seu lado, aparentemente prontos para serem usados também.

Sinto a respiração presa na garganta enquanto tento não demonstrar medo. Se um desses homens visse meu marido, faria mal a ele. Faria mal a ele a ponto de nada do que eu fizer agora ter importância. Ouço a voz de Grady. *Nicholas Bell é um homem mau. Esses homens são implacáveis.*

Ned se afasta de mim e assente para o chefe, o que presumo significar que estou liberada.

Encontro os olhos de Nicholas, ainda sentindo as mãos do segurança no meu corpo.

— É assim que recebe todos os seus convidados? — pergunto.

— Não costumo receber muitos convidados hoje em dia — retruca ele.

Assinto, ajeito meu suéter e cruzo os braços. Então Nicholas se vira para o filho.

— Sabe de uma coisa, Charlie? Eu gostaria de um tempo a sós com a Hannah. Por que você não toma sua bebida na beira da piscina? E depois pode ir para casa.

— Hannah veio no meu carro — argumenta ele.

— Marcus pode levá-la para onde ela precisar ir. Nos falamos amanhã. Sim?

Nicholas dá uma última palmadinha carinhosa no ombro do filho. Então, antes que Charlie possa dizer qualquer coisa, se é que há alguma coisa a dizer, Nicholas abre as portas da casa e entra.

Mas ele faz uma pausa sob o batente. Fica parado, me deixando decidir. Posso sair agora e ir para casa com Charlie ou posso ficar aqui sozinha com ele.

Essas são as minhas opções — ficar com Nicholas e ajudar minha família ou deixar minha família e proteger só a mim. Parece um teste bobo, como se eu precisasse disso, como se ainda não tivesse chegado ao ponto em que ajudar minha família e ajudar a mim mesma se tornou a mesma coisa.

— Vamos? — convida Nicholas.

Eu ainda posso ir embora. Ainda posso deixá-lo. O rosto de Owen surge na minha mente. Ele não iria querer me ver aqui. Então o rosto de Grady. *Vai embora. Vai embora. Vai embora.* Meu coração bate tão forte que tenho certeza de que Nicholas consegue ouvir. E, mesmo que ele não consiga, tenho certeza de que pode sentir a tensão exalando de mim.

Chega um momento em que a gente percebe que perdeu o controle da situação. Esse é o meu momento.

Os cães olham para Nicholas. Todos olham para Nicholas, inclusive eu.

Até que me adianto na única direção possível. Na direção dele.

— Depois de você — digo.

Dois anos antes

— Bailey, adorei seu vestido — falei.

Estávamos em Los Angeles, jantando no Felix, em Venice. Eu vinha trabalhando na casa de uma cliente, perto dos canais, e Owen achou que seria a oportunidade perfeita para Bailey e eu passarmos algum tempo juntas. Aquela era provavelmente a oitava vez que nos encontrávamos, mas ela sempre tentava escapar de fazer qualquer coisa além de ter uma refeição comigo. Normalmente, não passávamos o fim de semana inteiro juntas. Nós a levamos para ver Gustavo Dudamel no The Hollywood Bowl, e ela adorou. E agora estávamos jantando no melhor restaurante italiano de Los Angeles, que ela também adorava. A única coisa que Bailey não amava? Fazer tudo isso comigo junto.

— Esse tom de azul fica lindo em você — continuei.

Bailey não respondeu, nem mesmo se deu ao trabalho de dar de ombros mecanicamente. Ela só me ignorou e deu um gole na soda italiana que estava tomando.

— Tenho que ir ao banheiro — anunciou.

Então se levantou e saiu da mesa antes que Owen pudesse dizer qualquer coisa. Ele ficou olhando a filha se afastar. Quando Bailey sumiu de vista, Owen se virou para mim.

— Eu ia fazer uma surpresa — disse. — Mas talvez esse seja um bom momento para contar que vou levar você a Big Sur no próximo fim de semana.

Eu estava passando a semana em Los Angeles para terminar aquele projeto e planejava voar de volta para Sausalito na sexta-feira. Tínhamos conversado sobre dar uma volta pela costa e visitar os primos do Owen. Os primos, dissera ele, viviam em Carmel — uma cidadezinha turística na ponta da península.

— Então, sem primos em Carmel? — falei.

— Deve ter primos de alguém lá — brincou ele. Eu ri.
— Essa é uma das minhas vantagens — continuou. — Não tenho primos em lugar nenhum. Não trago ninguém da família na bagagem, a não ser a Bailey.

— E ela é uma bênção — comentei.

Ele sorriu para mim.

— Você realmente acha isso, não é?

— É lógico que acho. — Fiz uma pausa. — Não que o sentimento seja recíproco.

— Ainda vai ser. — Ele tomou um gole da sua bebida e empurrou o copo por cima da mesa, na minha direção. — Você já experimentou esse coquetel, Good Luck Charm, com bourbon? — perguntou. — Eu só tomo em ocasiões especiais. É uma mistura de bourbon, limão e hortelã. E traz sorte.

— Para que você precisa de sorte?

— Vou te perguntar uma coisa que você vai dizer que é muito cedo para perguntar — disse ele. — Tudo bem?

— Essa é a pergunta?

— A pergunta está vindo — garantiu. — Mas não agora, não quando minha filha está no banheiro, então pode voltar a respirar...

Ele não estava errado. Eu tinha parado de respirar, preocupada com a possibilidade de ele realmente fazer a pergunta. Fiquei apavorada de não ser capaz de dizer sim, caso ele fizesse. E também de não ser capaz de dizer não.

— Talvez eu pergunte em Big Sur. Vamos estar no topo daquelas falésias, rodeados por carvalhos, os mais bonitos que você já viu na vida. E dá pra dormir embaixo deles, em *yurts*, que têm vista para todas aquelas árvores, para o mar. Um deles está reservado para a gente.

— Eu nunca dormi em uma cabana — comentei.

— Bom, na semana que vem você não vai mais poder dizer isso.

Owen pegou a bebida de volta e tomou um longo gole.

— E sei que estou me adiantando, mas você provavelmente deve saber que mal posso esperar para ser seu marido — declarou. — Só para registrar.

— Bem, não quero me comprometer — falei. — Mas sinto o mesmo.

Foi então que Bailey voltou para a mesa. Ela se sentou e comeu o macarrão que havia pedido, uma versão deliciosa do sul da Itália com molho *cacio e pepe*. Era uma mistura quase indecente de queijo, pimenta e azeite salgado.

Owen se inclinou e pegou uma garfada enorme, direto do prato dela.

— Pai! — Bailey riu.

— Quem ama cuida... e compartilha a comida — brincou ele, com a boca cheia. — Quer ouvir uma coisa legal?

— Lógico — disse ela. E sorriu para o pai.

— Hannah conseguiu ingressos para nós três vermos a nova montagem de *Descalços no parque*, amanhã à noite, no Geffen — falou Owen. — Neil Simon também é um dos roteiristas favoritos dela. Não é incrível?

— A gente vai ver a Hannah de novo amanhã? — perguntou a garota. As palavras saíram de sua boca antes que ela conseguisse se conter.

— Bailey... — Owen balançou a cabeça.

Então ele me lançou um olhar contrito: *Desculpa por ela estar se comportando assim*.

Dei de ombros, como quem diz: *Tá tudo bem, deixa ela se comportar como quiser*.

Eu estava falando sério. Por mim estava tudo bem. Bailey era adolescente e não teve mãe durante a maior parte da vida. Ela só tinha o pai. Eu não esperava que fosse aceitar tranquilamente a perspectiva de compartilhá-lo com outra pessoa. Acho que ninguém deveria esperar isso dela.

Bailey abaixou os olhos, envergonhada.

— Desculpa, eu só... tenho muito dever de casa pra fazer — falou.

— Não, imagina, não tem problema — me apressei a dizer. — Eu também tenho muito trabalho pra fazer. Por que vocês dois não vão assistir à peça? Só você e seu pai. E a gente pode se encontrar depois, no hotel, se você tiver terminado o dever de casa, que tal?

Ela olhou para mim, esperando pela pegadinha. Não havia nenhuma. Eu queria que ela entendesse isso. Independentemente do que eu viesse a fazer de certo em relação a ela e do que eu viesse a fazer de errado (e, a julgar pelo modo como as coisas estavam começando, eu sabia que faria muitas coisas que ela consideraria erradas), nunca teria uma pegadinha. Essa era uma promessa que eu podia fazer a Bailey. Ela não precisava ser legal comigo. Não precisava fingir. Só tinha que ser ela mesma.

— De verdade, Bailey. Sem pressão — garanti.

Owen chegou mais perto de mim e pegou minha mão.

— Eu realmente queria que fôssemos todos juntos — falou.

— Da próxima vez — respondi. — A gente faz isso na próxima.

Bailey levantou os olhos. E vi ali, antes que ela conseguisse esconder. Vi em seus olhos, como um segredo que ela não queria me contar: gratidão por eu ter entendido como ela se sentia. Vi como ela precisava de alguém que a compreendesse, alguém além do pai. Vi o que ela pensou, mesmo que só por um segundo — que talvez esse alguém pudesse ser eu.

— Sim — concordou ela. — Da próxima vez.

E, pela primeira vez, Bailey sorriu para mim.

Algumas coisas precisamos fazer sozinhos

Descemos o longo corredor de paredes decoradas com fotos artísticas, passando por uma da costa da Califórnia. A linda costa perto de Big Sur. A foto tem pelo menos dois metros de comprimento, uma visão panorâmica daquele trecho quase impossível de estrada esculpido na junção da montanha íngreme, das rochas e do oceano. Estou tão concentrada na foto, me sentindo reconfortada pela paisagem familiar, que por pouco não vejo quando passamos pela sala de jantar. Por pouco me escapa a mesa de jantar ali dentro. Minha mesa de jantar — a que apareceu na *Architectural Digest*. A mesa que ajudou a deslanchar minha carreira.

É minha peça mais reproduzida. Uma loja grande começou até a replicá-la depois que a matéria foi publicada na revista.

A imagem me desconcerta. Nicholas disse que foi a esposa que escolheu cuidadosamente cada peça de mobília desta casa. E se ela leu a matéria da *Architectural Digest*? E se foi isso que a levou à mesa? Era possível. A matéria ainda estava no site da revista. Alguns cliques na internet, nos últimos anos, poderiam tê-la levado à neta perdida, se ela tivesse procurado com atenção, se soubesse o que pesquisar.

Afinal, foram alguns cliques que me trouxeram aqui, a esta casa onde não quero estar — e um pedaço do meu passado me encontra nesse lugar, como se eu precisasse de outro lembrete de que tudo o que importa na minha vida está à mercê do que vai acontecer agora.

Nicholas abre uma porta grossa de carvalho e segura para que eu entre primeiro.

Evito olhar para Ned, que está alguns metros atrás de nós. Evito olhar para os cachorros babando, que andam ao lado dele.

Sigo Nicholas até o escritório dele e olho ao redor — as poltronas de couro escuro e as luminárias de leitura, as estantes de mogno, com enciclopédias e livros clássicos ocupando as prateleiras. Diplomas e menções honrosas de Nicholas Bell pendurados nas paredes. *Summa cum laude. Phi Beta Kappa. Law Review.* Estão emoldurados e expostos com orgulho.

O escritório é diferente do resto da casa. Parece mais pessoal. Está cheio de fotos da família — nas paredes, no aparador, nas estantes de livros. Mas a escrivaninha é totalmente dedicada a fotos de Bailey. Fotos em porta--retratos de prata de lei, fotos ampliadas até o dobro do tamanho original. São todas de Bailey bem pequena, com os olhos escuros muito grandes. E cachos macios, nenhum deles roxo ainda.

Então, vejo fotos da mãe dela, Kate. Com Bailey no colo em quase todas: Bailey e Kate tomando sorvete; Bailey e Kate aconchegadas juntas em um banco de parque. Eu me concentro em uma foto de Bailey com alguns dias de idade, usando um gorrinho azul. Kate está deitada na cama com ela, os lábios encostados nos de Bailey, a testa contra a da filha. Aquilo quase parte meu coração. E imagino que seja por isso que Nicholas as mantém à vista — por isso ele mantém todas à vista. Porque quase partem o coração dele, todos os dias.

Essa é a questão do bem e do mal. Um não está tão distante assim do outro — e os dois muitas vezes começam do mesmo ponto de vista corajoso de querer que alguma coisa seja diferente.

Ned fica no corredor. Nicholas faz um gesto em sua direção, e ele fecha a porta. A porta grossa de carvalho. O segurança está no corredor, os cachorros também.

E nós dois estamos sozinhos no escritório.

Nicholas vai até o bar para nos servir uma bebida. Depois de entregar meu copo, ele se senta atrás da escrivaninha e deixa para mim a poltrona à frente — uma poltrona funda, de couro, com arremates dourados.

— Fique à vontade — diz.

Eu me sento com a bebida na mão. Mas não gosto de estar de costas para a porta. Por um segundo, penso que não é impossível alguém entrar e me dar um tiro. Um dos seguranças poderia me surpreender, os cachorros poderiam entrar em ação. O próprio Charlie poderia entrar de repente. Talvez eu tenha entendido mal o que Owen colocou no testamento. Talvez, na tentativa de tirar Bailey e Owen dessa confusão onde acabei enfiando os dois ainda mais fundo, eu tenha me colocado sozinha na cova do leão. Como um sacrifício. Em nome de Kate. Ou de Owen. Ou de Bailey.

Lembro a mim mesma de que tudo bem se for assim. Se conseguir o que vim fazer aqui, vou aceitar essa situação.

Pouso a bebida na mesa. E meus olhos se desviam novamente para as fotos de Bailey bebê. Vejo uma em que ela está usando um vestido de festa, com um laço no cabelo.

Isso me dá algum conforto, e Nicholas parece perceber. Ele pega a foto e me entrega.

— Isso foi no aniversário de dois anos da Kristin. Ela já estava falando frases completas. Foi incrível. Eu a levei ao parque, talvez na semana seguinte, e encontramos com o pediatra dela. Ele perguntou pra Kristin como estava tudo e ela deu uma resposta de dois parágrafos — conta ele. — O pediatra não conseguiu acreditar.

Fico olhando para a foto na minha mão. Bailey me encara de volta, aqueles cachos uma amostra de toda a sua personalidade.

— Eu acredito — declaro.

Nicholas pigarreia.

— Isso quer dizer que ela ainda é assim?

— Não — respondo. — Monossílabos fazem mais o estilo dela atualmente, pelo menos no que diz respeito a mim. Mas, de um modo geral, sim. De um modo geral, ela é uma estrela.

Levanto os olhos e vejo o rosto de Nicholas. Ele parece zangado. Não sei bem por quê. Será que é por eu ter feito alguma coisa para que Bailey não goste de mim como eu desejaria que ela gostasse? Ou porque ele mesmo nunca teve essa chance?

Devolvo a foto. Ele a coloca de volta em cima da escrivaninha, ajustando obsessivamente para que fique no lugar exato onde estava antes, mantendo cada pedaço que ele tem dela exatamente onde pode encontrá-lo. Parece uma espécie de ritual, como se o fato de ele se manter próximo dela desse jeito pudesse acabar ajudando-o a encontrá-la de novo.

— Então, Hannah, o que posso fazer por você, exatamente?

— Bem, espero que possamos chegar a um acordo, Sr. Bell.

— Nicholas, por favor — pede ele.

— Nicholas — repito.

— E não.

Respiro fundo e chego mais para a frente na cadeira.

— Você ainda nem ouviu o que eu tenho a dizer.

— O que quero dizer é que não, não é por isso que você está aqui, para chegar a um acordo — diz ele. — Nós dois sabemos disso. Você está aqui na esperança de que eu não seja quem todos dizem que eu sou.

— Isso não é verdade — retruco. — Não estou interessada em quem estava certo ou errado nessa história.

— Isso é bom — comenta ele —, porque acho que você não gostaria da resposta verdadeira. As pessoas não tendem a funcionar dessa forma. Temos uma opinião e filtramos as informações de maneira que apoiem essa opinião.

— Você não acredita que as pessoas possam mudar de ideia? — pergunto.

— Isso a surpreende?

— Normalmente não, mas você é advogado — argumento. — Convencer as pessoas não é uma parte importante do seu trabalho?

Ele sorri.

— Acho que você está me confundindo com um promotor. Um advogado de defesa, pelo menos um bom advogado de defesa, nunca tenta convencer alguém de nada. Fazemos o oposto. Lembramos a todos que não é possível saber de nada com certeza.

Nicholas pega uma caixa marrom em cima da escrivaninha, uma cigarreira. Ele abre a tampa e pega um cigarro.

— Não vou oferecer um pra você — declara. — Sei que é um hábito lamentável, mas comecei a fumar quando era adolescente. Não tinha muito mais o que fazer na cidade de onde eu vim. E voltei a fumar na prisão, pelo mesmo motivo. Desde então, não consegui mais parar. Quando minha esposa ainda estava com a gente, eu tentei. Comprei aqueles adesivos de nicotina, sabe? Ajudam se você tiver disciplina, mas não vou mais fazer de conta que quero parar. Não desde que perdi Meredith... Pra quê? Charlie fica no meu pé por causa disso, mas não há muito que ele possa fazer. Sei que estou velho. Outra coisa vai me levar primeiro.

Ele leva o cigarro à boca, o isqueiro de prata na mão.

— Eu gostaria de te contar uma breve história, se me permitir — diz. — Já ouviu falar de Harris Gray?

— Acho que não — respondo.

Ele acende o cigarro e traga profundamente.

— Não, lógico que não. Por que teria ouvido? Ele me apresentou aos meus antigos clientes — continua Nicholas. — Quando eu o conheci, Gray tinha vinte e um anos e estava em uma posição baixa na escala hierárquica da organização. Se ele fosse mais antigo ali, os líderes teriam chamado um dos advogados da organização para ajudá-lo e eu não estaria sentado à sua frente agora. Mas não era o caso. Então, fui chamado para representá-lo como defensor público. Um caso qualquer, que chegou ao escritório da defensoria em uma noite em que eu estava trabalhando até tarde. Harris foi pego com opioide. Não era uma tonelada, mas o bastante. Ele foi acusado de intenção de tráfico. O que, nem preciso dizer, era mesmo sua intenção. — Ele dá outra tragada no cigarro. — A questão é que eu fiz meu trabalho, talvez um pouco bem demais. Em uma situação normal, Harris pegaria trinta e seis meses de prisão, talvez até setenta e dois, se caísse com o juiz errado. Mas consegui que ele fosse absolvido.

— Como fez isso? — pergunto.

— Como com tudo que queremos fazer bem — responde ele. — Eu prestei atenção. E o promotor não esperava isso. Ele foi desleixado. Não trouxe à tona algumas provas escusatórias, então consegui que o caso fosse arquivado.

E Harris foi absolvido. Depois disso, os patrões dele pediram para me conhecer. Tinham ficado impressionados. E queriam me dizer isso. Queriam que eu fizesse o mesmo trabalho por outros membros da organização que tinham se metido em apuros.

Não sei o que Nicholas espera que eu diga, mas ele olha para mim, talvez só para ter certeza de que estou prestando atenção.

— Esses cavalheiros à frente da organização do Harris decidiram que eu tinha o talento essencial para manter a equipe deles... ativa. Então, levaram a mim e a minha esposa para o sul da Flórida em um avião particular. Eu nunca tinha voado de primeira classe antes, menos ainda em um avião particular. Mas eles nos levaram para lá no avião deles e nos hospedaram em uma suíte de um hotel à beira-mar, onde tínhamos nosso próprio mordomo. E me fizeram uma proposta de negócios difícil de recusar. — Ele faz uma pausa. — Não sei bem por que estou mencionando o avião ou o mordomo à beira-mar. Talvez para que você entenda que eu estava bem longe da minha zona de conforto. Não que eu esteja dizendo que não tive escolha quanto a trabalhar para eles. Acredito que sempre temos escolha. E a escolha que fiz foi defender pessoas que, por lei, merecem uma defesa adequada. Há certa honra nisso. Nunca menti pra minha família sobre o que fazia. Eu os poupei de alguns detalhes, mas todos sabiam do quadro geral e sabiam que eu não havia cruzado nenhum limite. Eu fiz o meu trabalho. Cuidei da minha família. No fim das contas, não é muito diferente de trabalhar para uma empresa de tabaco — argumenta. — É preciso fazer o mesmo cálculo moral.

— Eu também não trabalharia para uma empresa de tabaco — digo.

— Bem, nem todos nós podemos nos dar ao luxo de seguir seu código moral tão perfeito — retruca ele.

Nicholas diz isso com certa irritação. Estou me arriscando, discutindo com ele, mas me ocorre que pode ser exatamente por isso que ele está me contando essa história, a versão que ele quer que eu veja. Para me testar. Para testar se vou fazer o que fiz — argumentar, me envolver. Deve ser por isso que ele apresentou a própria história dessa maneira — esse é o primeiro teste. Ele quer ver se vou deixar que fale como quiser, se vou fazer qualquer coisa para cair nas suas graças ou se serei humana.

— Não que meu código moral seja assim tão rígido, mas me parece que seus clientes estavam fazendo mal a muita gente, de várias maneiras, e você sabia disso — comento. — E ainda assim escolheu ajudá-los.

— Ah, esse é o limite? — pergunta. — Fazer mal a alguém? E quanto ao mal que se causa quando se arranca uma criança da família logo depois que ela perdeu a mãe? E quanto ao mal que se causa quando se priva essa criança de conviver com todos que poderiam ter garantido que ela se lembrasse da mãe? Com todos que a amavam?

Isso me faz parar para pensar. E agora eu entendo. Nicholas não me contou a história dele para se apresentar de uma forma mais favorável ou para ver se eu me solidarizaria com ele. Ele me contou aquela história para que eu levasse a conversa a esse exato lugar, onde ele poderia colocar para fora a fúria que sente. Ele queria me atingir com essa fúria. Queria me atingir com o mal que Owen lhe causou — com o preço do que ele escolheu fazer.

— Acho que é a hipocrisia dele que considero mais impressionante — continua Nicholas. — Levando em consideração que Ethan sabia exatamente o que eu fazia e o que eu não fazia pelos meus clientes. Sabia mais do que meus próprios filhos. Em parte porque entendia de criptografia e de computadores. E em parte porque nós dois ficamos próximos e eu me abri com ele. Digamos apenas que Ethan me ajudou a fazer certas coisas. E por isso ele foi capaz de causar os problemas que causou.

Não sei como argumentar contra isso. Não sei como discutir com Nicholas sobre nada disso. É assim que ele se vê, como um homem de família, como um homem injustiçado. E vê o genro como o homem responsável por essa injustiça, o que torna Owen tão culpado quanto ele. Não tenho como argumentar com algo tão intrínseco à compreensão dele de si mesmo. Então escolho não fazer isso. Escolho seguir por outro caminho.

— Não acho que você esteja errado em relação a isso — declaro.

— Não? — questiona ele.

— A única coisa que sei sobre meu marido é que ele faria qualquer coisa pela família. E era isso que você representava para ele, então imagino que ele deve mesmo ter se envolvido bastante em tudo o que você pediu. — Faço uma pausa. — Até decidir que não podia mais participar daquilo.

— Eu já estava trabalhando para meus clientes havia muito tempo quando Ethan entrou na vida da minha filha — explica ele. — Para outros clientes também, inclusive. Continuei a defender pessoas que você aprovaria, ainda trabalho para esses clientes, embora tenha certeza de que você está menos interessada nas minhas boas ações.

Eu não digo nada. Nicholas não está esperando que eu diga alguma coisa. Está tentando defender o argumento dele, e está chegando na parte importante.

— Ethan me culpou pelo que aconteceu com a Kate. Ele culpou os homens para quem eu trabalhava, quando eles não tiveram nada a ver com o que aconteceu. Minha filha estava trabalhando para um juiz da Suprema Corte do Texas, um juiz muito influente da Suprema Corte do Texas. Você sabia disso?

Assinto.

— Sabia.

— E você sabia que esse juiz mudou drasticamente a posição do tribunal do Texas, colocando-se politicamente à esquerda, e que ele estava prestes a dar o voto decisivo contra uma grande empresa de energia, a segunda maior do país? Se quiser falar sobre criminosos de verdade, aqueles cavalheiros estavam jogando produtos químicos altamente tóxicos na atmosfera com uma rapidez que deixaria você impressionada.

Ele me encara.

— O que estou querendo dizer é que esse juiz, o chefe da Kate, estava garantindo uma posição majoritária da corte de justiça contra essa empresa de energia. Isso levaria a uma reforma radical e custaria cerca de seis bilhões de dólares à empresa, para aprimorar seus esforços de conservação ambiental. E, um dia depois que minha filha foi morta, o juiz voltou para casa e encontrou uma bala na sua caixa de correio. O que isso parece para você? Uma coincidência? Ou um alerta?

— Não sei o suficiente para opinar — digo.

— Bom, Ethan achou que sabia. Ninguém conseguiu convencê-lo de que os homens a quem eu passei duas décadas protegendo não fariam uma coisa dessas com a minha filha. Que eu conhecia esses homens e sabia que eles tinham seu próprio código de honra. Não era assim que faziam as coisas. Nem mesmo os colegas mais nefastos deles faziam coisas assim do nada. Mas o Ethan não queria acreditar. Ele só queria me culpar. E me punir. Como se eu já não tivesse sido punido o suficiente. — Ele para por um momento. — Não há nada pior do que perder um filho. Nada. Especialmente quando se é alguém que vive para a família.

— Isso eu posso entender — afirmo.

— Seu marido, não. Essa foi a parte que ele nunca conseguiu entender a meu respeito — retruca Nicholas. — Depois do testemunho do Ethan, preferi passar seis anos e meio na prisão em vez de colocar minha família em risco expondo os segredos dos meus clientes. O que eles também consideram um serviço. Portanto, meus clientes continuam a ser generosos comigo ainda hoje. Embora eu esteja aposentado, eles me consideram da família.

— Mesmo seu genro tendo feito com que muitos deles fossem parar na prisão? — pergunto.

— A maioria dos membros da organização que foi presa junto comigo era de nível inferior — explica Nicholas. — Eu recebi o golpe no lugar do alto escalão. Eles não se esqueceram disso. E não vão se esquecer.

— Então você poderia pedir a eles para pouparem o Ethan? Teoricamente? Se você quisesse?

— Você não estava prestando atenção no que acabei de falar? — ironiza ele. — Não tenho o menor interesse em fazer isso. Além disso, não posso pagar a dívida dele. Ninguém pode.

— Acabou de dizer que eles fariam qualquer coisa por você.

— Talvez isso seja o que você quis ouvir — retruca Nicholas. — O que eu disse é que eles são generosos comigo em relação a certas coisas. Não a tudo. Nem famílias perdoam tudo.

— Não — concordo. — Acho que não.

É quando percebo mais uma coisa. Percebo isso no que Nicholas não admitiu — ao menos ainda não.

— Você nunca gostou do Ethan, não é? — pergunto.

— Como?

— Mesmo antes de tudo acontecer, quando você o conheceu, ele não era quem você teria escolhido. Pra sua filha. Aquele garoto pobre do sul do Texas, querendo se casar com sua única filha. Com certeza não era o que você queria para ela. Ele poderia ter sido você. Cresceu em uma cidade como aquela de onde você veio. Era um pouco parecido demais com o que você fez questão de deixar de ser.

— Você é psicóloga?

— De forma alguma — respondo. — Eu só presto atenção.

Ele me encara com uma expressão bem-humorada. Parece gostar disso. Parece gostar do fato de eu ter usado suas palavras contra ele.

— Então, o que está me perguntando?

— Tudo o que você fez foi para que seus filhos pudessem fazer escolhas diferentes das suas. Kate. Charlie. Escolhas mais fáceis. Para que tivessem uma infância promissora. As melhores escolas, as maiores oportunidades. Assim, não teriam que se esforçar tanto. Só que um dos seus filhos abandonou a faculdade de arquitetura e decidiu assumir o bar da família da sua esposa. E se divorciou.

— Cuidado — alerta Nicholas.

— E a outra escolhe alguém que é a última pessoa que você desejaria para ela.

— Como minha esposa costumava dizer, não podemos escolher quem nossos filhos amam. Eu fiz as pazes com o fato de ela ter escolhido Ethan. Só queria que minha filha fosse feliz.

— Mas você teve essa intuição, não foi? De que ele não era a melhor pessoa para Kate, que não a faria feliz.

Nicholas se inclina para a frente. Não está mais sorrindo.

— Você sabia que, quando a Kate e o Ethan começaram a namorar, ela ficou um ano sem falar comigo?

— Até ontem, eu nem sabia que a Kate existia — respondo. — Então, não tenho nenhum conhecimento dos detalhes de como esse relacionamento se desenrolou.

— Ela era caloura na faculdade e decidiu que não queria mais contato com a gente. Comigo, na verdade... Kate nunca parou de falar com a mãe — conta ele. — Isso foi tudo influência do Ethan. Mas nós superamos isso. Kate voltou para casa e fizemos as pazes. É assim que as filhas são. Elas amam os pais. E Ethan e eu...

— Você passou a confiar nele? — pergunto.

— Sim. Obviamente não deveria, mas confiei. Eu poderia contar a você uma história sobre seu marido que faria com que você nunca mais o visse da mesma maneira.

Fico em silêncio. Porque sei que Nicholas está dizendo a verdade, pelo menos da maneira como ele vê as coisas. Owen, aos olhos dele, é uma pessoa má. Fez coisas ruins para ele. Traiu sua confiança. Roubou a neta dele. E desapareceu.

Nicholas não está errado sobre nada disso. Talvez ele não esteja errado nem sobre mim. Se eu decidir mergulhar no abismo da dúvida que Nicholas deseja criar em relação a Owen, não será difícil chegar ao fundo. Owen não é quem eu pensei que fosse, pelo menos não nos detalhes. Há partes que eu gostaria que não existissem, partes que não consigo ignorar. Mas esse é o acordo que todos assinamos quando amamos alguém. Na alegria e na tristeza. É o acordo que temos que continuar a cumprir para manter esse amor. Não nos afastamos das partes de alguém que não queremos ver. Não importa se somos confrontados com essas partes logo de cara ou se demora. Nós aceitamos a pessoa que amamos se formos fortes o bastante para isso. Ou aceitamos o suficiente para não permitir que as partes ruins dessa pessoa se tornem a história toda.

Porque também tem isso. Os detalhes não são a história toda. A história toda ainda inclui este fato: eu amo o Owen. Amo. E Nicholas não vai me convencer de que eu não deveria amá-lo. Ele não vai me convencer de que fui enganada. Apesar de tudo, apesar de qualquer evidência do contrário, acredito que não fui. Acredito que conheço meu marido, as partes que mais importam dele. É por isso que estou sentada aqui. É por isso que digo o que seguinte:

— Apesar de tudo, acho que você sabe o quanto meu marido ama sua neta.

— Aonde você quer chegar? — pergunta Nicholas.

— Eu quero fazer um acordo com você.

Ele começa a rir.

— Voltamos a isso? Minha cara, você não sabe o que está dizendo. Não cabe a você fazer qualquer acordo.

— Eu acho que cabe, sim.

— Por quê?

Respiro fundo, porque sei que esse é o momento da verdade com Nicholas. Tudo vai depender de como eu vender minha ideia para ele. É agora que ele vai me ouvir ou não. E só o que está em jogo é o futuro da minha família. Minha identidade. A identidade de Bailey. A vida de Owen.

— Acho que meu marido preferiria morrer a deixar você chegar perto da sua neta. É o que eu penso. Ele provou isso abandonando tudo e tirando Bailey daqui. Por mais furioso que você se sinta por causa disso, ainda respeita meu marido por ser esse tipo de pai. Você não achava que ele seria assim.

Nicholas não diz nada, mas também não desvia o olhar. Seus olhos permanecem fixos nos meus. Eu sinto que ele está ficando furioso, talvez um pouco demais, mas continuo:

— E imagino que você gostaria de ter um relacionamento com a sua neta, certo? Acho que deve ser o que você mais quer. E que estaria disposto a fazer acordos com seus ex-colegas para permitir que isso aconteça. Pelo que me contou, você pode insistir para que eles nos deixem em paz, para que nos deixem seguir com a nossa vida. Se quer conviver com a sua neta, acho que sabe que essa é a única coisa que pode fazer. É isso ou deixá-la desaparecer novamente. Porque essa é a outra opção, é a opção que dizem que eu deveria considerar. Programa de proteção a testemunhas, um novo começo. Sua neta sem poder ser sua neta. Mais uma vez.

E, de repente, acontece. Como se um interruptor tivesse sido acionado, os olhos de Nicholas se tornam sombrios, parecem se esvaziar. Seu rosto fica muito vermelho.

— O que você acabou de dizer? — pergunta.

Ele se levanta. Eu empurro a cadeira para trás, quase antes de me dar conta do que estou fazendo. E chego mais perto da porta, como se houvesse uma possibilidade real de ele me atacar. Parece possível. De repente, tudo parece possível, a menos que eu saia desta sala. A menos que eu me afaste dele.

— Não gosto de ser ameaçado — declara Nicholas.

— Não estou ameaçando você — retruco, tentando manter a voz firme. — Não era essa a minha intenção.

— Então, qual é a sua intenção?

— Estou pedindo que você me ajude a manter sua neta em segurança — explico. — Estou pedindo que me coloque em uma posição em que eu possa permitir que Bailey conheça a família dela. Que conheça você.

Nicholas não volta a se sentar. Ele permanece de pé, me encarando. Por muito tempo. Pelo que parece muito tempo.

— Esses outros cavalheiros — diz, por fim —, meus antigos clientes... Eu provavelmente poderia chegar a um acordo com eles. Isso me custaria um pouco de capital. E eles com certeza se perguntariam se estou ficando senil. Mas... acho que posso garantir que eles deixem você e minha neta em paz.

Assinto, sentindo a garganta apertada quando começo a fazer a pergunta, a próxima pergunta que preciso fazer.

— E o Ethan?

— Não, o Ethan, não — responde ele.

Nicholas diz isso sem deixar margem para dúvidas. De forma definitiva.

— Se o Ethan voltasse, eu não poderia garantir a segurança dele — afirma. — A dívida dele é muito grande. Como eu disse, não posso protegê-lo, mesmo se quisesse. O que, para ser sincero com você, não quero.

Eu estava preparada para isso, para essa posição inflexível. Estava o mais preparada que consegui — uma pequena parte de mim ainda agarrada à chance de que eu não tivesse que me submeter a isso. A fazer o que vim fazer aqui. Uma pequena parte de mim sem acreditar ainda, mesmo quando começo a falar.

— Mas sua neta — retomo. — Você poderia mantê-la em segurança? É isso o que está dizendo?

— Possivelmente, sim.

Fico em silêncio por um momento. Até confiar em mim mesma para voltar a falar.

— Ok, então — digo.

— Ok, então? — repete Nicholas. — Ok, então, o quê?

— Eu gostaria que você falasse com seus antigos clientes sobre essa possibilidade — declaro.

Nicholas nem tenta esconder como está confuso. Ele está confuso porque achou que sabia o que eu estava fazendo aqui. Achou que eu imploraria pela vida de Owen, pela segurança do meu marido. Mas não entende que é exatamente isso o que estou fazendo, mesmo que não pareça.

— Você entende o que está considerando? — pergunta ele.

Estou considerando a possibilidade de uma vida sem Owen. É isso. Uma vida nada parecida com a que imaginei para mim, mas uma vida onde Bailey consegue continuar sendo ela mesma. Consegue continuar sendo a jovem que se tornou sob o olhar atento de Owen, de quem ele tanto se orgulha. Bailey vai poder continuar vivendo a vida dela, vai poder ir para a faculdade daqui a dois anos e ter a vida que quiser — não como outra pessoa, não como alguém que ela precisaria fingir ser, mas como ela mesma.

Bailey e eu vamos continuar — mas sem Owen, sem Ethan. Owen, Ethan: os dois começam a se fundir na minha mente — o marido que eu achava que conhecia, o marido que eu não conheci. O marido que eu não posso ter. É isso que estou considerando.

Esse é o acordo que estou disposta a fazer se Nicholas também estiver. E digo a ele por quê.

— É isso que Ethan quer.

— Passar a vida sem ela? — pergunta ele. — Não acredito nisso.

Dou de ombros.

— Isso não torna menos verdade.

Nicholas fecha os olhos. Ele parece cansado de repente. E sei que, em parte, é porque está pensando em si mesmo — na filha (e na neta) que perdeu. Mas também porque sente compaixão por Owen, uma compaixão que não quer sentir, mas que sente assim mesmo.

E aí está, o que Nicholas não pretendia me mostrar. Sua humanidade.

Então decido contar a verdade a ele, dizer em voz alta o que não saiu da minha cabeça durante toda a semana, mas que eu ainda não contei a ninguém.

— Eu nunca tive uma mãe de verdade — comento. — A minha foi embora quando eu era pequena, não muito mais velha do que sua neta quando você a viu pela última vez. E minha mãe nunca participou da minha vida de uma forma significativa. De vez em quando mandava um cartão ou me ligava.

— E por que você está me contando isso? — diz Nicholas. — Quer apelar para a minha compaixão?

— Não, não é isso — respondo. — Eu tive meu avô, que era um cara incrível. Inspirador. E amoroso. Eu tive mais do que a maioria das pessoas.

— Então, por que está me contando?

— Porque espero que isso ajude você a entender que, mesmo diante de tudo o que posso perder aqui, minha prioridade é sua neta. Fazer o que é certo para ela, custe o que custar, vale o sacrifício — declaro. — Você sabe disso melhor do que eu.

— Por quê? — pergunta Nicholas.

— Você foi o primeiro a fazer isso.

Ele não diz nada. Não precisa. Porque Nicholas entende o que estou lhe dizendo. Minha mãe nunca tentou lutar pela família dela — nunca tentou lutar por mim. Isso a define. Ao que parece, estou disposta a desistir de tudo para fazer o oposto por Bailey. E de alguma forma, isso vai me definir.

E se Nicholas concordar com o que estou pedindo a ele, isso o definirá também. Vamos ter isso em comum. Vamos ter Bailey em comum. Seremos as duas pessoas dispostas a fazer o que for necessário por ela.

Nicholas cruza os braços diante do peito, quase como se estivesse se dando um abraço, quase como se estivesse se protegendo do que não sabe se deveria fazer.

— Se uma parte de você acha que essa situação vai mudar algum dia — avisa ele —, que um dia as coisas vão ser diferentes e o Ethan vai poder voltar para vocês, voltar para sua vida, e que meus antigos clientes vão fingir que não viram... isso não vai acontecer. É impossível. Esses homens não esquecem. Isso nunca vai acontecer.

Respiro fundo antes dizer o que realmente sinto.

— Eu não espero isso.

Nicholas está me observando, me avaliando. E acho que ele está do meu lado. Ou, pelo menos, estamos nos aproximando um do outro. Para melhor ou para pior.

Mas ouvimos uma batida na porta. E Charlie entra. Charlie, que aparentemente não foi embora, apesar das ordens do pai. E Nicholas não parece nada satisfeito com ele por isso. Mas está prestes a ficar ainda menos satisfeito.

— Grady Bradford está no portão da frente — avisa Charlie. — Com uma dezena de delegados federais atrás dele.

— Até que demorou — comenta Nicholas.

— O que você quer que eu faça? — pergunta Charlie.

— Deixe-o entrar.

Então, Nicholas se vira e encontra meu olhar, e o momento de identificação entre nós aparentemente acabou.

— Se o Ethan voltar para casa, eles vão saber — alerta. — Vão estar sempre atrás dele.

— Eu entendo.

— Eles podem encontrar o Ethan mesmo que ele não volte — continua Nicholas.

— Bom, ainda não encontraram.

Ele inclina a cabeça e fica me observando.

— Acho que você está errada — diz, por fim. — Acho que a última coisa que Ethan iria querer seria passar a vida longe da filha...

— Não acho que essa seja a última coisa que ele iria querer. Não.

— O que seria, então? — pergunta Nicholas.

Que alguma coisa acontecesse com a Bailey, tenho vontade de responder. *Que, por causa dele, da ligação dele com tudo isso, algum mal acabasse acontecendo à filha. Que terminasse com ela morta.*

— Outra coisa — me limito a dizer.

Proteja ela.

Charlie toca no meu ombro.

— Vieram buscar você — anuncia ele. — Você precisa ir.

Eu me levanto para ir embora. Nicholas pareceu ter me ouvido, mas ao mesmo tempo parece não querer ouvir nada. E agora já foi.

Não há mais nada a ser feito. Então acompanho Charlie. Sigo em direção à porta.

Mas então Nicholas fala:

— Kristin... — começa. — Você acha que ela vai estar disposta a me conhecer?

Eu me viro e encontro seu olhar.

— Acho que sim — respondo. — Sim.

— E como isso vai acontecer?

— Ela vai decidir quantas vezes e com que frequência vai ver você. Mas vou garantir que não comece já enviesada contra a família. Vou garantir que sua neta entenda que muito do que aconteceu aqui não tem nada a ver com o que você sente por ela. E que ela deveria conhecer você.

— E ela vai te ouvir?

Uma semana atrás, a resposta seria não. Hoje cedo também seria. Bailey foi embora do quarto do hotel, mesmo sabendo que eu queria que ela ficasse ali. No entanto, preciso que Nicholas acredite que a resposta é sim. Preciso que ele acredite, e também preciso acreditar, para fazer isso acontecer. E sei que tudo se resume a essa resposta.

Assinto.

— Sim, ela vai me ouvir.

Nicholas fica em silêncio por um momento.

— Vá para casa — diz. — Vocês vão ficar em segurança. As duas. Você tem a minha palavra.

Respiro fundo. E começo a chorar, bem na frente dele, cobrindo rapidamente os olhos.

— Obrigada.

Nicholas se aproxima e me entrega um lenço de papel.

— Não me agradeça — diz. — Não estou fazendo isso por você.

Eu acredito nele. Mas aceito o lenço de qualquer forma. E saio de lá o mais rápido possível.

O diabo está nos detalhes

Grady me diz uma coisa no carro que vai ficar comigo para sempre.

Ele fala quando estamos voltando para o escritório da Justiça Federal, onde Bailey está me esperando.

O sol nasce sobre o lago Lady Bird, e a agitação de Austin no início da manhã já começa. Quando pegamos a estrada, Grady desvia os olhos do caminho para me observar — como se de outra forma eu não fosse perceber como ele está irritado com o que decidi fazer.

É então que ele fala.

— Eles vão se vingar do Owen, de uma forma ou de outra. Você sabe disso.

Sustento o olhar dele, porque é o mínimo que posso fazer. Porque não vou permitir que suas palavras me assustem.

— Nicholas não simplesmente releva alguma coisa — continua. — Você está sendo enganada.

— Acho que não — respondo.

— E se você estiver errada? — pergunta Grady. — Qual é o plano? Entrar em um avião, voltar para sua vida e torcer para que vocês estejam a salvo? Vocês não estão. Não é assim que funciona.

— Como você sabe?

— Quinze anos de experiência, para começar.

— Nicholas não tem nenhum problema comigo — digo. — Entrei nessa história sem saber de nada.

— Eu sei disso, você sabe disso. Mas Nicholas não, ao menos não com certeza. E ele não arrisca com esse tipo de coisa.

— Acho que são circunstâncias excepcionais.

— Por quê?

— Acho que ele quer conviver com a neta — respondo. — Mais do que quer punir Owen.

Isso faz Grady parar para pensar. E posso vê-lo chegando à conclusão a que cheguei — que talvez, apenas talvez, seja verdade.

— Mesmo se estiver certa, se você fizer isso, nunca mais vai ver o Owen.

E mais uma vez sinto aquele zumbido no ouvido, no coração. Nicholas disse isso, e agora Grady. Como se eu não soubesse. Eu sei, e a gravidade desse fato atravessa meu corpo, corre pelas minhas veias.

Estou desistindo de Owen. Estou desistindo da chance de Owen e eu voltarmos a ficar juntos no final de tudo isso, se houver mesmo um final. Da chance de que algum dia voltemos a ser nós dois. Posso duvidar de que Owen voltaria para casa. Posso duvidar, mas desse jeito pelo menos tenho certeza.

Grady para no acostamento, os caminhões passando, o vento sacudindo o carro.

— Não é tarde demais. Foda-se Nicholas. Foda-se qualquer acordo que Nicholas ache que você acabou de fazer com ele — insiste. — Você não tinha que fazer acordo nenhum. Precisa pensar na Bailey.

— Mas eu *só* estou pensando na Bailey — retruco. — No que é melhor pra ela. No que Owen gostaria que eu fizesse por ela.

— Você acha mesmo que seu marido gostaria que você escolhesse um caminho em que ele nunca mais vai poder ver a filha? Em que nunca vai poder se relacionar com ela?

— Me diga você então, Grady — devolvo. — Você conhece Owen há muito mais tempo do que eu. O que você acha que ele queria que eu fizesse quando desapareceu?

— Acho que ele queria que você ficasse na sua até eu conseguir ajudar a resolver tudo. Com sorte, sem que o rosto dele acabasse no noticiário. Com sorte, de um jeito em que todos vocês pudessem manter as próprias identidades. E, se necessário, encontrando um jeito de fazer com que todos vocês pudessem ficar juntos em outro lugar.

— É aí que você me faz discordar — digo. — Toda vez.

— Do que você está falando?

— Quais são as chances, Grady? Se você nos colocar no programa de proteção a testemunhas, quais são as chances de eles nos encontrarem?

— Poucas.

— E o que isso quer dizer? Cinco por cento de chance? Dez por cento de chance? — pergunto. — E o vazamento de informações da última vez? Também havia pouca chance de acontecer? Porque aconteceu. Owen e Bailey foram colocados em risco quando estavam sob seus cuidados. Owen não gostaria de voltar a correr esse risco. Ele não iria querer correr qualquer risco de que alguma coisa acontecesse com a Bailey.

— Eu não vou deixar nada acontecer com a Bailey...

— Se esses homens nos encontrassem, eles fariam qualquer coisa para chegar ao Owen, não é? Não fariam cerimônia, nem se importariam muito se a Bailey fosse pega no fogo cruzado. Estou certa em relação a isso, não estou?

Grady não me responde. Ele não tem como.

— O ponto principal é que você não pode garantir que isso não vai acontecer. Não pode me garantir e não pôde garantir ao Owen — afirmo. — E foi por isso que ele deixou a filha comigo. Por isso ele desapareceu em vez de procurar você diretamente.

— Acho que você está errada em relação a isso.

— E acho que meu marido sabe com quem se casou — retruco.

Grady ri.

— Achei que essa história ensinaria a você que ninguém sabe com quem se casa — diz.

— Eu discordo. Se o Owen quisesse que eu ficasse quieta e deixasse você administrar essa situação, ele teria me dito isso.

— Então, como você explica o material que ele me enviou por e-mail? Os arquivos detalhados que manteve? Isso vai ajudar a garantir que o Avett seja punido pelos crimes dele. O FBI já está fechando um acordo judicial que vai manter o cara fora de cena pelos próximos vinte anos... — argumenta. — Como você explica por que seu marido fez isso? Como explica ele ter armado tudo para poder se beneficiar do programa de proteção a testemunhas?

— Acho que ele fez isso por outro motivo.

— Qual? — insiste Grady. — Pela honra dele?

— Não — respondo. — Pela honra da Bailey.

Ele dá um sorrisinho presunçoso, e quase consigo ouvir todas as coisas que tem vontade de me dizer, mas sente que não pode. Quase posso ouvir tudo o que ele sabe sobre Owen — as mesmas coisas que Nicholas sabe, mas com um verniz diferente. Talvez Grady pense que me dizer alguma coisa mais próxima da verdade vai me levar mais para o seu lado. Mas eu já escolhi um lado. O da Bailey. E o meu.

— Vou dizer isso da forma mais simples possível — diz Grady. — Nicholas é um filho da puta. Ele vai descontar em você algum dia. Bailey pode até estar segura, mas se ele não conseguir chegar até o Owen, vai descontar em você para atingir o genro. Você é completamente dispensável para o Nicholas. Ele não se importa com você.

— Não acho que se importe — digo.

— Então você tem consciência de como é arriscado pra você tentar voltar pra sua vida? — questiona. — Eu só posso te proteger se você deixar.

Eu não respondo, porque Grady quer que eu diga que sim, que vou deixá-lo me proteger. Vou deixar que ele nos proteja. E não vou dizer isso. Não vou dizer porque sei a verdade: ele não é capaz de fazer isso.

Nicholas provavelmente pode chegar até nós de qualquer maneira, se quiser. Foi o que aprendi com toda essa história. As coisas voltam. As coisas *simplesmente* voltam. E, já que é assim, posso muito bem tentar fazer o melhor por Bailey. Desse jeito, Bailey pode continuar sendo ela mesma.

Ninguém lhe deu essa escolha antes. E ela já está perdendo tanto... O mínimo que posso fazer é garantir que perca um pouco menos agora.

Grady dá partida no carro de novo e volta a se juntar ao tráfego.

— Você não pode confiar nele. É loucura achar que pode. Você não pode fazer um acordo com o diabo e esperar que tudo dê certo.

Desvio os olhos dele e olho pela janela.

— Mas foi o que acabei de fazer.

De volta para ela

Bailey está sentada na sala de reunião. Chorando muito.

E antes mesmo que eu a alcance, ela se levanta de um pulo e corre na minha direção. E me abraça com força, a cabeça enfiada no meu pescoço.

Eu a abraço de volta, ignorando Grady, ignorando tudo, menos ela. Bailey se afasta, e examino seu rosto, os olhos inchados de tanto chorar, o cabelo grudado na testa. Ela parece uma versão mais nova de si mesma, uma criança que precisa desesperadamente que alguém lhe diga que está em segurança agora.

— Eu não devia ter saído do quarto — solta Bailey.

Afasto o cabelo do seu rosto.

— Aonde você foi?

— Eu não devia ter ido a lugar nenhum — diz. — Desculpa. Mas achei que tinha ouvido uma batida na porta e fiquei totalmente apavorada. Então meu celular tocou e eu atendi. E só ouvi estática. Fiquei dizendo alô e só ouvia aquela estática. Então fui para o corredor para ver se conseguia ouvir melhor e sei lá...

— Você simplesmente continuou a andar? — completo. Ela assente.

Grady me lança um olhar, como se eu não tivesse o direito de tentar reconfortá-la. Como se eu não pudesse fazer isso. É assim que ele vê as coisas agora. O plano dele para Owen e para Bailey está de um lado da linha e o meu, do outro. Essa é a única forma como ele me vê agora — como o principal empecilho para a solução que imaginou.

— Achei que a ligação podia ser do meu pai. Não sei por quê. Talvez por causa da estática ou porque era um número bloqueado. Eu só tive uma sensação muito forte de que ele estava tentando entrar em contato comigo, então resolvi andar um pouquinho pra ver se ele tentava de novo. E quando ele não ligou mais, eu só... continuei andando. Não pensei muito.

Não pergunto por que ela pelo menos não me disse que estava bem antes de sair. Talvez Bailey não confiasse que eu a deixaria fazer o que precisava fazer. Isso provavelmente foi parte do motivo. Mas eu sabia que a outra parte não tinha nada a ver comigo, por isso decido não comentar a respeito agora. O momento em que a gente percebe que só depende de si mesmo para se sentir melhor nunca tem a ver com outra pessoa. Só com descobrir como fazer isso.

— Eu voltei pra biblioteca — conta ela. — Voltei pro campus. Eu estava com a lista do professor Cookman e comecei a checar de novo o arquivo do anuário. A gente saiu tão rápido de lá depois de ver a foto da... Kate. E eu só achei que... achei que precisava saber. Antes ir embora de Austin.

— E você o encontrou?

Ela confirma.

— Ethan Young — diz. — O último cara da lista...

Não digo nada, espero ela terminar.

— Então ele me ligou — continua Bailey.

Isso me pega de surpresa.

— O quê? — pergunto.

Quase desmaio. Ela falou com Owen. Ela conseguiu falar com Owen.

— Você falou com seu pai? — é a vez de Grady perguntar.

Bailey olha para ele e assente brevemente.

— Posso falar com a Hannah sozinha? — pergunta.

Ele se ajoelha na frente dela em vez de sair da sala. O que aparentemente é sua maneira de dizer não.

— Bailey — diz Grady —, você precisa me contar o que o Owen disse. Isso vai me ajudar a ajudar seu pai.

Ela balança a cabeça, como se não pudesse acreditar que vai ser obrigada a ter essa conversa na frente dele. Como se não acreditasse nem que precisa ter essa conversa.

Faço um sinal para que ela continue, para que conte para nós.

— Tá tudo bem — afirmo.

Ela assente, os olhos fixos em mim. Então, começa a falar.

— Eu tinha acabado de encontrar a foto do meu pai, ele estava forte e com o cabelo muito comprido, na altura do ombro... com um mullet. E eu só... Eu quase comecei a rir. Ele parecia tão ridículo. Muito diferente. Mas era ele — diz. — Com certeza era ele. Eu peguei meu celular, então, pra ligar pra você, pra te contar. E vi que tinha uma chamada pelo Signal.

Signal. Por que isso soa familiar? De repente, eu me lembro: nós três comendo *dumplings* no Ferry Building alguns meses atrás, Owen pegou o celular de Bailey e avisou que estava instalando um aplicativo nele. Um aplicativo de criptografia chamado Signal. Ele disse a ela que, na internet, nada realmente some. E fez uma brincadeira péssima, dizendo que se ela quisesse mandar *mensagens sensuais* (ele realmente disse *sensuais*), deveria usar aquele aplicativo. E Bailey fingiu vomitar os *dumplings*.

Então Owen ficou sério. Ele disse que se ela precisasse fazer uma ligação ou mandar uma mensagem que quisesse que desaparecesse depois, era aquele aplicativo que deveria usar. E repetiu duas vezes para que a filha entendesse. *Vou deixar esse negócio no meu celular pra sempre, desde que você nunca mais use a palavra "sensuais" perto de mim,* tinha dito Bailey. *Combinado,* aceitara Owen.

Bailey está falando muito rápido.

— Quando eu disse alô, o papai já começou a falar. Ele não disse de onde estava ligando. Não perguntou se eu estava bem. Disse que tinha só vinte e dois segundos para falar. Eu me lembro disso. Vinte e dois. Então ele falou que sentia muito, mais do que era capaz de colocar em palavras, e falou também que tinha organizado a vida toda pra nunca precisar fazer aquela ligação.

Fico olhando enquanto ela luta novamente contra as lágrimas. Bailey não olha para Grady. Olha só para mim.

— O que mais ele disse? — pergunto com cuidado.

Vejo que a ligação a abalou. Mais do que qualquer coisa deveria abalar uma menina tão nova.

— O papai disse que vai demorar muito até ele poder ligar de novo. Ele disse... — Ela balança a cabeça.

— O quê, Bailey? — pergunto.

— Disse que... não tem como ele voltar pra casa.

Observo seu rosto enquanto ela tenta processar isso — essa coisa horrível e impossível. A coisa horrível e impossível que ele nunca quis dizer a ela. A coisa horrível e impossível de que eu mesma desconfiei. A coisa horrível e impossível que eu *sabia*.

Owen foi embora. Ele não vai voltar.

— Ele quis dizer... pra sempre? — pergunta ela.

Antes mesmo que eu possa responder, Bailey solta um gemido alto e gutural, a voz embargada ao tomar consciência do que ela também sabe. Pego seu punho e seguro com força.

— Eu realmente não acho... — se intromete Grady. — Eu só... não acho que dá para você ter certeza de que foi isso que ele quis dizer.

Eu o fuzilo com um olhar.

— E por mais perturbadora que tenha sido a ligação — continua ele —, o que precisamos fazer agora é falar dos próximos passos.

Bailey mantém os olhos fixos nos meus.

— Próximos passos? — pergunta. — Como assim?

Sustento o olhar dela, de modo que somos apenas nós duas. Eu me aproximo para que ela acredite em mim quando eu disser que ela é quem decide.

— Grady está se referindo a para onde nós duas vamos agora — explico. — Se voltamos para casa…

— Ou se ajudamos vocês a criar uma nova casa — diz Grady. — Como eu estava falando com você. Posso encontrar um bom lugar para você e Hannah, onde consigam começar do zero. E seu pai vai se juntar a vocês quando achar que é seguro voltar. Talvez ele ache que isso não vai acontecer amanhã, talvez seja o que estava tentando dizer na ligação, mas…

— Por que não? — interrompe Bailey.

— Como?

Ela encontra os olhos dele.

— Por que não amanhã? — pergunta. — Esquece amanhã. Por que não hoje? Se meu pai realmente acha que você é a melhor opção, então por que ele não tá aqui com a gente agora? Por que ainda tá fugindo?

Antes que consiga se conter, Grady solta uma risadinha, uma risada irritada, como se eu tivesse orientado Bailey a fazer essa pergunta — como se não fosse a única pergunta que alguém que conhece e ama Owen faria. Owen evitou que tirassem suas impressões digitais. Evitou que seu rosto aparecesse em todos os noticiários. Ele fez o que precisava para evitar que forças externas estragassem a vida de Bailey. Estragassem a verdadeira identidade dela. Então, onde ele está? Não há mais nada para acontecer. Nenhum outro movimento a ser feito. Se ele fosse voltar, se achasse seguro recomeçarmos juntos, estaria aqui agora. Estaria aqui do nosso lado.

— Bailey, não acho que eu tenha uma resposta agora que vá te satisfazer — começa Grady. — O que posso dizer é que mesmo assim você precisa me deixar ajudar. Esse é o melhor jeito de manter você em segurança. Esse é o único jeito de manter você em segurança. Você e Hannah.

Ela abaixa o olhar para as próprias mãos, com as minhas em cima.

— Então... foi isso que ele quis dizer? Meu pai? Que ele não vai voltar?

Ela está me perguntando. Está me pedindo para confirmar o que já sabe. Não hesito.

— Sim, acho que ele não pode voltar — declaro.

E vejo em seus olhos — a tristeza se transformando em raiva. Depois a tristeza vai voltar em algum momento, e aí virá o luto. Em um ciclo feroz, solitário e necessário enquanto ela enfrenta tudo isso. Como se enfrenta isso? Só deixando acontecer. Você se rende. Se rende ao que sente. À injustiça. Mas não ao desespero. Não vou deixá-la se entregar ao desespero, mesmo que seja a única coisa que eu consiga fazer por ela.

— Bailey... — Grady balança a cabeça. — Nós não sabemos se isso realmente é verdade. Eu conheço seu pai...

Ela levanta a cabeça.

— O que você disse?

— Eu disse que conheço seu pai.

— Não. *Eu* conheço meu pai — retruca ela.

A pele dela está ficando vermelha, os olhos intensos e firmes. E eu vejo — a decisão sendo tomada, a carência se consolidando em algo que ninguém pode tirar dela.

Grady continua falando, mas Bailey está cansada de tentar escutá-lo. Ela está olhando para mim quando diz o que achei que diria — o que achei desde o início que ela faria. A razão pela qual procurei Nicholas, a razão pela qual fiz o que fiz. Ela diz isso só para mim. Já desistiu do resto. Com o tempo, vou ter que reconstruir isso. Vou ter que fazer tudo o que puder para ajudar Bailey a reconstruir isso.

— Eu só quero ir pra casa — anuncia.

Olho para Grady, como se falasse: *Você ouviu o que ela disse*. Então espero pela única coisa que ele pode fazer.

Nos deixar ir.

.

Dois anos e quatro meses antes

— Me mostra como se faz — pediu ele.

Acendemos as luzes do ateliê. Tínhamos acabado de sair do teatro, depois do nosso não encontro, e Owen perguntou se poderia voltar para o ateliê comigo. *Sem segundas intenções*, falou. Ele só queria aprender a usar o torno. Só queria aprender como faço o que faço.

Owen olhou em volta e esfregou as mãos.

— Então... por onde começamos? — perguntou.

— Tenho que escolher um pedaço de madeira — expliquei. — Tudo começa com a escolha de um bom pedaço de madeira. Se a madeira não for boa, não chegamos a lugar nenhum.

— Como vocês, marceneiros, escolhem a madeira? — quis saber Owen.

— *Nós*, marceneiros, fazemos isso de maneiras diferentes — expliquei. — Meu avô trabalhava principalmente com bordo. Ele amava as cores, amava como os veios ficavam à mostra. Mas eu uso uma variedade de madeiras. Carvalho, pinho, bordo.

— Qual é o seu tipo favorito? — perguntou ele.

— Não escolho favoritos — respondi.

— Ah, bom saber.

Balancei a cabeça, contendo um sorriso.

— Se você debochar de mim... — falei.

Owen ergueu as mãos em sinal de rendição.

— Não estou debochando de você — declarou. — Estou fascinado.

— Muito bem, então, sem querer soar brega, acho que diferentes pedaços de madeira nos atraem por razões diferentes.

Ele foi até minha bancada de trabalho e se abaixou para ficar na altura do meu maior torno.

— Essa é minha primeira lição?

— Não, a primeira lição é que, para escolher um pedaço de madeira interessante para trabalhar, você precisa entender que uma boa madeira é definida por alguma característica específica — expliquei. — Meu avô costumava dizer isso. E sem dúvida é verdade.

Owen passou a mão ao longo do pedaço de pinho em que eu estava trabalhando. Era uma madeira gasta — de cor escura, intensa para pinho.

— O que define este cara? — perguntou.

Eu coloquei a mão sobre um ponto no meio do pedaço de madeira, que havia empalidecido até quase chegar a um amarelo-claro, totalmente desbotado.

— Acho que essa parte, bem aqui, pode render alguma coisa interessante — falei.

Owen pousou a mão no mesmo lugar, sem tocar a minha, sem tentar nada — só querendo entender o que eu estava mostrando a ele.

— Gosto disso, gosto dessa filosofia — comentou. — Quer dizer... Acho que meio que podemos dizer a mesma coisa sobre as pessoas. No fim das contas, cada um de nós é definido por uma única coisa.

— O que define você? — perguntei.

— O que define *você*? — rebateu ele.

Eu sorri.

— Perguntei primeiro.

Ele sorriu de volta. Abriu aquele sorriso dele.

— Ok, tudo bem — falou. Então, não hesitou nem por um segundo. — Não existe nada que eu não faria pela minha filha.

Às vezes a gente pode voltar para casa

Estamos sentadas no avião, esperando pela decolagem. Bailey olha pela janela. Ela parece exausta: seus olhos estão escuros e inchados, a pele, com manchas vermelhas. Parece exausta e assustada.

Eu ainda não contei tudo a ela. Mas Bailey já entendeu o suficiente para que eu não fique surpresa por ela estar com medo. Eu ficaria surpresa se ela não estivesse.

— Eles vão nos visitar — digo. — Nicholas e Charlie. Eles podem levar seus primos, se você quiser. Acredito que seria bom. Acho que seus primos querem muito conhecer você.

— Eles não vão ficar hospedados com a gente nem nada, né?

— Não. Nada disso. Vamos sair para almoçar ou jantar juntos, umas duas vezes. Começar por aí.

— E você vai estar junto?

— O tempo todo — afirmo.

Ela assente, assimilando a ideia.

— Preciso decidir sobre meus primos agora? — quer saber.

— Você não tem que decidir nada agora.

Bailey não diz mais nada. Ela entende — por mais que também ainda esteja tentando assimilar a ideia de que o pai não vai voltar para casa. Mas não quer falar sobre isso, ainda não. Não quer conversar comigo sobre como vão ser as coisas sem ele, o que ela vai sentir. Isso também não precisa acontecer agora.

Respiro fundo e tento não pensar em todas as coisas que precisam acontecer — se não agora, em breve. Os passos que vamos ter que dar para seguir com nossa vida agora. Jules e Max vão nos buscar no aeroporto, nossa geladeira cheia de comida para hoje, o jantar esperando na mesa. Mas essas coisas vão ter que continuar acontecendo, dia após dia, até que comecem a parecer normais de novo.

E há coisas que não posso evitar que aconteçam, como os efeitos colaterais que vão me atingir daqui a várias semanas (ou vários meses), quando Bailey estiver se recuperando e eu tiver meu primeiro momento de silêncio para pensar em mim mesma. Para pensar no que perdi, no que nunca vou ter de volta. Para pensar só em mim. E em Owen. No que perdi — no que ainda estou perdendo — sem ele.

Quando o mundo ficar quieto de novo, vou precisar dar tudo de mim para que a tristeza pela perda dele não me derrube.

Uma coisa estranha vai me impedir de desmoronar. Vou ter uma resposta para a pergunta que só agora estou começando a me fazer: se eu soubesse, estaria aqui? Se Owen tivesse me contado, lá no começo, que ele tinha esse passado, se ele tivesse me avisado no que eu estava me metendo, eu teria escolhido ficar com ele de qualquer jeito? Teria escolhido passar pelo que estou passando agora? Isso vai fazer com que eu me lembre brevemente daquele momento abençoado que meu avô me proporcionou logo depois que minha mãe foi embora, quando percebi que pertencia exatamente àquele lugar. E vou sentir a resposta por todo o meu corpo, como um calor ofuscante. Sim. Sem hesitação. Mesmo se Owen tivesse me contado, mesmo se eu soubesse cada detalhe. Sim, eu escolheria ficar com ele. Isso vai me fazer seguir em frente.

— Por que está demorando tanto? — pergunta Bailey. — Por que a gente ainda não decolou?

— Não sei. Acho que a comissária de bordo comentou sobre alguma coisa na pista de decolagem — digo.

Ela assente e cruza os braços, com frio e infeliz, a camiseta que está usando incapaz de competir com o ar gelado do avião. Seus braços estão arrepiados. De novo.

Só que dessa vez estou preparada. Dois anos atrás — dois dias atrás — eu não estava. Mas agora, ao que parece, a história é outra. Pego minha bolsa e tiro lá de dentro o casaco de lã favorito de Bailey. Coloquei na bolsa de mão exatamente para este momento.

Pela primeira vez, sei como dar a ela o que precisa.

Não é tudo, lógico. Não está nem perto disso. Mas Bailey pega o casaco, veste e esfrega os cotovelos com as palmas das mãos.

— Obrigada — diz.

— Sem problema.

O avião se adianta alguns metros e depois recua. Então, lentamente, começa a percorrer a pista de decolagem.

— Lá vamos nós — murmura Bailey. — Finalmente.

Ela se recosta no assento, aliviada por estar a caminho de casa. Depois fecha os olhos e coloca o cotovelo no apoio de braço que compartilhamos.

O cotovelo dela está ali, o avião está ganhando velocidade. Pouso meu cotovelo no mesmo lugar e sinto o movimento dela, sinto nosso movimento. Nos aproximamos um pouco mais uma da outra em vez de fazer o oposto.

Parece o que realmente é.

Um começo.

Cinco anos depois. Ou oito. Ou dez.

Estou no Pacific Design Center, em Los Angeles, participando de uma exposição com vinte e um outros artesãos e produtores. Estou lançando uma nova coleção de peças de carvalho branco (principalmente móveis, algumas tigelas e peças maiores) no salão que eles disponibilizaram.

Essas exposições são ótimas para fazer contato com clientes em potencial, mas também são uma espécie de retomada de antigos contatos — o que é exaustivo. Vários arquitetos e colegas param para se cumprimentar, para colocar o assunto em dia. Já conversei muito, mas estou começando a me sentir cansada. E, conforme o relógio se aproxima das seis da tarde, sinto que estou olhando para além das pessoas, não para elas.

Bailey deve me encontrar para jantar, então, na verdade, estou à procura dela, animada por ter uma desculpa para encerrar o trabalho. Ela está vindo com um cara com quem começou a namorar recentemente, chamado Shep, que trabalha como operador de fundo de cobertura no mercado financeiro (dois pontos contra ele), mas Bailey jura que vou gostar dele. *Ele não é esse tipo*, diz ela.

Não sei bem se ela está se referindo a ele trabalhar no mercado financeiro ou a se chamar Shep. De qualquer forma, o sujeito parece o oposto do último namorado de Bailey, que tinha um nome menos irritante (John) e estava desempregado. Assim é o namoro na casa dos vinte anos, e fico grata por ser nessas coisas que ela está pensando.

Bailey está morando em Los Angeles agora. E eu também, não muito longe do mar — e não muito longe dela.

Vendi a casa flutuante assim que Bailey se formou no ensino médio. Não sou iludida a ponto de achar que isso significa que evitei que eles ficassem de olho em nós — as sombras sinistras esperando para atacar caso Owen volte. Tenho certeza de que ainda estão de olho, aguardando qualquer chance de ele se arriscar e voltar para nos ver. Eu me comporto como se estivessem sempre observando, seja isso verdade ou não.

Às vezes, acho que consigo identificá-los, em um saguão de aeroporto ou do lado de fora de um restaurante, mas é óbvio que não sei quem são. Guardo a fisionomia de qualquer pessoa que me olhe por um segundo além do normal. Isso me impede de deixar muitas pessoas se aproximarem de mim, o que também não é ruim. Já tenho quem eu preciso.

A não ser por uma pessoa.

Ele entra no salão casualmente, com uma mochila nos ombros. O cabelo bagunçado está curto e mais escuro, o nariz está torto, como se tivesse sido quebrado. Ele está usando uma camisa social com a manga enrolada, revelando o braço coberto de tatuagens que se estendem até a mão, até os dedos, como uma aranha.

É quando reparo na aliança de casamento que ele ainda está usando. A aliança que fiz para ele. O acabamento elegante em carvalho talvez não seja notado por ninguém. Mas eu o conheço bem. Ele não poderia se parecer menos com ele mesmo. Isso é fato. Mas talvez seja o que se faz quando é preciso se esconder das pessoas à vista de todos. Fico olhando, curiosa. Então, me pergunto se não é ele, afinal.

Não é a primeira vez que acho que o vejo. Eu acho que o vejo em todos os lugares.

Fico tão nervosa que deixo cair os papéis que estou segurando.

Ele se inclina para me ajudar a pegá-los. Não sorri, o que o denunciaria. Nem mesmo toca na minha mão. Seria demais, provavelmente, para nós dois.

Ele me entrega os papéis.

Tento agradecer. Será que falo em voz alta? Não sei.

Talvez. Porque ele assente.

Então ele se levanta e começa a se afastar pelo mesmo caminho por onde veio. E é nesse momento que diz a única coisa que apenas ele diria para mim:

— Os caras que poderiam ter sido ainda amam você — confessa Owen.

Ele não está olhando para mim quando fala isso, em voz baixa.

Do mesmo jeito que se diz oi.

Do mesmo jeito que se diz tchau.

Minha pele começa a arder, e sinto o rosto ficar vermelho. Mas não digo nada. Não dá tempo de dizer nada. Ele dá de ombros e ajeita a mochila. Então desaparece na multidão. E é isso. Ele agora é só mais um fissurado por design a caminho de outro estande.

Não me atrevo a ficar observando-o se afastar. Não me atrevo a olhar na sua direção. Mantenho os olhos baixos, fingindo organizar os papéis, mas o calor que meu corpo exala é palpável — e aquele vermelho intenso persiste na minha pele, no meu rosto, caso alguém esteja prestando atenção naquele momento. Rezo para que não seja o caso.

Eu me forço a contar até cem, depois até cento e cinquenta.

Quando finalmente me permito olhar para cima, é Bailey quem vejo. Isso me acalma na mesma hora, me centra. Ela está vindo na minha direção pelo mesmo caminho por onde Owen se afastou. Está usando um vestido-suéter cinza e um tênis de cano alto, o cabelo castanho comprido descendo até a metade das costas. Será que Owen passou por ela? Será que conseguiu ver por si mesmo como ela está bonita? Como está segura de si? Espero que sim. Espero que sim, ao mesmo tempo em que espero que não. De que jeito ele sofreria menos?

Respiro fundo e a observo. Ela está de mãos dadas com Shep, o novo namorado. Ele bate continência para mim, o que tenho certeza de que ele mesmo acha fofo. Não é, mas sorrio enquanto eles se aproximam.

Como não sorrir? Bailey também está sorrindo. Sorrindo para mim.

— Oi, mãe — diz.

Agradecimentos

Comecei a escrever este livro em 2012. Deixei a história de lado várias vezes, mas parecia impossível abandoná-la de vez. Agradeço muito a Suanne Gluck pela orientação sagaz em cada versão, que me ajudou a encontrar a história que eu queria contar.

Marysue Rucci, suas edições cuidadosas e comentários sábios aprimoraram este livro em todos os aspectos. Obrigada por ser a melhor parceira que uma escritora poderia ter, minha editora dos sonhos e uma amiga querida.

Obrigada à maravilhosa equipe na Simon & Schuster: Dana Canedy, Jonathan Karp, Hana Park, Navorn Johnson, Richard Rhorer, Elizabeth Breeden, Zachary Knoll, Jackie Seow, Wendy Sheanin, Maggie Southard e Julia Prosser; e a Andrea Blatt, Laura Bonner, Anna Dixan e Gabby Fetters, da WME.

Sylvie Rabineau, estivemos juntas nisso desde o primeiro dia do primeiro livro. Obrigada por ser minha conselheira de confiança, a "Sylv" do Jacob, e uma das minhas pessoas favoritas no planeta. Te amo.

Devo muito a Katherina Eskovitz e Greg Andres por suas orientações legais, a Simone Puglia por ser uma ótima guia de Austin, e a Niko Canner e Uyen Tieu pela linda tigela esculpida em madeira que fica na minha mesa e que inspirou tanto da Hannah.

Por lerem meus muitos rascunhos (ao longo de todos esses anos), me ajudarem de formas inestimáveis e me darem dicas valiosas, agradeço a: Allison Winn Scotch, Wendy Merry, Tom McCarthy, Emily Usher, Stephen Usher, Johanna Shargel, Jonathan Tropper, Stephanie Abram, Olivia Hamilton, Damien Chazelle, Shauna Seliy, Dusty Thomason, Heather Thomason, Amanda Brown, Erin Fitchie, Lynsey Rubin, Liz Squadron, Lawrence O'Donnell Jr., Kira Goldberg, Erica Tavera, Lexi Eskovitz, Sasha Forman, Kate Capshaw, James Feldman, Jude Hebert, Kristie Macosko Krieger, Marisa Yeres Gill, Dana Forman e Allegra Caldera. E um agradecimento especial a Lauren Levy Neustadter, a Reese Witherspoon, a Sarah Harden e à equipe incrível da Hello Sunshine — a fé de vocês neste livro foi maior do que eu jamais poderia ter sonhado.

Agradeço também, do fundo do coração, às famílias Dave e Singer e a todos os meus amigos maravilhosos pelo amor e pelo apoio inabalável. E aos leitores, clubes do livro, livreiros e amantes de livros, cuja companhia sou tão grata por ter.

Por fim, meus rapazes.

Josh, não sei direito pelo quê te agradecer primeiro. Provavelmente eu deveria dizer alguma coisa sobre como este livro não existiria sem você e sem sua fé em mim (não existiria mesmo), ou como não consigo acreditar direito que tenho um parceiro por quem, depois de treze anos, ainda sou tão alucinada. Mas será que podemos começar com o café? Eu amo tanto seu café. E te amo mais do que qualquer coisa.

Jacob, meu inigualável, amoroso, sábio e hilário homenzinho. Eu renasci quando você chegou a esse mundo. E agora vivo nesse mesmo mundo grata e orgulhosa por tudo o que você me ensina. O que posso dizer que já não diga todo dia, meu garoto? A maior bênção da minha vida é ser sua mãe.

1ª edição	JUNHO DE 2022
impressão	IMPRENSA DA FÉ
papel de miolo	AVENA 70G/M²
papel de capa	CARTÃO SUPREMO ALTA ALVURA 250G/M²
tipografia	SABON